KB046380

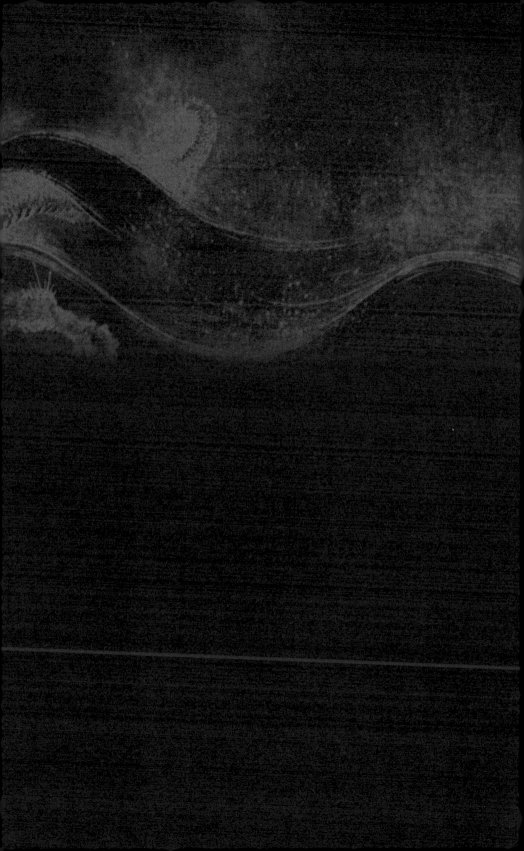

三國志

演義
삼국지 연의

6

김구용 옮김 나관중 지음

완역 결정본 【 삼국지 연의 】

솔

三國志演義

三國志
演義
⑥
차
례

慨慷相從誓爲
父子事公之生
殉公之死 東堇

관평關平

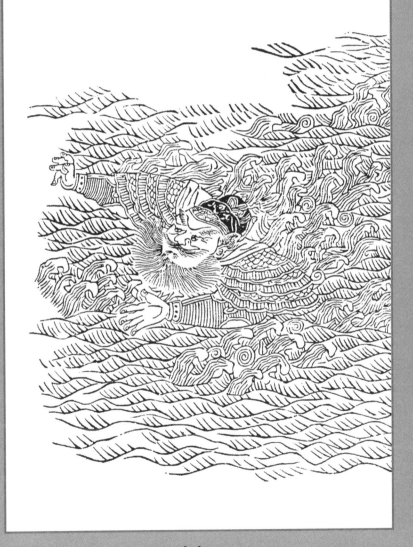

將軍雄且武
典戰寂苦
一覽死
報曾公雖
忠安
足取主将軍書
人

방덕龐德

엄안嚴顔

白衣搖櫓真奇計
一舉荊襄取此收
笛廋

여몽呂蒙

兎巾關上獸先震
長坂橋邊水逆流
義釋嚴顏安蜀境
智敗張郃定巴州
閬渠

장비張飛

撥亂扶危主　殷勤受託孤
英才過管樂　妙策勝孫吳
懍懍出師表　堂堂八陳圖
如公全盛德　應歎古今無

浯溪釣徒

제갈양諸葛亮

飛步炎虞偏九州攜
瓢擔中尚散酒笑問
我散神僊術點悟懋
晡不轉頭 竹懶

좌자左慈

將軍雄武絕人寰　力戰沙
誓不逡巡勞逸相懸悲失
場英魂常繞定軍山
利

하후연夏侯淵

【삼국시대 지도】

烏丸

瀋陽
昌黎
玄
遼東　　　丸都○　高句麗

幽州　　燕國　● ●碣石山
代郡　　　北京◆
范陽
雁門　　　渤海　　　平壤
中山國　　　　　　　樂浪
石家莊◆　冀州
鈩鹿　　　平原　　　東萊　　　馬韓
鄴　　　　青州　　　　　　　　　弁韓
魏郡　　濟南國　　北海國
東郡　　　　城陽
河內　白馬✕　兗州　琅邪國
官渡✕　濟陰
陽　鄭州　陳留國　沛國
許　潁川　譙　　下邳　●徐州
陳郡
淮水
●豫州　揚州　(壽春)
新野　汝南　廬江　建業　南京◆
陽　　　　　　　　吳郡　上海◆
江夏　廬江　長江　杭州◆
武昌　　　　　　會稽
武漢　江夏
赤壁✕　　　　臨海
長沙　鄱陽
廬陵　豫章　臨川　建安
湘東
桂陽　吳
交州
廣州◆
香港◆

渤海
魏
鄭州
荊州
南郡
陽

東中國海

南中國海

0　100　200　300km

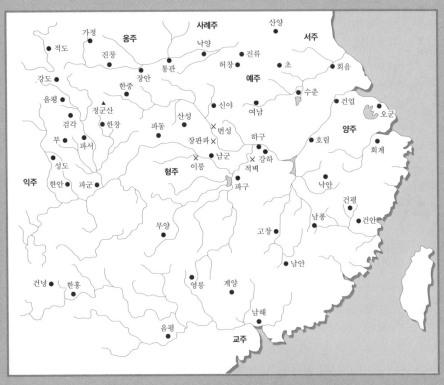

203~223년 형주를 중심으로 조조, 유비, 손권의 세력 다툼이 치열했던 시기의 지도

제60회

장송은 도리어 양수를 힐난하고
방통은 의논하고 서촉 땅을 뺏으려 하다

이때 유장에게 장담한 사람은 바로 익주 별가別駕직에 있는 장송張松이었다. 그는 자字를 영년永年이라 하였다.

장송은 나면서부터 이마가 튀어나오고, 머리는 뾰족하고, 코는 납작하고, 이는 드러나고, 키는 5척 미만이나 목소리는 큰 종소리처럼 우렁찼다.

유장이 묻는다.

"장송은 무슨 좋은 계책이 있기에 장노를 막아내겠다는 거요?"

장송이 대답한다.

"듣건대 허도의 조조는 일찍이 중원을 도모하여 여포와 원소, 원술을 쳐 없앴고, 요즘은 또 마초를 격파해서 천하에 대적할 자가 없으니, 차라리 주공主公은 조조에게 좋은 물건을 바치십시오. 이 장송이 직접 허도로 가서 군사를 일으켜 한중漢中의 장노를 치도록 조조를 설복하겠습니다. 그러면 장노가 조조를 막아내느라 정신을 못 차릴 터이니, 어느 틈에 감히 우리 촉蜀을 엿볼 수 있겠습니까."

유장은 고개를 끄덕이고는, 조조에게 진상할 황금, 구슬, 비단 등을 수습하여 장송에게 주고 떠나게 했다. 이에 장송은 서천西川 지도를 몰래 가지고 수행자 몇 명을 거느리고 허도로 향했다.

이 일은 첩자에 의해서 즉시 형주에 보고되었다. 제갈공명은 곧 첩자를 허도로 보내어 소식을 알아오게 했다.

한편, 장송은 허도에 도착하여 관역館驛에 머물면서, 날마다 승상부丞相府로 가 조조를 뵈러 왔다고 고했다.

이때 조조는 마초를 격파하고 돌아온 뒤로 더욱 오만해져서, 날마다 잔치를 벌이고 술을 마시며 외출을 하지 않고, 모든 국정에 관한 일도 승상부에서 상의하고 결재했다.

장송은 3일 만에야 겨우 성명이 통하고, 좌우 근시近侍들은 먼저 뇌물부터 받은 후에야 장송을 안으로 데리고 들어갔다. 당상에 높이 앉은 조조는 장송이 들어와서 절을 마치자 묻는다.

"너의 주인 유장이 근년에는 공물을 바치지 않으니 웬일이냐?"

장송이 대답한다.

"길은 멀고 험난하여 도중에 도둑들이 출몰하기 때문에 능히 올 수가 없었습니다."

조조가 꾸짖는다.

"내가 중원을 소탕했는데, 무슨 도둑들이 있단 말이냐?"

"남쪽에는 손권이 있고, 북쪽에는 장노가 있고, 서쪽에는 유비가 있어서 비록 수효는 적어도 무장한 자 10여만 명씩을 거느리고 있으니, 어찌 세상이 태평하다 하십니까?"

조조는 장송이 괴상하게 못난 것을 보고 불쾌했던 참이다. 더구나 그 당돌한 말을 듣자 벌떡 일어나 소매를 떨치고 후당後堂으로 들어가버렸다.

좌우 신하들이 장송을 꾸짖는다.

"너는 사자使者로 온 주제에 어찌 예의를 모르고 그렇듯 당돌한가? 네가 먼 곳에서 왔기 때문에 승상께서 벌을 내리지 않으신 것이니, 천만다행으로 알고 속히 돌아가거라."

장송이 웃는다.

"우리 서천에는 아첨하는 사람이 없도다."

문득 댓돌 밑에서 한 사람이 나서며 크게 꾸짖는다.

"너희 서천에 아첨하는 자가 없다면, 그래 우리 중원에는 아첨하는 자가 있다는 말이냐!"

장송이 보니, 그 사람은 눈썹이 곱고 눈은 가늘고 살결이 희고 총명해 보였다. 성명을 물어보니 바로 태위太尉 양표楊彪의 아들 양수楊修라는 사람이었다. 자는 덕조德祖로 현재 승상 문하에서 창고의 주부主簿로 있었다. 양수는 배운 것이 많아 말을 잘하고 아는 것이 출중했다.

장송은 양수가 말 잘하는 사람인 줄 짐작하고, 한번 꺾어 누르고 싶었다. 양수도 자기 재주만 믿고 평소에 천하 선비들을 무시하던 참이어서, 장송의 풍자하는 말을 듣자, 그를 바깥 서원에 데리고 가 주인과 손님으로서 자리를 정하고 나누어 앉았다.

양수가 먼저 장송에게 수작을 건다.

"촉 땅의 길이 험하다던데, 멀리 오시느라고 수고가 많았겠소."

"주인의 명령을 받으면 비록 끓는 물, 타오르는 불속이라도 감히 사양하지 않소이다."

"나는 촉에 가본 일이 없는데, 그곳의 풍토는 어떠하오?"

"촉은 서쪽에 있으니 예전엔 통틀어 익주라고 했지요. 험한 길에는 금강錦江이 둘러 있고, 지대는 웅장한 검각劍閣과 잇닿아 있어 휘감아 도는 이표里標만도 208정程이요, 가로와 세로의 거리가 각각 3만여 리나 되니, 가는 곳마다 닭 우는 소리와 개 짖는 소리가 서로 들리고, 시정市井과 여염집이 끊이지 않으며, 논밭은 비옥하고 나무는 무성하여 한해旱害와 수해水害가 없고, 나라는 부유하고 백성은 풍족하여 늘 음악 소리가 울려 퍼지며, 산물이 많아서 산처럼 쌓였으니, 천하에 촉을 따를 만한 곳은 없소."

양수가 또 묻는다.

"촉 땅의 인물은 어떠하오?"

"문장으로는 사마상여司馬相如의 작품이 있고, 무인으로는 마복파馬伏波의 업적이 있으며, 의술로는 장중경張仲景이 있고, 점복占卜으로는 엄군평嚴君平 등의 인물이 나왔으며, 구류 삼교九流三敎 모든 학문 전반에 걸쳐서 출중한 자를 배출했으니, 그 많은 인물을 어찌 다 기억하리요."

양수가 또 묻는다.

"지금 유장 밑에 귀하와 같은 사람이 얼마나 있는지요?"

"문무를 겸비한 인재와 지혜와 용기를 겸비한 인물과 충의 강개한 선비만도 아마 백 명은 있을 것이오. 나처럼 재주 없는 사람들까지 헤아린다면, 수레에 싣고 말[斗]로 되어도 다 헤아리지 못할 것이오."

"그럼 귀공은 지금 무슨 벼슬에 있으시오?"

"외람스럽게도 별가 자리를 맡아보고 있소. 감히 묻노니, 귀공은 지금 조정에서 무슨 벼슬 자리에 있으시오?"

양수가 대답한다.

"현재 승상부에서 주부로 있소이다."

"내가 듣기에 귀공은 대대로 내려오는 명문 갑족名門甲族의 문벌이라던데, 그래 묘당廟堂에 서서 천자를 보필하지는 못하고 구차히 승상부에서 한낱 관리 노릇을 한단 말이오?"

양수는 부끄러우나 굳이 내색을 않고 대답한다.

"내 비록 하급 관리로 있으나, 승상께서 나에게 소중한 돈과 곡식을 맡기셨고 밤낮으로 깨우쳐주셔서 배우는 바가 매우 많은지라, 그래서 그 자리에 눌러 있소이다."

장송이 빙그레 웃는다.

"내가 듣기에 조승상曹丞相(조조)은 문학으로는 공맹孔孟(공자와 맹자)의 도에 밝지 못하며, 무武로는 손오孫吳(손무孫武와 오기吳起)의 지혜에 이르지 못했고, 오로지 강한 힘으로 패권만 노려 지금의 큰 지위에 올랐다 하던데, 어찌 남을 가르칠 수 있으며, 더구나 귀공이 배울 바가 있겠소?"

양수가 대답한다.

"귀공이 서쪽 시골 구석에서 살았으니, 우리 승상의 큰 재주를 어찌 알겠소. 내 귀공에게 보여줄 것이 있소."

양수는 좌우 사람을 불러 상자 속에 들어 있는 책을 가지고 오라 하여 장송에게 보인다.

장송이 보니 책 제목은 『맹덕 신서孟德新書』(맹덕은 조조의 자)였다. 처음부터 끝까지 훑어보니 모두 13편으로 나뉘었는데, 병법에 관한 내용이었다.

장송이 읽고 나서 묻는다.

"귀공은 이것이 무슨 책인 줄 아시오?"

양수가 대답한다.

"이 책은 승상께서 옛날과 오늘날을 비교하고 『손자 병서孫子兵書』 13편처럼 친히 새로이 지어낸 병서요. 귀공은 우리 승상이 인재가 못 된다고 하지만, 이 책은 후세에 길이 남을 것이오."

장송이 크게 껄껄 웃는다.

"이 책을 우리 촉에서는 삼척동자도 다 외우는데, 무슨 새로운 저술

양수 앞에서 『맹덕 신서』를 암기해 보이는 장송

이라 하시오? 이것은 전국 시대 때 어느 무명씨無名氏가 지은 책이오. 승상이 표절하여 자기가 지었다 하고 귀공을 속인 것이오."

"이 책은 승상께서 비장秘藏한 바라 아직 세상에 발표하지 않았는데, 촉 땅의 아이들도 다 왼다니, 나를 너무 농락하지 마시오."

"귀공이 정 내 말을 믿지 않는다면, 내가 한번 욀 테니 들어보시오."

장송은 그 『맹덕 신서』를 처음서부터 외는데 끝까지 한 자도 틀리지 않았다.

"귀공은 한 번 본 것을 잊지 않으니, 참으로 천하의 기재奇才요."

양수는 크게 놀랐다.

후세 사람이 장송을 찬탄한 시가 있다.

얼굴은 예스럽고 괴이하며

맑고 높아서 체모도 이상하다.

말은 삼협의 물이 쏟아지듯

책을 읽을 때는 한 번에 열 줄씩 보아 내린다.

대담한 도량은 서촉 땅의 으뜸이며

그의 문장력은 하늘을 꿰뚫었도다.

제자백가와 그 외의 모든 책도

한 번 보면 다 알았도다.

古怪形容異

淸高體貌疎

語傾三峽水

目視十行書

膽量魁西蜀

文章貫太虛

百家幷諸子

一覽更無餘

장송이 허도를 떠날 뜻을 비추니, 양수가 말린다.

"귀공은 관사에서 더 머무시오. 내 승상께 다시 말씀을 드려 귀공을 만나보게 하겠소."

장송은 감사하고 물러갔다.

양수는 승상부로 들어가서 조조에게 묻는다.

"조금 전에 승상은 왜 장송을 괄시하셨습니까?"

조조가 대답한다.

"말이 공손하지 않기에 괄시했도다."

"지난날에 승상께서는 예형禰衡도 용납하셨는데(제23회 참조) 어찌 장송을 용납하지 못하십니까?"

"예형은 문장이 당대 제일이어서, 내 차마 죽이지 않았지만 장송이야 무슨 능력이 있느냐?"

"장송은 언변이 뛰어나 한번 말을 하면 강물이 쏟아지듯 걸림이 없습니다. 제가 승상께서 저술한 『맹덕 신서』를 그에게 보였더니, 그는 한 번 보고 다 외웠습니다. 세상에 이런 박문 강기博聞強記는 아마 없을 것입니다. 장송이 말하기를 '이 책은 전국 시대 때 무명씨가 지은 것이라 촉 땅에서는 어린애들도 다 왼다'고 하더이다."

"나의 병법이 옛사람의 생각과 우연히 들어맞았나 보군."

하고 조조는 『맹덕 신서』를 불에 태워버리라 하였다.

"승상께서는 장송을 다시 불러 조정의 위엄을 보이는 것이 좋을까 합니다."

"내일 내가 서쪽 교련장에서 군사를 사열할 테니, 네가 그자를 데리고 와서 우리 군사의 성대한 광경을 보이고, 너는 그자에게 촉 땅으로 돌아가거든 '승상이 곧 강남江南을 함락하고 서천을 칠 것이라'고 널리 선전하도록 타일러라."

양수는 분부를 받고 물러났다.

이튿날, 양수는 장송과 함께 서쪽 교련장으로 갔다.

조조는 호위군 5만 명을 사열하려고 교련장에 집합시켰다. 과연 모든 군사들의 투구와 갑옷은 선명하며 전포는 찬란하고, 징소리와 북소리는 천지에 진동하고, 창과 칼은 햇빛에 번쩍였다. 사방 팔면의 부대와 대오의 정기旌旗는 채색도 분명히 나부끼어, 사람과 말이 일제히 내달아 하늘로 오를 것만 같았다.

그러나 장송은 별 감동 없이 곁눈질로 바라본다.

얼마 뒤에 조조가 장송을 불러 군대의 위용을 가리키며 묻는다.

"너희 서천에도 저런 영웅과 인물들이 있느냐?"

장송이 대답한다.

"우리 촉 땅에서는 일찍이 군대와 무기를 보지 못했습니다. 인의仁義로 백성을 다스리는 사람만 보았습니다."

조조는 대뜸 얼굴빛이 변했다. 장송은 추호도 두려워하는 빛이 없었다. 양수는 계속해서 장송에게 눈짓을 한다.

조조의 목소리는 약간 거칠었다.

"나는 천하의 쥐새끼 같은 것들을 초개처럼 생각한다. 우리 대군이 나아가는 곳이면 싸워서 이기지 않은 적이 없었고, 공격하여 점령하지 않은 곳이 없었으니, 나에게 순종하는 자는 살고 거역하는 자는 죽는다는 것을 너는 아느냐?"

장송이 태연히 대답한다.

"승상이 군사를 거느리고 가는 곳마다 싸우면 반드시 이기고, 공격하면 반드시 점령한다는 사실은 이 장송도 평소 잘 알고 있습니다. 옛날 승상께서 복양樞陽 땅에서 여포를 치던 때와 완성宛城에서 장수와 싸우던 날, 그리고 적벽赤壁에서 주유와 대결했던 일과 화용도에서 관운장과 만났던 일, 그리고 동관에서 수염을 자르고 도포를 벗어버린 일과 위수에서 배를 빼앗아 타고 화살을 피했던 일이 다 천하무적의 용맹이었습니다."

조조가 격노하여,

"썩은 선비가 어찌 감히 나의 단점만 말하느냐!"

하고, 좌우에게 장송을 끌어내어 참하라 한다.

양수가 간한다.

"장송은 죽어 마땅하나, 먼 촉 땅에서 공물을 바치러 왔다가 참형을 당했다면, 먼 곳에 있는 사람들에게도 인심을 잃을까 걱정입니다."

그래도 조조는 진정하지 못한다.

순욱荀彧이 또한 간하자, 그제야 조조는 죽이지 않았다. 그 대신 장송은 혹독한 곤장을 맞고 쫓겨났다. 장송은 관사로 돌아와서, 그날 밤으로 도성을 떠나 서천으로 돌아가다가 생각한다.

"내 본시 서천 땅을 조조에게 바칠 생각이었는데, 조조가 사람을 이렇듯 괄대할 줄이야 뉘 알았으리요. 내가 올 때 유장에게 그렇듯 호언장담하고서 이제 아무 소득도 없이 이꼴이 되어 돌아가면, 촉나라 사람들의 웃음거리가 될 것이다. 일찍이 들은바 형주의 유현덕은 인의를 먼 곳까지 편 지 오래라 하니, 형주에 들러 유현덕이 어떤 인물인지를 한번 보고 나서 나의 생각을 정하리라."

하고 말 머리를 돌려 수행자들을 거느리고 형주 경계로 나아갔다.

장송이 영주漏州 지방 입구에 이르렀을 때였다. 문득 1대의 말 탄 군사 5백 명이 나타났다. 맨 앞에 선 장수가 가벼운 몸치장으로 장송의 일행 앞에 이르러 말을 세우고 묻는다.

"이러고 오시는 분이 바로 장별가張別駕(별가는 장송의 직명職名이다)가 아니시오?"

장송이 대답한다.

"그렇소이다."

그 장수는 황망히 말에서 내려 고한다.

"이 조운趙雲이 기다린 지 오래로소이다."

장송도 말에서 내려 답례한다.

"장군이 상산常山 조자룡趙子龍이십니까?"

"그렇소이다. 우리 주공 유현덕께서 '대부가 먼 길 오시기에 수고가 많을 테니, 술과 안주로 영접하라' 하시기에 분부를 받고 왔습니다."

군사 한 명이 무릎을 꿇고 술과 안주를 바치자, 조자룡이 그것을 받아서 공손히 장송에게 권한다.

장송은 속으로,

'사람들이 유현덕은 관대하고 인자하며 손님을 사랑한다더니, 과연 그렇구나.'

생각하고, 드디어 조자룡과 술을 몇 잔 나누어 마신 뒤에 말을 타고 함께 갔다.

형주 접경에 당도했을 때, 해가 저물어 그들은 관역으로 간다. 장송이 보니, 역문 밖에 사람 백여 명이 늘어서서 북을 치며 영접하는데, 한 장수가 앞으로 오더니 정중히 인사한다.

"대부께서 먼 길 오시느라고 수고가 많으실 것이라는 형님의 분부를 받고 미리 와서 관역을 청소하였습니다. 어서 들어가서 편히 쉬시지요."

그 장수는 관운장이었다.

이에 장송은 말에서 내려 관운장, 조자룡과 함께 관사에 들어가서 서로 인사하고 자리에 앉았다. 그러자 술과 음식을 가득 차린 음식상이 들어오고, 관운장과 조자룡이 은근히 권하는지라, 장송은 밤늦게까지 술을 마시다가, 비로소 상을 물리고 하룻밤을 잘 잤다.

이튿날, 일찍이 조반을 마치고 말을 타고 한 3, 5마장쯤 갔을 때였다. 앞에서 한 떼의 말 탄 사람이 다가오니, 이는 유현덕이 친히 복룡伏龍(제갈양)과 봉추鳳雛(방통)를 거느리고 영접 나온 것이었다. 유현덕은 장송을 보자 먼저 말에서 내려 기다린다.

장송은 황망히 말에서 내리고 절한다. 유현덕이 먼저 말을 건다.

"오래 전부터 대부의 높으신 이름을 우렛소리처럼 들었으나, 구름이 아득하고 산이 겹겹이 막혀서 가르침을 듣지 못했소이다. 이번에 다행히도 허도에 가셨다가 돌아오신다기에, 이렇듯 오로지 기다린 것이니,

우리의 성의를 버리지 말고 보잘것없는 고을이나마 잠시 들르셔서, 나의 평소 존경하던 생각을 위로해주시면 실로 다행이겠습니다."

장송은 크게 감격하며 유현덕과 말 머리를 나란히 하여 함께 형주성으로 들어갔다.

그들은 부중府中 당상에 이르러 새로이 인사를 나누고 주인과 손님의 자리를 정하고 앉았다. 이윽고 잔치가 벌어지고 술을 마시는데, 유현덕은 한가한 말만 하며 서천 땅에 관해서는 전혀 언급하지 않는다. 장송이 먼저 수작을 건다.

"현재 황숙께서 형주를 지키시는데, 이곳 외에도 몇 군이나 더 거느리십니까?"

공명이 대답한다.

"형주로 말할 것 같으면, 우리가 동오東吳에서 잠시 빌린 것에 불과하오. 그래서 동오에서 늘 사람이 와서 돌려달라고 조르지요. 이제 우리 주공께서 동오의 사위가 되셨기 때문에, 그나마 몸을 의지하고 계시는 형편이오."

장송이 말한다.

"동오의 손권은 6군 81주를 거느리고 있으며 백성은 강하고 나라는 부유한데, 그러고도 오히려 만족할 줄을 모르나요?"

이번에는 방통이 대답한다.

"우리 주공은 한조漢朝의 황숙이시로되, 주와 군을 하나도 차지하지 못하고 있는데, 한나라를 좀먹는 도둑놈들이 힘만 믿고 모든 땅을 차지하고 있으니, 뜻 있는 사람들이 볼 때 한심하지요."

유현덕이 말한다.

"두 분은 그런 말씀 마시오. 내가 무슨 덕이 있어 감히 많은 땅을 바라겠소."

장송이 대답하듯 말한다.

"그렇지 않습니다. 귀공은 바로 한나라 황실의 종친이시며, 천하에 인의를 드날리셨으니, 주나 군을 차지하는 것은 고사하고 정통을 이어받아 황제의 위에 오르신다 해도 조금도 이상할 것이 없습니다."

"귀공의 말씀이 지나치십니다. 내가 어찌 감히 감당하겠소."

그날부터 장송은 연 3일 동안을 머무는데, 유현덕은 날마다 잔치를 벌여 대접하고, 서천에 관해서는 일절 언급하지 않았다.

장송이 하직하고 떠나는 날, 유현덕은 10리 바깥 장정長亭에다 잔치를 벌이고 술을 따라 권하며,

"대부는 나를 버리지 않고 3일 동안이나 머물러주었고, 이제 서로 작별하니 어느 때에 다시 높은 지도를 받을 수 있을지요?"

하더니 눈에서 눈물이 주르르 흐른다.

장송은 마음속으로,

'유현덕은 이처럼 너그럽고 인자하구나. 또 훌륭한 선비를 이렇듯 사랑하니, 내 어찌 그를 버릴 수 있으리요. 내 차라리 유현덕에게 서천 땅을 차지하도록 일러주리라.'

생각하고 대답한다.

"이 장송도 아침저녁으로 곁에서 모시고 싶으나, 형편이 그렇지 못해서 한이외다. 내가 보기에 형주는 동쪽에서는 손권이 항상 범처럼 쭈그리고 앉아 노려보고, 북쪽에서는 조조가 고래처럼 입을 벌리고 삼키려는 곳이니, 오래 계실 땅이 못 됩니다."

유현덕이 대답한다.

"나도 그런 줄은 알지만, 갈 곳이 없는 몸이라 답답하오."

장송이 드디어 말한다.

"익주는 지형이 험해서 천연 요새를 이루고 있으며, 비옥한 평야가

천 리나 됩니다. 백성은 번창하고 나라는 부유하며, 지혜 있고 능력 있는 선비들이 황숙의 덕망을 사모한 지 오래니, 만일 형주와 양양襄陽의 군사를 일으켜 함께 서쪽으로 쳐들어가면 마침내 패업霸業을 가히 성취할 것이며, 한나라 황실을 다시 일으킬 수 있으리다.”

유현덕이 겸양한다.

“내가 어찌 그런 일을 감당할 수 있겠습니까. 익주 목사牧使 유장도 나와 같은 한 황실의 종친이며, 촉 땅에 은혜를 베푼 지도 오래된 분이오. 그런데 내가 어찌 그 땅으로 쳐들어갈 수 있습니까.”

장송이 대답한다.

“나도 주인을 팔아 영화를 구하는 자는 아니외다. 이제 당대 인물을 만나뵈었기 때문에, 진심을 말씀 드린 데 불과합니다. 유장이 비록 익주 땅을 차지하고 있으나, 그는 원래 천품이 어리석고 나약해서, 능히 어진 선비를 끌어올려 쓸 줄을 모릅니다. 뿐만 아니라, 장노가 북쪽에 자리잡고 있으면서 서천을 칠 뜻을 품고 있기 때문에 촉 땅의 인심은 흩어지고, 밝은 주인을 모시고자 기다리는 중입니다. 이 장송이 이번에 허도에 갔던 것도 실은 차라리 조조에게 서천을 바칠 작정이었는데, 뉘 알았으리요. 그 역적 놈이 더욱 간특하고 오만하여 어진 선비를 멸시하기에 특별히 귀공을 뵈러 온 것입니다. 그러니 귀공은 먼저 서천을 차지하여 기반을 삼고, 그런 후에 북쪽 한중 땅을 평정하고, 중원을 거두어 한나라 조정을 바로잡으면, 이름을 청사靑史에 드리울 것은 물론이요 그 공로 또한 막대할 것입니다. 귀공께서 과연 서천 땅을 차지할 뜻이 있으시다면, 장송은 견마犬馬의 수고로움을 아끼지 않고 안에서 호응하겠습니다. 귀공의 뜻은 어떠신지요?”

유현덕이 주저한다.

“그 뜻은 고마우나, 유장은 나와 친척간인데, 만일 내가 그를 친다면 천하 사람이 나를 욕할까 두렵소이다."

"대장부가 이 세상에 나서 마땅히 노력하여 공로를 세우고, 큰 업적을 이루려면 반드시 말채찍을 높이 들고 남보다 앞서야 하나니, 만일 이번에 쳐서 차지하지 않았다가 나중에 다른 사람이 차지하게 되면, 그때는 후회해도 소용이 없습니다."

"유비가 듣건대 촉 땅의 길은 험하고 험해서 산은 첩첩하고 물은 굽이굽이 감돌아, 수레가 가려 해도 일정한 궤도가 없고, 말도 두 마리가 나란히 갈 수 없다 하니, 아무리 치고 싶어도 좋은 계책이 없소이다."

장송이 소매 속에서 한 권의 지도를 꺼내어 유현덕에게 주며 말한다.

"나는 귀공의 높은 덕에 느낀 바 있어 감히 이 지도를 바치오니, 자세히 보면 곧 촉 땅의 길을 알 수 있습니다."

유현덕이 그 지도를 펴보니, 촉 땅의 지리가 소상히 그려져 있는데, 도로의 거리와 이수里數와 넓고 좁은 지형과 산과 냇물의 험하고 요긴한 곳과 심지어는 창고들과 그곳마다 쌓여 있는 돈과 곡식의 수효까지도 일일이 기록되어 있어 참으로 세밀하고 명백했다.

장송이 부탁한다.

"귀공은 속히 도모하십시오. 나에게 절친한 친구 두 사람이 있으니, 한 명은 법정法正이며 또 한 명은 맹달孟達이라 합니다. 그들 두 사람이 반드시 귀공을 도울 테니, 만일 그들이 형주에 오거든 터놓고 함께 의논하십시오."

유현덕이 두 손을 앞에 모으고 공손히 감사한다.

"푸른 산은 늙지 않고 흐르는 물은 길이 영원하니, 언젠가 성공하면 반드시 이 은혜를 잊지 않고 보답하겠습니다."

"나는 밝은 주인을 만났음에 진정을 말씀 드리지 않을 수 없었으니, 어찌 감히 보답을 바라겠습니까."

장송이 대답하고 작별한다. 공명은 관운장에게 분부하여 장송을 10리 밖까지 호송하였다.

장송은 익주에 돌아오는 길로 먼저 친구 법정을 찾아갔다.

법정의 자는 효직孝直이니 원래 옛 부풍군扶風郡 출신이며, 어진 선비로 이름났던 바로 법진法眞의 아들이었다.

장송은 법정에게 허도에 갔던 일을 대충 말하고 나서,

"조조는 어진 사람을 멸시하고 선비들에게 오만한 위인이라. 내가 본즉 그와 고생은 함께할 수 있으나 부귀 영화를 함께 누릴 수는 없는지라. 그래서 돌아오는 길에 유황숙을 찾아뵙고 익주를 바치겠다고 말씀드렸네. 형도 나와 함께 이 일을 의논하지 않으려는가?"

법정이 대답한다.

"유장이 무능한 것을 알기 때문에 나도 전부터 유황숙을 생각한 지가 오래로다. 그대와 내가 한마음인 바에야 다시 무엇을 의심할 것 있으리요."

이렇게 말하는데 마침 맹달이 왔다.

맹달의 자는 자경子慶으로, 그는 법정과 같은 고향 사람이었다. 맹달은 방으로 들어오다가 법정과 장송이 서로 귓속말을 하는 것을 보고 묻는다.

"나는 이미 두 분의 뜻을 다 알고 있소. 장차 익주를 남에게 바치자는 것 아니오?"

장송이 대답한다.

"과연 그러하오. 내 형에게 묻노니, 형이 익주를 내준다면 누구에게 바치겠소?"

맹달이 대답한다.

"유현덕 외에는 없소."

이에 세 사람은 손바닥을 쓰다듬으며 크게 웃는다.

법정이 장송에게 묻는다.

"형은 내일 유장에게 뭐라고 말하려오?"

장송이 대답한다.

"내가 두 분을 사자로 천거할 테니, 두 분은 형주로 가시오."

두 사람은 머리를 끄덕였다.

이튿날 장송은 부중에 가서 유장을 뵈었다.

유장이 묻는다.

"그래 허도에 갔던 일은 어찌 됐소?"

장송이 보고한다.

"조조는 한나라 역적으로, 천하를 먹으려는 것은 두말할 것도 없고, 곧 우리 서천을 무찌를 작정이더이다."

"그렇다면 이 일을 어찌하면 좋겠소?"

"제게 한 가지 계책이 있으니, 장노도 조조도 다 우리 서천을 넘보지 못하게 하리다."

"그 계책을 들려주시오."

"형주의 유황숙은 주공과 일가이며, 천성이 인자하고 장자長者의 기풍이 있습니다. 적벽 싸움에서 혼이 난 조조는 유황숙의 이름만 들어도 가슴이 내려앉는다는데, 그까짓 장노 정도야 말할 것 있습니까. 왜 주공은 사자를 보내어 유황숙과 우호를 맺고 원조를 청하지 않습니까? 유황숙의 힘만 빌리면 장노와 조조 모두 막아낼 수 있습니다."

유장이 대답한다.

"나도 그런 생각을 한 지 오래로다. 그럼 누구를 보내면 좋겠소?"

"법정과 맹달을 보내야 실수가 없으리다."

유장은 곧 법정과 맹달을 불러들이고 서신 한 통을 썼다.

그리고 법정을 먼저 보내어 서신을 전하는 동시에 우호를 맺게 하고, 다음에 맹달에게 군사 5천 명을 주어 유현덕을 영접하게 하여, 원조를 받자고 한참 의논하는 중이었다.

바깥에서 한 사람이 땀을 흘리며 허둥지둥 들어와서 크게 외친다.

"주공께서 장송의 말을 곧이들으시면, 우리 서천 땅 41주와 군은 모두 다른 사람에게 넘어가고 맙니다."

장송이 깜짝 놀라 그 사람을 보니, 파서군巴西郡 낭중郎中 출신인 황권黃權이었다. 황권의 자는 공형公衡으로, 현재 유장 밑에서 주부로 있는 사람이었다.

유장이 묻는다.

"유현덕은 나와 친척간이기에 내가 우호를 맺고 구원을 청할 생각인데, 너는 어찌 그런 말을 하느냐?"

황권이 대답한다.

"유비는 사람을 너그러이 대하고 부드러운 태도로 강한 자를 이기기 때문에 당대 비할 바 없는 영웅입니다. 그는 멀리는 인심을 얻고 가까이는 백성의 존경을 받고 있으며, 더구나 제갈양과 방통의 지모, 관운장·장비·조자룡·황충黃忠·위연魏延의 용맹으로 날개를 삼고 있습니다. 그러한 유비를 우리 촉 땅으로 불러들였다가 대우가 소홀하면 그가 어찌 가만히 푸대접을 받고 있겠습니까. 그렇다고 객례로써 대접하면 이는 한 나라에 주인을 두 사람씩 두는 셈이라, 만고에 그런 법은 없습니다. 그러니 주공께서 내 말을 들으시면 서촉은 태산처럼 안전하고, 만일 내 말을 듣지 않으시면 주공은 무서운 위기에 놓입니다. 장송이 이번에 형주를 경유하여 돌아왔으니, 반드시 유비와 함께 미리 짜고서 하는 짓입니다. 먼저 장송부터 참하고 나서 유비와 거래를 끊으십시오. 그래야만 우리 서천이 무사합니다."

유장이 묻는다.

"그러다가 조조와 장노가 쳐들어오는 날이면 무엇으로 막을 텐가?"

황권이 대답한다.

"경계를 닫고 요새를 튼튼히 하며 성을 높이고 호壕를 깊이 파서, 적 군이 물러갈 때까지 참고 기다려야 합니다."

"적군이 쳐들어오면 당장 발등에 불이 떨어진 격인데, 참고 기다리고 가 어디 있느냐?"

하고 유장은 법정을 보내려 하는데, 또 한 사람이 나서며 간한다.

"이러면 안 됩니다, 안 됩니다."

유장이 보니 그 사람은 장전帳前의 종사관從事官 왕누王累였다.

왕누가 머리를 조아리며 말한다.

"주공께서 장송의 말을 믿다가는 스스로 불행을 초래하리다."

"그렇지 않다. 내가 유현덕과 우호를 맺으려는 것은 실로 장노를 막 기 위해서다."

"장노가 경계를 침범한다면 그건 우리에게 피부병 정도지만, 유비가 서천으로 들어오는 날에는 생사에 관한 큰 병이 됩니다. 더구나 유비는 당세의 효웅梟雄이라. 그는 처음에 조조를 섬기다가 조조를 죽이려 했 으며, 또 손권을 따르다가 결국 형주 땅을 빼앗은 인물이니, 그런 사람 과 어찌 함께하려 하십니까. 유비를 불러들이면 우리 서천은 망합니다."

"다시는 그런 소리 말라. 유현덕은 나와 친척간이다. 그가 어찌 나의 땅을 뺏으리요."

유장은 황권과 왕누를 밖으로 몰아내고, 법정에게 즉시 떠나도록 명 령했다. 이리하여 법정은 익주를 떠나 형주에 가서 유현덕에게 절하고 서신을 바쳤다.

유현덕이 뜯어보니,

　아우뻘 되는 유장은 유현덕 종형 장군 휘하에 두 번 절하고 글월을 올립니다. 오래 전부터 우레 같은 명성을 들었으나, 촉 땅의 길이 험해서 인사도 드리지 못했으니, 참으로 부끄럽고 황송합니다. 이 유장은 '길흉간에 서로 돕고, 걱정과 근심이 있으면 서로 원조한다'는 옛말을 들어서 알고 있습니다. 친구간에도 그러하거늘, 더구나 일가 친척간에야 더 말할 것 있겠습니까. 이제 장노가 북쪽에 웅거하고 있으면서 군사를 일으켜 서천으로 쳐들어올 생각만 하고 있다 하니, 너무나 불안해서 이렇듯 사람을 시켜 삼가 서신을 바칩니다. 간절한 청을 들어주시기 바랍니다. 친척간의 정을 생각하시고 같은 조상에게서 받은 몸을 서로 아끼신다면, 즉시 군사를 일으켜 미쳐 날뛰는 도둑들을 송두리째 무찔러주십시오. 그러면 길이 우호를 맺고 큰 은혜에 보답하겠습니다. 글로 다 말씀 드릴 수 없어 군사를 거느리고 왕림해주시기만 고대합니다. 이때가 건안建安 16년 겨울 12월이었다.

유현덕은 서신을 읽고 크게 기뻐하며 잔치를 벌여 법정을 대접한다. 술이 몇 순배 돌았을 때였다.

유현덕은 좌우 사람들을 물러가게 하고 조용히 법정에게 말한다.

"오래 전부터 귀공의 명성을 들어오던 차에, 지난번엔 장별가가 칭찬을 많이 하더니, 이제야 직접 지도를 받게 되어 매우 기쁘오."

법정이 감사한다.

"촉 땅의 조그만 관리가 무슨 뛰어난 점이 있겠습니까. 그러나 옛사람이 말하기를 '말은 백락伯樂(옛날에 말을 잘 알아보기로 유명했던 사람)을 만나야 기뻐서 코를 불고, 사람은 나를 알아주는 사람을 만나면 생명도 바친다'고 했습니다. 장별가가 전번에 말씀 드린 일을 장군은 유의하고 계십니까?"

"나는 평생을 떠도는 신세라, 어찌 슬픈 생각과 탄식이 없겠소. 저 나는 새도 편안히 거처하는 나뭇가지가 있고, 토끼도 거처하는 세 개의 굴이 있는데, 더구나 집도 절도 없는 사람이야 더 말할 것 있겠소. 풍족한 촉 땅을 차지하고 싶지 않은 것은 아니나, 유장이 바로 나와 먼 친척간이기 때문에 차마 그 땅을 뺏을 수 없구려."

법정이 말한다.

"익주는 하늘이 주신 땅이기 때문에 난세를 극복할 만한 분이 아니면 다스릴 수가 없습니다. 그런데 유장은 능히 어진 사람을 쓸 줄 모르니, 머지않아 그 땅은 반드시 남의 손에 넘어갈 것입니다. 그래서 기왕이면 장군에게 촉 땅을 바치려는 것이니, 기회를 놓치지 마십시오. 먼저 쫓아가야 토끼를 잡는다는 옛말도 있지 않습니까. 장군께서 차지할 생각만 있으시다면, 제가 죽음을 각오하고 힘을 다하겠습니다."

유현덕은 두 손을 들어 감사하며,

"나에게 의논할 여가를 좀 주시오."

하고 대답했다.

잔치가 끝나자, 공명은 친히 법정을 관사로 안내하고, 유현덕은 홀로 앉아 생각에 잠겨 있는데, 방통이 나와서 묻는다.

"일을 결정해야 할 때에, 결정하지 못하는 것은 어리석은 사람입니다. 영특하신 주공께서 무엇을 그리 의심하십니까?"

"그대의 뜻으론 이 일을 어찌하면 좋겠소."

"형주 동쪽에는 손권이 있고 북쪽에는 조조가 있으니, 여기서는 우리가 뜻을 펼 수 없습니다. 그러나 익주는 호구가 백만이며, 토지는 넓고 재물은 풍부하니, 가히 대업의 기반을 삼을 수 있습니다. 이제 다행히도 장송과 법정이 안에서 우리를 돕겠다 하니, 이는 하늘이 주공께 촉 땅을 주시는 것인데, 무엇을 주저하십니까."

유현덕이 대답한다.

"이제 나와 수화 상극水火相剋으로 겨루는 자는 조조라, 조조가 급히 서두르면 나는 너그러이 대하고, 조조가 횡포橫暴하면 나는 어진 태도로 대하고, 조조가 속임수를 쓰면 나는 지성으로 대하여, 매양 조조와 정반대로 겨루어야만 일이 성공하는 법이오. 나는 조그만 이익에 눈이 어두워 만천하에 신의를 잃는 일은 차마 못하겠소."

방통이 웃는다.

"주공의 말씀은 비록 하늘의 이치에는 합당하나, 이런 난세에 군사를 써서 힘으로 다투는 데는 여러 가지 길이 있습니다. 만일 상식적인 이치만 생각하다가는 한걸음도 나아가지 못하고 맙니다. 그러니 형편 따라 방법을 세워 변화에 대응하십시오. 약한 자를 모으고 어리석은 자를 공격하고 도리를 무시하고 천하를 빼앗은 후에 다시 도리에 순응하고 지키는 것은, 옛 상商나라 탕왕湯王(폭군 걸桀을 죽이고 나라를 세웠다)과 주周나라 문왕文王(폭군 주紂를 죽이고 나라를 세웠다)의 도입니다. 천하를 정한 뒤에 의리에 보답하고, 나라를 다스리도록 벼슬을 주면 조금도 신의를 잃지 않습니다. 지금 차지하지 않으면 결국 다른 사람에게 빼앗길 것이니, 주공은 이 점을 깊이 생각하십시오."

유현덕이 감탄하며 대답한다.

"선생의 금석金石 같은 말씀을 내 마땅히 명심하겠소."

드디어 공명을 불러 군사를 일으킬 것과 서쪽 촉 땅으로 들어갈 일을 상의한다. 공명이 말한다.

"이곳 형주는 중요한 곳입니다. 반드시 군사를 남겨두고 지켜야 합니다."

유현덕이 부탁한다.

"나는 방통·황충·위연과 함께 서천으로 가겠으니, 군사軍師는 관운장·장비·조자룡을 데리고 이곳 형주를 지키시오."

공명은 그러기로 승낙했다.

이에 형주를 도맡아서 지키게 된 공명은 관운장을 양양의 요긴한 도로로 보내어 청니靑泥 땅 일대를 지키게 하고, 장비에게는 4군을 거느리고서 장강長江 일대를 순찰하게 하고, 조자룡을 강릉江陵으로 보내어 공안公安 땅을 지키게 하였다.

유현덕은 황충을 전위 부대로 삼고, 위연을 후속 부대로 삼았다. 그리고 유봉劉封, 관평關平과 함께 중군中軍이 되고, 방통을 군사로 삼아 기병, 보병 5만 명을 일으켜 서쪽으로 떠날 준비를 끝냈다.

유현덕이 출발하려는데, 마침 요화廖化가 1대의 군사를 거느리고 항복해왔으므로, 관운장에게 보내어 함께 경계선을 방비하도록 조처했다.

이해 겨울, 군사들이 서천으로 출발하여 간 지 며칠이 지났을 때, 맹달이 와서 영접하고 유현덕에게 절하며 고한다.

"유장의 명령으로 제가 군사 5천 명을 거느리고 여기까지 영접 나왔습니다."

유현덕은 사람을 먼저 익주로 보내어 유장에게 답례하자, 유장은 곧 연도沿道의 각 주와 군으로 글을 보내어 유현덕과 그 군사들에게 식량과 비용을 공급하라고 지시했다.

그리고 유장은

"내 친히 부성涪城 땅까지 가서 직접 유현덕을 영접하리니, 수레와 장만帳幔과 정기旌旗와 갑옷과 투구를 새것으로 준비하여라."

명령하니, 주부 황권이 들어와서 간한다.

"주공이 이번에 가시면 반드시 유비에게 붙들려 해를 당하시리다. 오랫동안 녹을 먹은 저로서는 주공이 남의 간특한 계책에 빠지는 것을 차마 볼 수 없으니, 거듭 바라건대 고쳐 생각하소서."

장송이 고한다.

"황권은 주공의 친척에 대한 의리를 떼어놓고 나서, 우리 땅을 엿보는 침략자의 위엄을 높이려는 수작이니, 주공께 무슨 이익이 있겠습니까."

유장은 황권을 꾸짖는다.

"내 이미 결정한 일인데, 너는 어째서 이렇듯 거역하느냐?"

황권은 머리를 짓찧어 피를 흘리면서 유장의 옷자락을 물고 간한다. 유장이 분노하여 벌떡 일어나는 바람에 옷자락을 물고 있던 황권의 이가 두 개나 빠졌다.

유장은 좌우 사람에게 황권을 끌어내라 명령했다. 황권은 방성통곡하면서 끌려 나갔다.

유장이 출발하려는데, 한 사람이 나와서,

"주공은 황권의 충언을 듣지 않고 스스로 죽을 곳으로 가십니까."

외치고 댓돌 밑에 엎드려 간한다.

유장이 보니, 바로 건녕군建寧郡 유원愈元 땅 출신인 이회李恢였다.

이회가 머리를 조아리며 간한다.

"듣건대 '임금은 서로 의견 충돌을 해야 할 신하가 있어야 하며, 아비도 서로 의견 충돌을 해야 할 자식이 있어야 실수가 없다' 하니, 황권의 충언을 마땅히 따르소서. 유비를 서천으로 불러들이는 일은 호랑이를 집 안으로 불러들이는 것과 같습니다."

"유현덕은 나의 형님뻘인데, 어찌 동생뻘인 나를 해칠 리 있으리요. 다시 이런 말을 하는 자가 있으면 참하리라."

유장은 이회를 꾸짖고 좌우 사람으로 하여금 끌어내게 했다.

장송이 말한다.

"오늘날 우리 촉 땅 문관들은 각기 자기 처자만 알고 주공에 대한 충성이 없으며, 모든 장수들은 공만 믿고 자못 교만해서, 각기 딴 뜻을 품고 있습니다. 그러니 유황숙을 모셔오지 않으면 밖에서는 적군이 쳐들어오고, 안에서는 백성들이 들고일어날 것입니다."

"그대 생각만이 나의 살길이로다."

유장이 대답했다.

이튿날, 유장은 말을 타고 유교문檢橋門을 나가는데, 또 한 사람이 와서 고한다.

"종사從事로 있는 왕누가 스스로 성문 위에서 줄을 매고 거꾸로 매달려 한 손에는 간하는 글을 쥐고, 또 한 손에는 칼을 들고 '만일 주공이 내가 간하는 말을 듣지 않으시면, 내 스스로 칼로 이 줄을 끊어 성 아래로 떨어져 죽겠다'며 외치고 있습니다."

유장이 그 간하는 글을 받아오라고 하여 본다.

익주 종사 신臣 왕누는 머리를 조아리며 피눈물로써 고하나이다. 일찍이 듣건대 '좋은 약은 쓰지만 병에 이롭고, 충성스런 말은 듣기에 거슬리나 사리 판단에 이롭다'고 하더이다. 옛날에 초楚나라 회왕懷王은 굴원屈原(초나라 충신)이 간하는 말을 듣지 않고 무관武關에서 개최된 맹회盟會에 갔다가 진秦나라에 붙들려 갖은 곤욕을 당했습니다. 그러하거늘 주공께서는 경솔히 익주를 떠나 부성에 가서 유비를 영접하려 하시니, 가기는 가지만 돌아오지 못하실까 두렵습니다. 지금이라도 장송을 시정에 끌어내어 참하고 유비와의 약속을 끊어버리면, 이는 우리 촉 땅 백성들을 위해서 다행한 일이며, 주공의 만년 대계를 위해서도 크게 다행한 일입니다.

유장이 읽고는 불같이 화를 낸다.

"나는 어진 사람과 서로 만나 지초[芝]와 난초[蘭] 같은 사이가 되고자 하는데, 네 어찌 이렇듯 나를 업신여기느냐!"

이에 왕누는 크게 외마디소리를 지르며 스스로 줄을 끊고 성벽 아래로 떨어져 비참히 죽었다.

후세 사람이 왕누를 찬탄한 시가 있다.

성문에 거꾸로 매달려 간하는 글을 바치고
한 번 죽음으로써 유장에게 보답했도다.
황권은 이가 부러졌지만, 결국 유현덕에게 항복했으니
충성을 맹세함이 어찌 왕누만 하랴.

倒掛城門捧諫章
穿將一死報劉璋
黃權折齒終降備
矢節何如王累剛

유장은 군사 3만 명을 거느리고 부성으로 가는데, 그 뒤를 따르는 천 대의 수레에는 유현덕을 영접하기 위한 곡식과 돈과 비단이 가득 실려 있었다.

한편, 유현덕의 전위 부대는 이미 숙저墊沮 땅에 당도했다. 첫째는 이르는 곳마다 서천 땅 관리들의 공급供給이 융숭했고, 둘째는 '만일 이유 없이 백성들의 물건을 한 가지라도 노략질하는 자가 있으면 참한다'는 유현덕의 명령이 엄격하고 분명해서 가는 곳마다 군사들이 추호의 민폐도 끼치지 않았기 때문이었다. 이르는 곳마다 백성들은 노인을 부축하고 어린아이를 이끌고 나와서 향을 사르며 절했다. 유현덕은 좋은 말로 그들을 일일이 위로했다.

법정이 방통에게 은밀히 말한다.

"장송에게서 비밀 서신이 왔는데, 부성에서 서로 만날 때 반드시 유장을 처치해버리되, 기회를 놓치지 말라고 했습니다."

방통이 머리를 끄덕인다.

"이 일을 결코 입 밖에 내지 마시오. 두 유劉씨가 서로 회견할 때 기회를 보아서 처치하겠소. 이 일이 사전에 누설되면 중간에 무슨 변괴가 일어날까 두렵소."

이에 법정은 극비에 부치고 말하지 않았다.

부성은 성도成都(익주)에서 360리였다. 유장이 먼저 부성에 당도하여 사람을 보내어 유현덕을 영접할 때, 양쪽 군사는 서로 부강涪江 강변에 주둔했다.

유현덕은 부성 성안으로 들어가서 유장과 서로 만나 각기 형제의 정을 펴고, 예를 마치고 눈물을 흘리며 그리던 정을 고하고, 잔치가 끝나자 각기 영채로 돌아가서 편히 쉬었다.

유장이 모든 장수들에게,

"가소로운 일이다. 황권과 왕누 등은 내 형님의 마음을 모르고서 망령되이 시기하고 의심했구나. 오늘 그분을 만나보니 참으로 어질고 의리 있는 어른이었다. 내가 그분의 원조를 받는다면 그까짓 조조와 장노 따위를 뭣 때문에 걱정할 것 있으리요. 참으로 장송이 아니었더라면 큰일날 뻔했도다."

말하고 그 자리에서 자기 녹포綠袍와 황금 5백 냥을 성도로 가지고 가서 장송에게 상으로 주라고 보냈다. 부하 장수 유궤劉:, 냉포冷苞, 장임張任, 등현鄧賢 등 일반 문무 관원들이 고한다.

"주공은 기뻐하지 마소서. 유비는 겉으로는 부드러우나, 속마음이 강하니 그 뜻을 측량할 수 없는즉, 미리 방비하는 것이 마땅합니다."

유장이 껄껄 웃는다.

"너희들은 쓸데없는 걱정도 많다. 우리 형님이 어찌 딴 뜻을 품으리요."

모든 장수들이 다 한숨짓고 탄식하며 물러났다.

한편, 유현덕이 영채에 돌아오자, 방통이 들어와서 고한다.

"주공께서는 오늘 유장의 동정을 잘 살펴보셨습니까?"

"유장은 참으로 성실한 사람이었소."

"유장은 비록 착한 사람이지만, 그 신하 유궤와 장임 등은 다 얼굴에 불평이 가득했으니, 앞으로 무슨 일이 일어날지 모르겠습니다. 이 방통의 생각으로는 내일 우리 편에서 잔치를 벌이고 유장을 초청하되, 뒤꼍에다 군사 만 명만 매복시켰다가, 주공께서 술잔을 던지는 것을 신호로 삼아 일제히 내달아 그 자리에서 유장을 죽여버리고, 일제히 성도로 물밀듯 밀고 들어가면, 칼을 뽑지 않고 활 한 대 쏘지 않고도 앉아서 일을 성취할 수 있습니다."

유현덕이 대답한다.

"유장은 나와 친척간이며 성심으로 나를 대접하고 있소. 더구나 내가 이제 촉 땅에 들어와서 백성들에게 아무런 은혜도 베풀지 못하고 신용도 얻지 못한 터에 그런 짓을 한다면, 이는 하늘이 나를 용납하지 않을 것이며 백성들이 나를 원망할 것이오. 귀하의 계책은 비록 패자覇者라도 그러지는 못할 것이오."

"이것은 이 방통의 계책이 아닙니다. 장송이 법정에게 보내온 비밀서신에 '일을 결코 늦춰서는 안 되니 속히 도모해야 한다'고 누누이 말했기 때문입니다."

방통의 말이 끝나기도 전에, 법정이 들어와서 유현덕을 뵙고 말한다.

"이는 저희들이 하는 일이 아니고, 하늘의 명을 순종하는 것입니다."

유비에게 서천을 취할 것을 권하는 방통

유현덕이 대답한다.

"유장은 나와 친척간이오. 나는 그의 것을 빼앗을 수는 없소."

법정이 계속 고한다.

"이는 귀공의 잘못된 생각이십니다. 그렇게 하지 않으시면 우리 촉에게 그 어미를 살해당한 장노가 원수를 갚으려고 반드시 쳐들어올 것입니다. 귀공이 머나먼 산천을 넘고 건너 군사를 몰고 이미 여기까지 오셨으니, 나아가면 이익이 있으나 물러서면 아무 이익도 없습니다. 그러하거늘 의심하고 고집하여 시일만 늦추다 보면, 이 큰 계책은 수포로 돌아갈 것이며, 뿐만 아니라 이 비밀이 누설되기라도 하는 날에는 도리어 큰 불행을 당하기 십상입니다. 그러니 하늘이 주시는 때에 남이 생각하지 못하는 일을 해서, 속히 기반을 세우는 것이 상책입니다."

방통도 곁에서 거듭거듭 권하니,

　　주인은 그저 인정과 도리에만 얽매이고
　　신하는 다만 방편과 계책을 쓰도록 권한다.
　　人主幾番存厚道
　　才臣一意進權謀

유현덕의 심정은 어떠할까.

제61회

조자룡은 강에서 아두를 빼앗고
손권은 서신을 보내어 조조를 물리치다

방통과 법정 두 사람은 유현덕에게 권한다.

"잔치 자리에서 유장을 죽이면 서천을 곧 차지할 수 있습니다."

그러나 유현덕은 대답한다.

"내가 처음으로 촉 땅에 들어와 백성들에게 아무런 은덕도 베풀지 못했고 신의도 세우지 못했으니, 결코 그런 짓은 할 수 없소."

방통과 법정이 거듭 권하나 유현덕은 끝내 듣지 않았다.

이튿날, 유현덕은 초청을 받고 다시 성안에 이르러, 유장과 함께 잔치 자리에 앉아 서로의 심정을 자세히 말하고 친밀히 담소한다. 좌중 사람들도 얼근히 취했다.

이때 방통이 법정과 상의한다.

"일이 이 지경에 이른 바에야 주공의 승낙을 받기는 틀렸으니, 위연에게 당상에 올라가서 칼춤을 추게 하고 기회를 보아 유장을 죽이라 하시오."

이에 위연이 칼을 뽑고 나아가 고한다.

"잔치 자리에 흥을 돋울 만한 것이 없으니, 바라건대 칼춤을 추어 즐겁게 해드리겠습니다."

방통은 여러 무사를 불러들여 당 아래에 늘어세우고 위연이 유장을 죽일 때만 기다린다. 유장의 모든 장수들이 보니 위연이 잔치 자리 앞에서 칼춤을 추고, 댓돌 밑에서는 무사들이 칼자루를 잡고 당 위를 쳐다보고 있었다.

종사로 있는 장임이 또한 칼을 뽑아 들고 나와 춤을 추며 말한다.

"칼춤은 반드시 상대가 있어야 하니, 내가 위연과 함께 추리다."

서로 춤을 추다가 위연이 유봉에게 눈짓을 하자, 유봉은 즉시 칼을 뽑아 들고 올라와 춤을 추며 위연을 돕는다.

이에 서천 장수 유궤, 냉포, 등현이 각기 나서며 말한다.

"우리도 군무를 추어 여러분의 흥을 돋우리라."

유현덕이 매우 놀라 허리에 차고 있던 칼을 뽑아 들고 자리에서 벌떡 일어나 꾸짖는다.

"우리 형제가 서로 만나 흉금을 터놓고 유쾌히 술을 마시는 중이며, 또한 이 자리가 홍문연鴻門宴이 아니거늘 칼춤이 웬일이냐! 칼을 버리지 않는 자는 참하리라."

유장 또한 자기 장수들을 꾸짖는다.

"형제가 서로 모였는데 칼이 무슨 소용이 있느냐. 모두 다 칼을 버려라."

그제야 칼춤을 추던 쌍방 장수들은 분분히 뜰로 내려갔다.

유현덕이 모든 장수들을 당 위로 올라오라 하여 술을 하사하며 타이른다.

"우리 형제는 한 조상의 피를 이어받은 친척간으로 앞으로 큰일을 의논하려는 것이지 결코 딴생각을 품지 않았으니, 너희들은 의심하지 말라."

모든 장수들은 일어나 유현덕에게 절하며 감사한다. 유장이 감격하여 유현덕의 손을 잡고 울며 말한다.

"형님의 은혜를 맹세코 잊지 않겠소이다."

그날도 두 사람은 늦도록 술을 마시다가 잔치를 파하고 흩어졌다.

영채로 돌아온 유현덕이 방통을 꾸짖는다.

"그대들은 어찌하여 이 유비를 옳지 못한 일에 빠뜨리려 하시오. 다음에는 그런 짓을 하지 마시오."

방통은 거듭 탄식하며 물러나갔다.

한편, 유장이 영채로 돌아가니 유궤 등이 고한다.

"주공은 오늘 잔치 자리에서 보셨겠지요. 속히 성도로 돌아가셔서 눈앞의 불행을 면하도록 하십시오."

유장이 대답한다.

"나의 형님 유현덕은 다른 사람과 다르시니라."

모든 장수들이 말한다.

"유현덕은 그런 생각이 없을지라도 그 수하 장수들은 우리 서천을 차지하여 부귀 영화를 누릴 작정입니다."

"너희들은 우리 형제의 정을 떼어놓지 말라."

유장은 듣지 않고 날마다 유현덕과 만났다.

어느 날, 장노가 군사를 일으켜 가맹관葭萌關으로 쳐들어온다는 보고가 날아들었다. 유장은 유현덕에게 장노의 군사를 막아달라고 청했다. 유현덕이 태연히 수락한 다음, 그날로 본부 군사를 거느리고 가맹관으로 떠났다.

모든 장수들은 유장에게 권한다.

"유현덕이 떠나갔지만 그들이 언제 변을 일으켜 우리를 역습할지 모릅니다. 그러니 장수들을 모든 요긴한 곳으로 보내어 지키게 하십시오."

유장은 처음에는 듣지 않았으나, 모든 사람들이 굳이 권하니, 백수白

水의 도독都督인 양회楊懷와 고패高沛 두 사람을 부수관涪水關으로 보내어 지키게 하고 성도로 돌아갔다.

한편, 유현덕은 가맹관에 이르러 군사들에게 노략질을 못하도록 엄격히 단속하고 널리 은혜와 덕을 베풀어 백성들의 마음을 수습했다.

이러한 일은 첩자에 의해 곧 동오의 손권에게 속속 보고되었다. 손권이 모든 모사와 장수들을 모아 상의하는데, 고옹顧雍이 나와 말한다.

"유비가 군사를 나누어 거느리고 멀고도 험한 서천으로 갔다면 쉽게 돌아오지는 못할 것입니다. 그러니 우리가 먼저 군사를 보내어 유현덕이 돌아올 길을 끊고, 동시에 동오의 군사를 모조리 일으켜 내리 덮치면 단번에 형주와 양양을 되찾을 수 있습니다. 이 절호의 기회를 놓치지 마십시오."

손권이 머리를 끄덕인다.

"그 계책이 참으로 묘하오."

이렇게 서로 상의하는데, 문득 병풍 뒤에서 한 사람이 나오면서 크게 꾸짖는다.

"그런 계책을 고한 자를 참하여라. 누가 내 딸을 죽이겠다는 거냐!"

모두가 깜짝 놀라 보니, 오국태吳國太부인이었다.

국태부인은 잔뜩 노하여,

"내 평생에 딸이라고는 그것 하나뿐으로 이미 유비에게 시집을 보냈거늘, 이제 너희들이 군사를 일으켜 치면 내 딸의 목숨은 어찌 되겠느냐!"

하고 겸하여 손권을 꾸짖는다.

"너는 부친과 형이 이루어놓은 업적을 이어받고 앉아서 강남 81주를 거느리건만, 그것도 부족해서 그래 조그만 이익에 눈이 어두워 단 하나뿐인 형제를 죽이려 드느냐!"

손권이 몸을 굽히며,

"어머님의 가르치심을 어찌 감히 어기리까."

대답하고 모든 모사와 장수들을 꾸짖어 내보냈다.

국태부인은 한심한 노릇이라며 계속 탄식하고 내당으로 들어간다.

손권이 난간 아래에 우두커니 서서,

"이번 기회를 놓치면 언제 형주와 양양을 되찾을꼬."

안타까워하는데, 장소張昭가 들어와서 묻는다.

"주공께서는 무슨 걱정 근심이라도 있으십니까?"

손권이 자기 심정과 사태를 말했다. 장소가 말한다.

"그건 걱정할 것이 못 되는 극히 쉬운 일입니다. 곧 심복 장수 한 사람에게 군사 5백 명을 주어 형주로 숨어 들어가게 하여 군주郡主(손부인孫夫人)께 한 통의 밀서를 전하되, '국태부인께서 병이 위독하여 보고 싶어하신다' 하여 군주를 빼내어 밤낮을 가리지 말고 동오로 데려오라 하십시오. 그런데 군주를 데려올 때 잊지 말고 반드시 유현덕의 단 하나뿐인 아들도 함께 데려오라 하십시오. 그래야만 유현덕이 자기 아들과 형주 땅을 교환하자고 나설 것입니다. 그래도 그들이 형주 땅을 내놓지 않거든, 그때 군사를 일으켜 형주를 치더라도 늦지는 않으리다."

손권이 더없이 공감한다.

"그 계책이 참으로 묘하도다. 내게 심복 한 사람이 있으니 바로 주선周善이라. 그는 원래 대담 무쌍한 사람으로, 어렸을 때 곧잘 담을 넘어 방으로 몰래 들어가 우리 형님(손책孫策)을 따랐다. 그러니 주선을 보내는 것이 좋겠다."

"이 일을 아무에게도 누설하지 마시고 즉시 주선을 보내십시오."

이에 손권은 주선을 불러 비밀리에 영을 내렸다. 주선은 우선 군사 5백 명을 장사꾼으로 가장시켜 배 다섯 척에 나누어 태우고, 가짜 국서를 품에 넣어 만일에 대비했다. 그리고 배 속에다 무기를 감춘 다음 형주를 향하여 수로로 떠났다.

배가 강변에 닿자, 주선은 친히 형주성으로 가서 문리門吏에게 말한다.

"손부인께 드릴 말씀이 있어 동오에서 왔노라."

문리가 들어가서 전하니, 손부인은 즉시 주선을 불러들였다. 주선은 두말 않고 손권에게서 받아온 밀서를 꺼내어 바쳤다. 손부인이 그 밀서를 받아보니 국태부인이 위독하다는 내용이었다.

손부인이 눈물을 흘리며 묻는다.

"그래 국태부인의 병환은 어느 정도시라더냐?"

주선이 절하고 대답한다.

"국태부인께서는 병환이 위중하여 밤낮으로 부인만 생각하고 계십니다. 만일 늦으면 생전에 서로 만나뵙기 어려울 것 같습니다. 그러니 부인께서는 아두阿斗 아기도 데리고 가서서 생전에 한 번이라도 직접 보여 드리소서."

손부인이 대답한다.

"황숙皇叔께서 군사를 거느리고 멀리 가셨으니, 내가 친정으로 돌아가려면 사람을 시켜 일단 군사軍師(제갈양)께 알려야 하오."

"그러다가 군사의 대답이 황숙께 사람을 보내어 일단 고하고, 그 대답을 들어야만 허락할 수 있다고 한다면 어찌하시렵니까?"

손부인이 대답한다.

"그러나 알리지 않고 떠났다가는 도중에서 못 가게 할지도 모르오."

"이미 큰 강에 배가 와서 대령하고 있으니, 부인께서는 곧 수레에 오르셔서 성밖으로 나가시면 됩니다."

손부인은 친정 어머님이 위독하다는 기별을 받았으니, 어찌 황망하지 않으리요.

마침내 일곱 살 된 아두를 안고 수레에 올라타자, 주선을 따라온 군사 30여 명은 칼과 창을 번쩍이며 말에 올라타고, 일제히 손부인을 호위하며 형주성을 벗어나 강변으로 달린다.

형주성 안 부중 사람이 이 일을 상부에 보고했을 때, 손부인은 이미 모래사장에 당도하여 배에 올라탄 뒤였다.

주선이 명령하여 배가 막 떠나려는데, 저편 언덕 위에서 말 탄 사람이 달려오며 크게 외친다.

"배를 잠깐 멈추어라. 떠나는 부인을 전송하러 왔다!"

주선이 보니, 바로 조자룡이 달려오고 있었다.

원래 조자룡은 초소를 둘러보고 돌아오다가 이 소식을 듣고 깜짝 놀라 겨우 기병 4, 5명만 거느리고 강을 따라 배를 쫓아온 것이다.

주선이 손에 긴 창을 잡고 크게 꾸짖으며,

"너는 어떤 사람이건대 감히 주모主母를 뵙겠다 하느냐?"

하고 군사들에게 명령하자 배들은 일제히 출발하고, 군사들은 무기를 배 위에 끌어올려 늘어놓는다. 배들이 순풍을 받아 급한 물결을 따라가는데, 조자룡이 강을 따라 뒤쫓아오면서 외친다.

"가시는 부인을 막으려 하지 않노라. 다만 뵙고 한마디 드릴 말씀이 있어서 그러니, 잠깐만 배를 멈추어라!"

주선이 들은 체도 않고 배를 재촉하여 급히 간다.

조자룡이 강 언덕을 따라 한 10여 리쯤 쫓아갔을 때였다. 강 여울에 어선 한 척이 매여 있었다. 조자룡은 말을 버리고 창을 잡고는 단번에 어선으로 뛰어올랐다. 마침 어선에 어부 두 사람이 있기에 속히 젓게 하여 손부인이 타고 가는 큰 배를 뒤쫓아 점점 가까이 이르렀다. 주선이 명령을 내리자 군사들은 일제히 활을 쏜다. 조자룡이 창을 휘둘러 막아내니 화살은 분분히 물에 떨어진다.

큰 배와의 사이가 한 길 남짓 좁혀졌을 때였다. 동오의 군사들은 조자룡을 향해 어지러이 창을 내지른다. 조자룡은 지금까지 잡고 있던 창을 어선에 버리고 청홍검靑虹劍을 뽑아 창들을 마구 쳐 끊고, 큰 배를 향하여 외마디소리를 지르며 몸을 날렸다. 순간 조자룡의 몸은 날아서 어느새 큰 배 위로 올라섰다. 동오의 군사들은 그만 기가 질려 나동그라진다.

조자룡이 배 안으로 들어가니, 손부인은 아두를 품에 안고 소릴 질러 꾸짖는다.

"어찌 이리도 무례하시오?"

조자룡이 칼을 칼집에 꽂으며 묻는다.

"주모는 어디로 가시나이까? 어찌하여 군사께 알리지도 않고 떠나시나이까?"

"모친께서 병환이 위독하다 하니, 알릴 여가가 없었소."

"주모께서 문병을 가시는데 어째서 아기까지 데리고 가시나이까?"

"아두는 나의 아들이오. 형주에 남겨두면 돌봐줄 사람이 없기 때문이오."

"그건 잘못 생각하셨습니다. 우리 주공께서는 평생에 한 점 혈육이라고는 아두 한 분뿐이십니다. 제가 지난날 당양當陽 장판長板 싸움에서 백만 적군 속을 헤치고 구출해온 아기입니다. 그러하거늘 부인께서 무단히 데리고 가시다니, 이 무슨 도리십니까?"

손부인이 노하여 꾸짖는다.

"너는 장하의 일개 장수로서 어찌 감히 우리 집안의 일에 간섭하느냐!"

"부인은 가시려거든 마음대로 가십시오. 그러나 아두만은 못 데리고 가십니다."

"네가 도중에서 배에 뛰어들었으니 반역할 뜻이로구나!"

"아기를 주지 않으시면, 저는 만 번 죽어도 부인을 보내지 않겠습니다."

54

손부인이 시비들에게 막으라고 했으나, 조자룡은 시비들을 밀어버리고 손부인의 품에 안긴 아두를 빼앗아 안고 뱃머리로 나왔다.

그러나 어찌하리요. 언덕에는 자기를 도와줄 군사도 없고, 그렇다고 손부인 앞에서 동오의 군사를 마구 쳐죽이는 것도 도리가 아니어서, 조자룡은 이럴 수도 저럴 수도 없었다.

손부인이 시비들에게 소리를 지른다.

"어서 아두를 빼앗아오너라!"

조자룡이 한 손으로 아두를 안고 한 손에 칼을 잡고 버티고 섰으니, 아무도 감히 대들지 못한다.

주선이 배 뒷쪽에서 키를 조종하여 배를 장강長江 중류로 몬다. 바람은 순조롭고 물살은 급해서 배는 급히 달린다. 주선은 조자룡을 태우고 그냥 동오로 돌아갈 배포였다.

조자룡은 어찌할 도리가 없었다. 비록 아두를 빼앗아 보호하기는 했으나, 배를 언덕으로 대게 할 수가 없었다. 이대로 가만 있다가는 동오로 붙들려가는 신세가 된다.

한참 위기에 놓여 있는데, 문득 하류의 나룻가에서 10여 척의 배가 일제히 일자로 열을 지어 오는데, 뱃머리에 기가 펄펄 나부끼고 북소리가 크게 진동한다.

'이젠 꼼짝없이 동오의 계책에 걸려들었구나.'

조자룡이 이렇게 생각하고 있는데, 맨 앞에 오는 배에서 한 대장이 손에 긴 창을 잡고 높은 소리로 크게 외친다.

"형수씨는 나의 조카를 놔두고 가시오!"

원래 장비는 순찰을 돌다가 소식을 듣고 급히 유강油江 협구로 달려왔는데, 마침 동오의 배들이 오는 것을 보고 즉시 배들을 몰고 나와 앞을 가로막은 것이다.

손부인에게서 아두를 탈환하는 장비(왼쪽)와 조운

　장비가 칼을 들고 동오의 배로 뛰어오르자, 주선이 칼을 뽑아 달려든다. 장비의 칼이 한 번 번득이자 주선의 목이 떨어진다. 장비가 주선의 목을 손부인 앞에 내던지니, 손부인은 크게 놀라 외친다.

　"아주버니는 어찌 이리도 무례하시오?"

　장비가 대답한다.

　"형수씨는 우리 형님을 소중히 생각하지 않고 자기 마음대로 돌아가려 하니, 이 이상 무례한 데가 어디 있소."

　"나는 친정 어머님이 위독하여 그대 형님이 돌아오실 때까지 기다릴 수가 없어서 떠나는 것뿐이오. 그대들이 보내지 않는다면 나는 이 강물에 몸을 던져 죽으리라."

　이에 장비와 조자룡은 상의한 끝에,

"만일 부인을 죽게 하면 이는 신하로서의 도리가 아니다."

하고 아두만 보호하기로 했다.

장비가 손부인에게,

"우리 형님은 대한大漢의 황숙이시며, 한 번도 형수씨를 푸대접한 일이 없으시니, 이제 가실지라도 우리 형님의 은혜와 의리가 생각나거든 어서 속히 돌아오소서."

하고 아두를 안고 조자룡과 함께 배를 옮겨 타고, 동오의 배 다섯 척을 놓아 보낸다.

후세 사람이 조자룡을 찬탄한 시가 있다.

옛날에 어린 주인을 당양 싸움에서 구해내더니
오늘날은 몸을 날려 큰 강으로 향했도다.
배 위의 동오 군사는 다 기가 질렸는데
조자룡의 용맹은 천하에 짝이 없더라.
昔年救主在當陽
今日飛身向大江
船上吳兵皆膽裂
子龍英勇世無雙

또 장익덕을 찬탄한 시가 있다.

옛날 장판교에서 노기가 등등하여
한 소리 범처럼 부르짖으니 조조의 군사가 물러갔도다.
오늘 강 위에서 위기에 놓인 어린 주인을 구출했으니
청사(역사)에 그 이름을 적어 만고에 전하리로다.

長板橋邊怒氣騰

一聲虎嘯退曹兵

今朝江上扶危主

青史應傳萬載名

두 사람은 서로 안도하며 아두를 보호하여 배를 돌려 돌아가는데, 불과 몇 마장도 못 갔을 때였다. 공명이 많은 배를 거느리고 오는 것이었다. 공명 또한 아두를 보고 기뻐하며, 두 사람과 함께 돌아가 그간의 경과를 써서 가맹관에 있는 유현덕에게 보냈다.

한편, 손부인은 오나라로 돌아가,

"장비와 조자룡이 주선을 죽이고 강을 막아 아두를 빼앗아갔소."

하고 자초지종을 설명했다.

손권이 노기 등등해서 말한다.

"이제 누이동생이 돌아왔으니, 그들과는 아무 인연도 없다. 주선이 죽었으니 어찌 그 원수를 갚지 않으리요."

하고 곧 모든 문무 관원들을 불러 형주를 칠 일을 상의하고 군사를 일으키려 하는데,

"조조가 40만 군사를 일으켜 적벽에서 패전한 원한을 갚으러 온다."

는 보고가 들이닥쳤다. 손권이 크게 놀라 형주 칠 일은 뒤로 미루고 우선 조조를 막을 일을 상의하는데,

"그간 병으로 시골에 있던 장사長史(벼슬 이름) 장굉張紘이 죽었습니다. 그의 유서를 가지고 왔습니다."

하는 보고가 들어온다.

손권이 그 유서를 뜯어보니 '주공은 말릉秣陵 땅으로 거처를 옮기십

시오. 그곳 산천은 제왕의 기상이 있으니 속히 옮겨 만세의 대업을 성취하십시오' 하는 내용이었다.

유서를 읽고 나자 손권은 크게 통곡하며, 모든 문무 관원들에게,

"장굉이 나에게 말릉 땅으로 옮길 것을 권했으니, 어찌 좇지 않으리요."

하고 즉시 말릉 땅에 석두성石頭城을 쌓고 도읍을 옮기도록 명령했다.

여몽呂蒙이 나와서 고한다.

"조조가 군사를 거느리고 오니, 유수濡須 땅 수구水口에 보루堡壘를 쌓아 막도록 하십시오."

모든 장수들이 묻는다.

"언덕에 올라가면 적군을 칠 수 있고 신발만 벗으면 배를 타고 돌아올 수 있는데, 보루는 쌓아서 무엇에 쓰려오?"

여몽이 대답한다.

"군사도 경우에 따라서 날카롭고 둔할 때가 있으니, 싸운다고 늘 이기는 것은 아니오. 만일 갑자기 적군을 만나 보병과 기병이 한꺼번에 몰리는 경우에는 강까지 물러서기도 전에 낭패를 당할 테니, 어느 여가에 배를 탄단 말이오."

손권이 머리를 끄덕이며,

"사람이 먼 앞날에 대한 염려가 없으면 반드시 가까운 근심을 당한다고 했으니, 여몽의 말은 앞날을 내다보는 의견이다."

하고 군사 수만 명을 수유 땅으로 보냈다.

군사들은 밤낮을 가리지 않고 공사에 진력하여 기일을 어기지 않고 보루를 준공했다.

한편, 조조는 허도에 있으면서 위엄을 보이고 복을 누리는 정도가 날로 커졌다.

장사 벼슬에 있는 동소董昭가 나와 조조에게 고한다.

"자고로 신하로써 공로를 세우기는 승상만한 분이 없습니다. 주공周公과 여망呂望(강태공姜太公)이 비록 공적을 쌓았다고는 하지만, 어찌 승상의 공적을 따를 수 있겠습니까. 승상께서는 춘풍추우春風秋雨 30여 년 사이에 여러 흉악한 도둑들을 소탕하시고, 백성에게 해 끼치는 자들을 무찌르고, 한나라 황실을 부축하셨으니 어찌 다른 신하들과 함께 같은 열列에 서실 수 있습니까. 마땅히 위공魏公의 지위를 받으시고 구석九錫의 대우를 받으셔서 그 공덕을 드날리셔야 합니다."

그러면 구석이란 무엇인가?

첫째는 타고 다니는 수레와 말에 관한 것이다. 대로大輅와 융로戎輅가 각각 한 채니, 대로는 황금으로 만든 큰 수레며, 융로는 싸울 때 타는 병거兵車로, 검은 암소 두 마리와 누런 말 여덟 마리가 끌기로 되어 있다.

둘째는 의복에 관한 것이다. 곤룡포袞龍袍를 입고 면류관冕旒冠을 쓰고 붉은 신을 신기로 되어 있다.

셋째는 악현樂縣이라는 것이다. 악현이란 왕이라야만 즐길 수 있는 음악이니 즉 왕의 음악이다.

넷째는 붉은 집이다. 거처하는 집에 붉은빛을 칠하고 문에 다홍빛을 칠할 수 있는 대우다.

다섯째는 납폐納陛라는 것이다. 천자가 계시는 궁전에 올라갈 때 바로 납폐를 밟고 들어갈 수 있는 특전이다. 납폐란 비바람을 피할 수 있도록 기와 추녀 깊숙이 들어간 곳에 설치한 궁전 정면의 계단이다.

여섯째는 호분虎賁이라는 것이다. 호분은 집을 호위하는 군사니, 즉 거처하는 집에 호위 군사 3백 명을 둘 수 있는 특전이다.

일곱째는 부斧와 월鉞이라는 것이다. 부는 작은 도끼이며 월은 큰 도끼다. 왕을 호위하는 의장儀仗 무기로 그것을 좌우에 세우고 위의를 드날릴 수 있는 특전이다.

여덟째는 활과 화살이다. 붉은 활 한 벌과 붉은 화살 백 개와 검은 활 열 벌과 검은 화살 천 개를 쓸 수 있는 특전이다.

아홉째는 거창鉅鬯과 규찬圭瓚이라는 것이다. 거鉅는 검은 수수[黍]이 며 창鬯은 향초香草니, 즉 검은 수수와 향초를 비벼 넣어서 만든 좋은 술이다. 이런 좋은 술을 땅에 뿌리고 신에게 제사지내어 그 음덕을 빌 수 있는 특전이 있고, 유泌라고 하는 중간 크기의 술 항아리에 넣어서 쓸 수 있는 자격이 있다. 규찬은 옥돌로 만든 자루가 붙은 제기니 종묘에서 선왕을 제사지낼 때 쓴다. 그러한 술과 제기를 쓸 수 있는 특전을 주는 것이다.

실로 구석이란 어마어마한 특전이요, 왕이라야만 누릴 수 있는 특권이었다.

이때 시중侍中 벼슬에 있는 순욱이 간한다.

"그건 옳지 못한 일입니다. 승상은 원래 의로써 군사를 일으켜 한나라 황실을 부축한 것이니, 마땅히 애초의 충정한 뜻을 그대로 지키고 겸양하며 물러서는 맑은 절개를 잃지 마십시오. 군자君子는 덕으로써 사람을 사랑하나니 구석의 특권을 누리지 마십시오."

이 말이 고락을 함께해온 뛰어난 모사 순욱의 입에서 나올 줄은 몰랐다. 조조의 얼굴빛이 무섭게 변한다.

동소는 순욱에게,

"어찌 한 사람이 모든 사람들이 바라는 바를 막으리요!"

하고 드디어 조조를 위공으로 높이고 또한 구석의 특전을 내려달라는 표문을 닦아 천자께 바쳤다.

순욱이 길게 탄식한다.

"오늘날 내 이런 일이 있을 줄은 몰랐도다."

조조는 이 말을 듣고 마음속으로 순욱을 깊이 미워하게 되었다.

건안 17년(212) 10월에 조조는 군사를 일으켜 강남江南(동오)을 치러 떠나면서 순욱에게 함께 가자고 명령했다. 순욱은 조조가 자기를 죽일 생각임을 미리 알고, 병을 핑계대고 수춘壽春 땅에 머물렀다.

며칠 뒤에 조조가 보낸 사람이 와서 순욱에게 고한다.

"승상이 보내신 음식 합盒(뚜껑이 있는 둥글넓적한 작은 그릇)을 가지고 왔습니다."

그 합에는 조조가 친필로 써서 붙인 종이가 봉해져 있었다. 순욱이 열어보니 빈 합이었다. 순욱이 조조의 뜻을 알고 마침내 독약을 마시고 죽으니, 이때 나이 50세였다.

후세 사람이 순욱을 탄식한 시가 있다.

순욱의 그 높은 재주는 천하에 모르는 사람이 없건만
아아 아깝구나, 어쩌다가 권세 문하에 잘못 발을 들여놓았던고!
후세 사람은 부질없이 순욱을 장자방張子房과 비교하지만
순욱은 죽을 때 한나라 천자를 대할 면목이 없었더니라.
文若才華天下聞
可憐失足在權門
後人漫把留侯比
臨歿無顏見漢君

그 아들 순운荀惲은 초상이 났음을 알리고 부친의 죽음을 서신으로 써서 조조에게 보냈다.

조조는 그제야 자기가 한 짓을 매우 후회하며,

"성대히 장사지내주어라."

분부하고, 죽은 순욱에게 경후敬侯라는 시호를 내렸다.

조조가 대군을 거느리고 남하하여 유수 땅에 이르렀다. 먼저 조홍에게 철갑鐵甲 기병騎兵 3만 명을 주어 강변을 염탐하고 오라 했다.

조홍이 돌아와서 고한다.

"멀리 바라보니, 강변 일대에 기旗와 번旛(기의 일종)만 무수히 늘어서 있고, 동오의 군사는 어느 곳에 모여 있는지 알 수가 없더이다."

조조는 마음이 놓이지 않아서 친히 군사를 거느리고 나아가 유수 땅 어귀에 진영을 세우고, 군사 백여 명만 거느린 채 산 위로 올라가보았다. 강물에는 전함이 대隊와 오伍로 나뉘어 차례대로 열을 지었는데, 오색 기치旗幟가 뚜렷하며 무기 또한 선명하였다. 그 중 제일 큰 배 위에 청라산靑羅傘을 세우고 그 아래에 손권이 앉아 있는데, 좌우로 문무 관원들이 모시고 서 있다.

조조가 채찍을 들어 가리키며 좌우 사람을 돌아보고 감탄한다.

"아들을 두려거든 저 손권 같은 인물을 둘 것이요, 유표劉表 따위는 돼지나 개에 불과하다."

그런데 갑자기 저편에서 문득 포 소리가 탕 터지더니 배들이 일제히 물결을 박차며 달려오고, 유수의 보루 안에서 군사들이 내달아와 조조의 군사를 친다.

조조가 꾸짖어도 군사들은 마구 달아나는데, 문득 기병 천여 명이 어느새 산을 돌아 쫓아오니, 맨 앞에 선 장수의 눈은 푸르고 수염은 자줏빛이었다. 바로 손권이었다.

조조는 손권이 친히 1대의 기병을 거느리고 쳐들어오는 것을 보고, 크게 놀라 말 머리를 돌려 급히 달아나려 하는데, 어느새 동오의 장수 한당韓當과 주태周泰가 나란히 말을 달려 덤벼든다.

마침 조조 뒤에 있던 허저許褚가 말을 달려 나가 칼을 춤추며 한당과

睥睨神器移兵南國恣鯨吞

操美國權怒目中原張虎勢
曹操興兵下江南

군사를 거느리고 동오를 공격하는 조조

주태 두 장수를 막는 동안 조조는 겨우 위기에서 벗어나 영채로 돌아갔다.

허저는 한당과 주태 두 장수와 30여 합을 싸우다가 돌아갔다. 조조는 돌아온 허저에게 많은 상을 주는 한편, 다른 장수들을 꾸짖는다.

"적군 앞에서 먼저 달아나 나의 예기를 꺾었으니, 다음에도 그러면 다 참하리라."

그날 밤 2경 때였다. 영채 밖에서 갑자기 함성이 진동한다. 조조가 황급히 말을 타고 나가보니, 사방에서 불이 오르며 동오 군사는 이미 대채 안까지 쳐들어와서 무찌르고 있었다. 조조의 군사는 날이 샐 무렵까지 싸우다가 50여 리 밖으로 후퇴하여 다시 영채를 세웠다.

조조가 심히 우울하여 병서를 보고 있는데, 정욱程昱이 들어와서 고한다.

"승상께서는 병법을 잘 아시면서도, 군사가 신속히 행동하는 것이 가장 중요하다는 것은 어째서 모르십니까. 승상께서 군사를 일으키는 데 너무 시일이 오래 걸렸으므로, 손권은 이미 만반의 준비를 하고 유수 수구에다 보루까지 설치하였으니, 우리가 공격하기 어렵게 됐습니다. 그러니 일단 허도로 돌아가서 다시 다른 계책을 생각하는 것이 좋겠습니다."

조조가 아무 대답도 않으니, 정욱은 밖으로 나갔다.

조조가 가만히 책상에 엎드려 있는데, 문득 험한 파도 소리가 끓어오른다. 마치 천병만마千兵萬馬가 내닫는 듯하다. 조조가 급히 머리를 들어보니 큰 장강 속에서 붉은 해가 나와 눈부시게 빛을 쏜다. 우러러본즉 하늘에 두 개의 태양이 서로 비치더니, 문득 강심江心에 있는 붉은 해가 날아올라 바로 영채 앞의 산속으로 떨어진다. 순간 우레 같은 폭음이 일어났다.

조조가 그 소리에 깜짝 놀라 깨어보니 꿈이었다. 바깥에 있는 군사를 불러 물으니 벌써 오시午時(오전 11시~1시)라 한다. 조조는 말을 끌어오라 하여, 말에 오르자 군사 50여 명만 거느린 채 영채를 나와 꿈에 해가 떨어졌던 산으로 가보았다. 사방을 둘러보는데 문득 한 떼의 기병이 몰려오니 맨 앞에 선 사람은 황금 갑옷에 황금 투구를 썼다. 조조가 자세히 보니 바로 손권이었다.

손권은 조조를 보고도 놀라지 않고, 유유히 산 위에서 말을 멈추더니, 채찍을 들어 조조를 가리키며 말한다.

"승상은 중원을 차지하고 부귀를 한껏 누리거늘, 무엇이 부족해서 우리 강남을 치러 왔느냐?"

조조가 대답한다.

"너는 신하 된 몸이건만 황실을 존중하지 않으니, 내가 천자의 명령을 받고 특히 너를 토벌하러 왔노라."

손권이 껄껄 웃는다.

"어찌 부끄러움도 없이 그런 말을 하느냐. 네가 천자를 속이고 모든 제후들을 호령한다는 것은 천하가 다 아는 바다. 나는 한나라 조정을 존경하니, 이제 너를 쳐서 나라를 바로잡으리라."

조조가 발끈 분노하여 모든 장수들에게 호령한다.

"속히 산 위로 올라가 손권을 잡아라."

조조의 호령이 끝나기도 전이었다. 문득 포 소리가 탕 터지더니, 산 뒤에서 한 떼의 군사가 좌우로 달려 나온다. 오른쪽은 한당과 주태 두 장수가 군사를 거느리고, 왼쪽은 진무陳武와 반장潘璋 두 장수가 거느린 군사들이다. 그들 네 장수가 거느린 군사 3천 명이 일제히 활을 쏘니 화살은 빗발치듯한다.

조조는 급히 모든 장수들을 거느리고 달아나는데, 뒤에서 네 장수가 나는 듯이 쫓아온다. 반쯤 왔을 때 허저가 호위군(친위대)을 거느리고 오다가 서로 만나 조조를 구출하여 돌아가니, 동오의 군사들은 일제히 개선가를 부르며 유수로 돌아갔다.

영채로 돌아온 조조는

'손권은 비범한 인물이다. 더구나 꿈에 본 그 붉은 해가 바로 손권이었으니, 그는 뒷날에 반드시 제왕이 될 것이다.'

생각하고 회군할 뜻을 가졌지만, 동오 사람들이 돌아가는 자신을 비웃지나 않을까 해서 결정을 내리지 못했다.

그렇게 주저하는 동안에 한 달이 지났다. 그 동안 서로 몇 번 싸웠으나 승부도 안 나고 해만 바뀌었다. 정월로 접어들면서부터는 봄비가 연일 계속 내렸다. 강물은 불고 군사들은 진창 속에서 고생이 이만저만이 아니었다. 조조는 우울하기만 했다.

그날도 영채에서 모든 모사들과 함께 상의하는데, '군사를 거두어 돌아가자'는 의견도 있고, '이제 봄이 되어 따뜻해서 좋은 때니 돌아가서는 안 된다'는 의견도 있어, 조조는 결정을 내리지 못했다. 그렇게 주저하는데 손권의 사자가 서신을 가지고 왔다.

조조는 서신을 받아 뜯어보았다.

나와 승상은 다 한나라의 신하인데, 승상은 백성을 편안케 하여 국가에 보답할 생각은 않고 망령되이 군사를 일으켜 백성을 도탄에 빠뜨리니, 어찌 어진 사람이 할 짓이리요. 요즘 봄물이 점점 불어나니 그대는 속히 돌아가시오. 그러지 않으면 지난날 적벽에서 겪은 불행을 다시 당하리니, 그대는 깊이 생각하시오.

서신 뒤에 두 줄로 쓴 글이 따로 있었다.

그대가 죽어야만
내가 편안할 수 있다
足下不死
孤不得安

조조가 보고 나서 크게 웃는다.

"손권이 나에게 속임수를 쓰지 않는구나."

조조는 서신을 가지고 온 사자에게 많은 상을 주며, 여강廬江 태수 주광진朱光鎭에게 환성喚城 땅을 잘 지키라 당부하고, 친히 대군을 거느리고 허도로 돌아갔다.

이에 손권도 또한 군사를 거두어 말릉으로 돌아갔다.

손권이 모든 장수들과 상의한다.

"조조가 비록 북쪽으로 돌아갔으나, 유비는 아직도 가맹관에서 돌아오지 않았으니, 이 참에 조조를 막던 군사를 돌려 형주를 되찾는 것이 어떨까?"

장소가 나와서 말한다.

"당분간 군사를 움직여서는 안 됩니다. 제게 한 가지 계책이 있으니, 유비가 다시 형주로 돌아오지 못하게 하리다."

조조의 대군이 북쪽으로 물러가니

손권의 씩씩한 뜻이 또 남쪽을 도모한다.

孟德雄兵方退北

仲謀壯志又圖南

장소의 계책이란 과연 무엇일까.

제62회

부관을 쳐서 양회와 고패의 목을 날리고
황충과 위연은 낙성을 공격하는 데 공로를 다투다

장소가 계책을 말한다.

"군사를 움직이면 안 됩니다. 군사가 떠나기만 하면 반드시 조조가 다시 쳐들어올 것입니다. 그러니 서신을 두 통 써서 하나는 유장에게 보내되, '유비는 우리 동오와 동맹하여 서천을 빼앗으러 갔다'고 하십시오. 그러면 유장이 의심을 품고 유비를 공격할 것입니다. 그리고 나머지 서신은 장노에게 보내되 '군사를 일으켜 형주를 치라'고 하십시오. 그러면 유비가 어찌할 바를 모르고 쩔쩔맬 테니, 그때 우리가 군사를 일으켜 쳐들어가면 만사는 뜻대로 될 것입니다."

손권은 머리를 끄덕이며 즉시 유장과 장노에게 각각 서신을 보냈다.

한편 유현덕은 가맹관에 오래 있으면서 그곳 백성들에게 존경을 받았다. 그는 공명이 보낸 서신을 받아보고서야 손부인이 동오로 돌아간 사실을 알았으며, 조조가 군사를 일으켜 동오의 유수 땅을 침범한 소식도 들었다.

유현덕은 방통과 의논한다.

"조조가 손권을 친다고 하니, 조조가 이길지라도 반드시 우리 형주를 칠 것이며 손권이 이길지라도 또한 우리 형주를 칠 것이라. 이 일을 어찌하면 좋겠소?"

방통이 대답한다.

"주공은 근심하지 마소서. 공명이 있으니 동오가 감히 형주를 침범하지는 못하리다. 주공은 유장에게 이런 내용의 서신을 보내십시오. 즉 '조조가 손권을 공격하자 손권이 사람을 형주로 보내어 구원을 청해왔다고 하니, 나와 손권은 이해를 함께하는 이웃 나라라. 장노는 자기 땅을 지키기에 급한 도둑이니 결코 쳐들어오지 않을 것인즉, 나는 군사를 거느리고 형주로 돌아가 손권과 함께 힘을 합쳐 조조를 격파해야겠소. 그런데 아시다시피 군사는 적고 양식도 부족하니, 바라건대 친척간의 정리로 나에게 씩씩한 군사 3, 4만 명과 군량 10만 곡斛만 보내주시오. 착오 없이 나를 도와주리라 믿어 거듭 부탁하오'라고 쓰십시오. 만일 유장이 군사와 곡식을 보내오거든, 그때 다시 상의하는 것이 좋겠습니다."

유현덕은 방통이 시키는 대로 사자를 성도로 보냈다. 사자가 부수관柴水關에 이르자 양회楊懷는 고패高沛에게 부수관을 지키도록 맡기고 사자와 동행하여 성도로 갔다.

사자가 서신을 바치니, 유장이 받아보고 나서 함께 온 양회에게 묻는다.

"그대는 무슨 일로 함께 왔느냐?"

양회가 대답한다.

"오로지 그 서신 때문에 왔습니다. 말씀 드리려는 것은 다름이 아니고, 유비가 우리 서천 땅에 들어온 뒤로 은혜와 덕을 널리 펴서 민심을 수습하니 그 속뜻이 흉측합니다. 그가 요구하는 군사와 곡식을 결코 보내지 마십시오. 유비를 돕는 일은 바로 섶을 지고 불속으로 들어가는 거나 다름없습니다."

유장이 말한다.

"나와 유현덕은 형제의 정이 있거늘, 어찌 돕지 않으리요."

한 사람이 나와서 말한다.

"유비는 그 속을 알 수 없는 영웅이라. 오래도록 우리 촉 땅에 두면 이는 범을 방안으로 끌어들이는 격이며, 이제 또 군사와 곡식을 내주어 돕는다면 이는 범에게 날개를 달아주는 것과 같습니다."

사람들이 보니 그는 영릉군零陵郡 승양丞陽 땅 출신으로 성명은 유파劉巴요 자는 자초子初였다.

유장은 유파의 말을 듣고 결정을 내리지 못하는데, 황권이 또한 끈질기게 간하므로 결국은 늙고 약한 군사 4천 명과 쌀 만 섬만 보내기로 하고, 답장을 써서 사자에게 주었다. 그리고 양회와 고패에게 부수관을 굳게 지키도록 분부했다.

유장의 사자는 가맹관에 이르러 유현덕을 뵙고 답장을 바쳤다.

유현덕이 답장을 보고 크게 화를 낸다.

"내가 너희들을 위해서 걱정하며 적을 막고 있는데, 너희들은 많은 재물을 쌓아두고도 상을 주는 데는 인색하니, 이러고서야 군사들이 어찌 목숨을 내놓고 싸우겠느냐!"

유현덕은 답장을 찢어버리더니, 몹시 노여워하며 안으로 들어가버린다. 유장의 사자는 도망쳐 성도로 돌아간다.

방통이 말한다.

"주공께서는 여태껏 인仁과 의義만 존중하시다가 오늘날 답장을 찢고 몹시 노하셨으니, 지금까지 해온 일을 다 포기하시렵니까?"

유현덕이 묻는다.

"그럼 이럴 때는 어찌하면 좋겠소?"

방통이 대답한다.

"제게 세 가지 계책이 있으니, 주공은 그 중에서 한 가지를 결정하십시오."

"그 세 가지 계책을 말해주시오."

"지금 씩씩한 군사만 뽑아 거느리고 밤낮을 가리지 않고 가서 바로 성도를 치는 것이 상책입니다. 다음은 양회와 고패가 다 촉의 유명한 장수로서 각기 강한 군사들을 거느리고 관소를 굳게 지키고 있으니, 이제 주공께서 형주로 돌아간다고 속이면 두 장수가 반드시 나와서 주공을 전송할 것이므로, 그때에 두 장수를 잡아죽이고 관소를 빼앗아 먼저 부성 땅을 점령하고, 그런 후에 성도로 쳐 올라가는 것이 중책입니다. 다음은 일단 백제白帝 땅으로 물러가서 곧장 형주로 돌아갔다가 기회를 보아서 천천히 촉을 치는 것이 하책입니다. 이 세 가지 계책 중에서 한 가지도 결정짓지 못하고 생각만 하다가는 큰 불행을 당하리니, 그때에 후회한들 무슨 소용이 있겠습니까."

유현덕은 머리를 끄덕이며,

"군사軍師의 상책은 너무 조급하고 하책은 너무 느리니, 그럼 적당한 중간 계책을 쓰기로 합시다."

하고 유장에게 서신을 보내는데 그 내용은 이러했다.

조조가 부장 악진樂進을 시켜 청니진靑泥鎭을 치니, 모든 장수들이 대적하지 못하고 있다는 급한 기별이 왔기에, 직접 귀공을 찾아볼 여가가 없어 글로 작별을 고하고, 조조의 군사를 막으러 돌아가니 양해하시오.

그 서신이 성도에 이르렀다. 장송은 유현덕이 형주로 돌아간다는 내용을 곧이듣고 당황했다.

장송은 몰래 사람을 시켜 유현덕에게 서신을 보내려 하는데, 마침 친형인 광한廣漢 태수 장숙張肅이 찾아왔다. 장송은 서신을 얼른 소매 속에 감추고 형을 영접하여, 그간 적조했던 인사를 했다.

　　그런데 장숙이 아우를 보니 어딘지 들떠 있는 것이 이상하다고 생각했다. 이윽고 술상이 나오고, 장송은 형과 함께 술을 마시며 수작을 하는데 소매 속에서 서신이 떨어졌다. 마침 장숙을 모시고 왔던 수하 사람이 그 서신을 주웠으나, 장송은 이를 보지 못하였다.

　　술자리를 파하고 돌아가서야 수하 사람은 그 서신을 장숙에게 바쳤다.

　　장숙이 펴보니,

　　지난날 내가 황숙께 고한 말에 하나도 거짓이 없거늘 왜 시일만 보내고 일을 서두르지 않습니까. 이치에 거슬러서라도 빼앗은 후에 이치를 따라 지키는 것은 옛사람들도 목적을 위해서 감행했던 바입니다. 이제 큰일이 손바닥 속으로 굴러 들어왔는데, 어찌하여 그것을 버리고 형주로 돌아간다 하십니까. 이 장송은 그 까닭을 몰라 실망이 큽니다. 이 편지를 보시는 즉시로 군사를 급히 몰아 쳐들어오십시오. 장송이 안에서 대기하고 있으니, 기회를 잃지 마십시오.

　　장숙이 보고 나서 크게 놀란다.

　　"동생이 집안 망칠 일을 하니, 내 고발하지 않을 수 없구나."

　　그날 밤으로 장숙은 유장에게 가서 그 서신을 바쳤다.

　　"저의 동생 장송이 유비와 함께 짜고 서천을 팔아먹으려 합니다."

　　유장이 노기 등등하여,

"내 평소에 그놈을 후하게 대접했는데, 어째서 반역하느냐!"

곧 장송의 식구까지 모조리 잡아들이라 호령했다. 그날 장송과 온 가족은 시정市井에 끌려가서 모조리 죽음을 당했다.

후세 사람이 이 일을 탄식한 시가 있다.

　　한 번 보고 잊지 않는다는 것은 자고로 드문 일인데
　　편지 한 장으로 비밀이 누설될 줄이야 뉘 알았으리요.
　　유현덕이 왕업을 일으키는 것을 보기도 전에
　　장송은 먼저 성도에서 무참한 죽음을 당했도다.
　　一覽無遺自古稀
　　誰知書信洩天機
　　未觀玄德興王業
　　先向成都血染衣

유장은 장송을 죽이고 문무 관원들을 모아 상의한다.

"유비가 나의 땅을 빼앗으려 하니 어찌하면 좋을꼬."

황권이 고한다.

"잠시도 머뭇거릴 때가 아닙니다. 즉시 사람을 각처 관소로 보내어 군사를 증원하여 굳게 지키라 지시하고, 유비의 군사를 한 놈도 못 들어오게 하라는 명령을 내리십시오."

유장은 그 말대로 즉시 모든 관소로 격문을 띄웠다.

한편, 유현덕은 군사를 거느리고 부성으로 돌아와서 사람을 먼저 부수관으로 보내어 알린다.

"우리는 형주로 돌아가려 하니, 청컨대 양회와 고패 두 장수는 관소에서 나와 우리의 작별 인사를 받으시오."

양회는 고패와 상의한다.

"현덕이 이번에 돌아온 것을 어떻게 생각하시오?"

고패가 빙긋이 웃으며 대답한다.

"유현덕이 이제야 죽을 때가 됐나 보오. 우리는 각기 날카로운 비수를 품고 가서 전송하는 자리에서 유현덕을 찔러 죽입시다. 그러면 우리 주공은 모든 근심을 풀게 되오."

"참으로 묘한 계책이오."

이에 양회와 고패는 군사 2백 명만 거느리고 관소에서 나오고 그 나머지 군사는 관소 안에 머물러 있게 했다.

유현덕의 대군이 출발하여 부수에 이르렀을 때였다. 방통이 말 위에서 유현덕에게 말한다.

"양회와 고패가 오거든 방비할 준비를 하시고, 만일 그들이 오지 않거든 바로 관소를 쳐서 점령하십시오. 지금은 주저할 때가 아닙니다."

이렇게 말하는데, 문득 한바탕 회오리바람이 일어나더니 앞서가는 帥 자 기旗를 부러뜨린다.

유현덕이 방통에게 묻는다.

"이건 무슨 징조요?"

"이는 조심하라는 징조입니다. 양회와 고패 두 사람이 주공을 죽일 뜻이 있는 모양이니, 미리 방비해야 합니다."

이에 유현덕은 속에 두꺼운 갑옷을 입고 허리에 보검을 차고 만일에 대비했다.

"양회와 고패 두 장수가 전송하러 온다 합니다."

하는 기별이 왔다.

유현덕이 모든 군사와 말을 멈추고 기다리는데, 방통이 위연과 황충에게 분부한다.

"관소에서 군사가 오거든 기병이건 보병이건 한 놈도 돌려보내지 말고 때려잡으시오."

위연과 황충 두 장수가 분부를 받고 떠나갔다.

한편, 양회와 고패 두 장수는 각기 날카로운 비수를 품고 군사 2백 명을 거느리고 염소를 이끌며 술을 메고, 유현덕의 군사 앞에 와서 보니 아무 방비도 않고 있다. 두 장수는,

'이제야 우리 계책대로 됐다.'

하고 속으로 은근히 기뻐하며 장중帳中으로 들어갔다. 장중에는 유현덕과 방통이 앉아 있다.

두 장수가 말한다.

"황숙께서 먼 길을 돌아가신다기에 특별히 전송하려고 보잘것없는 것이나마 가지고 왔습니다."

그들이 유현덕에게 술잔을 권한다. 유현덕이 대답한다.

"두 장군은 관소를 지키기에 평소 수고가 많을 테니 마땅히 먼저 술잔을 드시오."

두 장수가 먼저 술을 마시고 나자 유현덕이 말한다.

"내 비밀리에 두 장군과 의논할 일이 있으니 다른 사람은 내보내시오."

양회와 고패는 데리고 온 군사 2백 명을 모두 중군中軍 밖으로 내보냈다. 그러자 유현덕이 갑자기 호령한다.

"좌우 사람들은 나를 위해 이 두 놈을 잡아 바쳐라!"

순간 장막 뒤에서 유봉과 관평이 뛰어들어와 양회와 고패가 손쓸 사이도 없이 각기 한 놈씩을 잡아 결박짓는다.

유현덕이 꾸짖는다.

"나는 너희들 주인과 친척간이며 형제뻘인데, 너희 두 사람은 어째서

양희와 고패를 붙잡아 꾸짖는 유비

서로 짜고 우리 친척간의 정리를 이간하느냐!"

방통이 좌우 사람에게 호령하여 두 사람의 몸을 수색하니, 과연 날이 시퍼런 비수가 하나씩 나온다. 방통이 두 사람을 끌어내어 참하라 하는데, 유현덕이 주저하며 결단을 못 내린다.

방통이 거듭 도부수들에게 호령하여 양회와 고패를 장전帳前에서 참했다. 이때는 황충과 위연이 이미 양회와 고패를 따라온 군사 2백 명을 한 놈도 남김없이 모조리 사로잡은 후였다.

유현덕은 사로잡은 군사들을 다 불러들여 술을 주어 놀란가슴을 진정시킨 후에 말한다.

"양회와 고패는 나의 형제지간을 이간시켰으며 또 나를 죽이려 칼을 품고 왔기에 죽여버렸지만, 너희들은 죄가 없으니 조금도 놀라지 말라."

이에 2백 명 군사는 일제히 유현덕에게 절하고 감사한다.

방통이 그들에게 말한다.

"너희들은 우리에게 길을 안내하여라. 우리 군사로 하여금 관소를 점령하게 하면 각각 많은 상을 주리라."

항복한 2백 명 군사는 다 응낙했다.

그날 밤 2백 명 군사는 앞서가고 유현덕의 대군이 뒤따라갔다. 2백 명 군사가 관소 아래에 이르러 외친다.

"두 장군께서 급한 일로 돌아오셨으니 속히 관문을 열어라!"

성 위에 있던 군사들이 그 소리를 들어보니 바로 자기 편 군사들이다. 곧 관문이 열리자, 유현덕의 대군은 일제히 쏟아져 들어간다. 무기에 피한 방울 묻히지 않고 단번에 부수관을 점령하니 촉의 군사는 다 항복한다. 유현덕은 2백 명 군사들에게 많은 상을 골고루 나누어주고 군사를 나누어 전후 좌우를 지키라 했다.

이튿날, 공청公廳에서 잔치를 베풀고 군사를 위로하는데, 유현덕이 술에 취하여 방통을 돌아보며 묻는다.

"오늘 주회酒會는 마음껏 즐기는 것이 좋지 않소?"

방통이 대답한다.

"남의 나라를 치고서 즐거워하는 것은 어진 분으로서 할 짓이 아닙니다."

유현덕이 언성을 높인다.

"옛날에 주 무왕은 폭군 주紂를 치고 상무象武라는 춤을 추었다 하니, 그럼 그분도 어진 사람이 아니었단 말인가. 너의 말은 도무지 도리에 맞지 않으니 썩 물러가거라."

방통은 크게 웃고 일어나 나가고, 좌우 사람들은 유현덕을 부축하여 후당으로 모셨다.

유현덕은 한밤중에야 술이 깼다. 좌우 사람이 유현덕에게 방통과 수작하던 일을 낱낱이 고한다. 그제야 유현덕은 취하여 실수한 것을 크게 후회했다.

이튿날, 아침 일찍 유현덕은 옷을 입고 당상에 올라앉아 방통을 초청하여 사죄한다.

"어제 내가 술에 취해서 말을 함부로 한 모양이니, 군사軍師는 널리 용서하시오."

방통은 웃으며 대답을 않는다.

유현덕이 거듭 사과한다.

"어제 일은 나의 잘못이었소."

방통이 대답한다.

"임금과 신하가 다 실수를 했는데, 어찌 주공만 탓할 수 있습니까."

유현덕 또한 크게 웃고 함께 즐거이 담소한다.

한편 성도의 유장은, 유비가 양회와 고패를 죽이고 부수관을 쳐서 점령했다는 기별을 받자 크게 놀라,

"과연 이런 일이 생길 줄은 미처 몰랐다."

하며 문무 관원들을 모아 형주 군사들을 물리칠 일을 상의한다.

황권이 말한다.

"밤낮을 가리지 말고 군사를 낙현雒縣으로 보내어 목구멍처럼 요긴한 길을 막게 하십시오. 그러면 유비가 비록 강한 군사와 사나운 장수가 있다 할지라도 지나올 수는 없을 것입니다."

드디어 유장은 유궤, 냉포, 장임, 등현 등에게 군사 5만 명을 주어 밤낮없이 낙현으로 가서 유현덕을 막도록 보냈다.

그들 네 장수가 행군하는 도중이었다. 유궤가 말한다.

"내 전에 들으니 금병산錦屛山 속에 자허상인紫虛上人이라는 비범한 인물이 있는데 사람의 생사生死 귀천貴賤을 잘 알아맞힌다고 합니다. 오

늘 우리 군사가 금병산을 지나갈 테니 시험 삼아 그 사람을 찾아가봅시다."

장임이 대답한다.

"남아 대장부가 군사를 거느리고 적군을 막으러 가는 길인데, 그까짓 산속 사람에게 무엇을 물어본단 말이오."

유궤가 우긴다.

"그렇지 않소. 성인이 말씀하시기를 '지성으로 진리를 생각하는 사람은 가히 앞날의 일을 안다'고 하였으니, 우리는 높고 밝은 분에게 물어서 흉한 것은 피하고 길한 데로 나아가야 하오."

이에 네 장수는 기병 5, 60명만 거느리고 금병산 아래에 이르러 나무꾼에게 자허상인의 집을 물었다.

그 나무꾼이 손으로 높은 산 위를 가리키며 대답한다.

"저기에 자허상인이 사십니다."

네 장수가 산 위로 올라가 암자 앞에 이르니 한 동자가 나와서 영접하며 성명을 묻고는 안으로 안내한다. 네 장수가 들어가보니 자허상인이 방석 위에 앉아 있다. 그들은 그 앞에 이르러 일제히 절하고 앞날에 대해서 묻는다.

자허상인이 대답한다.

"빈도貧道(수도하는 사람이 자기를 낮추어서 하는 말)는 산속에 사는 폐인인데, 어찌 길흉을 알리오."

유궤 등이 거듭 절하며 앞일을 묻자, 자허상인은 드디어 동자에게 종이와 붓을 가지고 오라 하여, 여덟 구의 글을 적어 유궤에게 준다.

    왼쪽 용과 오른쪽 봉이
    날아서 서천 땅으로 들어오니

봉추(새끼 봉이니 방통의 도호道號이다)는 땅에 떨어지고
와룡(누운 용이니 공명의 도호이다)은 하늘로 오르더라.
하나를 얻으면 하나를 잃는 것이
하늘의 이치니
기회를 보아서 행동하고
구천에서 몸을 잃는 일이 없게 하라.

左龍右鳳

飛入西川

鳳雛墜地

臥龍昇天

一得一失

天數當然

見機而作

勿喪九泉

유궤가 또 묻는다.
"우리 네 사람의 앞날 신수는 어떠합니까?"
자허상인이 대답한다.
"정해진 운수는 벗어나기 어려우니, 다시 물을 것 있으리요."
유궤가 다시 물으나 자허상인은 긴 눈썹을 드리우고 눈을 감고 흡사
잠든 듯 아무 대답이 없었다.
네 사람이 산을 내려오자 유궤가 말한다.
"자허상인의 말씀을 믿지 않을 수 없도다."
장임이 핀잔한다.
"그런 미친 늙은이의 말을 들어서 무슨 이익이 있겠는가."

그들은 다시 말을 타고 군사를 거느리고 행진하여 낙성에 이르렀다. 곧 군사를 나누어 각 요긴처로 보내고 굳게 지키게 했다.

유궤가 의견을 말한다.

"낙성은 성도를 지켜주는 천연의 성이라, 이곳을 잃으면 성도를 유지할 수 없으니, 우리 네 사람은 서로 의논하여 두 사람만 낙성을 지키고, 두 사람은 전방에 나가서 험한 산세를 의지하여 두 개의 영채를 세워 적군이 접근하지 못하도록 합시다."

냉포와 등현이 자원한다.

"그럼 우리 두 사람이 전방에 나가서 영채를 세우겠소."

유궤는 크게 기뻐하며 군사 2만 명을 냉포와 등현 두 장수에게 나누어줬다. 두 장수는 낙성에서 60리 떨어진 곳에 영채를 세웠다. 그리고 유궤는 장임과 함께 남아서 낙성을 지켰다.

한편, 유현덕은 이미 부수관을 점령하고 방통과 함께 장차 낙성을 칠일을 상의하는데, 첩자가 돌아와서 보고한다.

"유장이 장수 네 사람을 낙성으로 보냈는데, 그날로 냉포와 등현은 군사 2만 명을 거느리고 낙성에서 60리 떨어진 곳에 두 개의 대채를 세웠습니다."

유현덕이 모든 장수들을 모으고 묻는다.

"누가 가서 적의 두 대채를 무찌르고 전공을 선취하겠느냐?"

황충이 썩 나서며 자원한다.

"이 늙은이가 가겠습니다."

유현덕이 말한다.

"노장군이 본부 군사를 거느리고 낙성 가까이 가서 만일 냉포와 등현의 두 영채를 뺏는다면, 내 반드시 많은 상을 주리라."

황충이 크게 고무되어 즉시 본부 군사를 거느리고 낙성 쪽으로 떠나려 하는데, 문득 장하에서 한 장수가 나서며 외친다.

"노장군은 너무 늙었으니 어찌 가시겠소. 내가 비록 재주는 없으나 대신 가리다."

유현덕이 보니, 그 사람은 바로 위연이었다.

황충이 대답한다.

"내가 이미 명령을 받았는데, 네가 어찌 감히 나서느냐?"

위연이 대꾸한다.

"노장군은 근력이 없는데, 내가 듣건대 냉포와 등현은 촉에서도 유명한 장수로 혈기 왕성하고 매우 사납다고 하니, 혹 노장군이 실수라도 하면 이는 주공의 큰일을 망치는 결과가 되는지라. 그래서 호의로 하는 말이니 고깝게 생각 마시오."

황충이 흥분한다.

"네가 나를 늙었다고 하니, 그럼 나와 겨루어보겠느냐!"

"그럼 주공 앞에서 겨루어보고 이긴 사람이 가기로 합시다."

황충이 댓돌에서 뛰어내려오며 외친다.

"소교小校야! 어서 나의 칼을 가지고 오너라!"

유현덕이 급히 말린다.

"이러면 못쓰오. 내가 지금 군사를 거느리고 서천 땅을 차지하려는 것은 오로지 그대들 두 사람의 힘을 믿기 때문인데, 이제 두 범이 서로 싸우면 반드시 하나는 상할 터이니 그러면 나의 큰일을 그르치고 말리라. 그대들 두 사람에게 화해하기를 권하노니 더 이상 다투지 말라."

방통도 또한 타이르며,

"그대들 두 사람은 다투지 말라. 지금 냉포와 등현이 각기 영채를 세우고 있다 하니, 그대들 두 사람은 각기 본부 군사를 거느리고 가서 적의 영채를 하나씩 맡아서 치라. 먼저 빼앗는 사람을 첫째 공로자로 간주

하리라."

하고 황충에게는 냉포의 영채를 치라 하고, 위연에게는 등현의 영채를
치라 했다. 이에 두 장수는 각기 명령을 받고 나갔다.

방통이 유현덕에게 고한다.

"두 장수가 아마도 도중에서 또 다툴 테니, 주공께서는 군사를 거느
리고 가서서 후원하십시오."

유현덕은 방통에게 부성을 맡기고 친히 유봉, 관평과 함께 군사 5천
명을 거느리고 뒤따라갈 준비를 서둘렀다.

한편, 황충은 자기 영채로 돌아가서 명령을 내린다.

"내일 4경에 밥을 지어 먹고 5경에 집합하여, 날이 밝을 무렵에 일제
히 출발하여 왼쪽 산골짜기로 나아가리라."

한편, 위연은 황충의 영채로 몰래 사람을 보내어 그들이 언제 출발할
것인지를 알아오라 했다.

그자가 돌아와서 보고한다.

"내일 4경에 밥 지어 먹고 5경 때 군사를 출진시킨다 합니다."

위연은 속으로 은근히 기뻐하며 군사들에게 명령한다.

"우리는 내일 2경에 밥을 지어 먹고 3경에 군사를 출진시켜, 날이 밝
을 무렵에는 등현의 영채 가까이 육박해 들어가야 한다."

이튿날 2경에 위연의 군사들은 배부르게 먹은 후 말방울을 떼어버리
고 각기 함매銜枚(말 못하게 입을 막는 마스크의 일종)하고 기旗는 말아
들고 완전 무장하여 3경을 전후해서 영채를 떠나 전진한다.

전진해가다가, 도중에서 위연은 생각한다.

'내가 맡은 등현의 영채만 쳐서 빼앗는다면 무슨 자랑이 되겠는가.
차라리 냉포의 영채부터 먼저 쳐서 빼앗고, 이긴 군사를 몰고 가서 등
현의 영채까지 쳐서 둘 다 빼앗으면, 나는 황충을 밀어내고 이번 공로를

독차지할 수 있다.'

이에 야심을 품은 위연은 말 위에서 군사들에게 명령을 내려 방향을 바꾸어 왼편 산골짜기로 나아간다. 이때 날이 희미하게 밝아오기 시작한다.

위연은 황충이 치기로 되어 있는 냉포의 영채 가까이에 먼저 이르러 군사를 잠시 쉬게 하고, 태징과 북과 기번旗旛과 창, 칼과 무기들을 늘어세우고 싸울 준비를 한다.

그러나 이 사실은 미리 매복하고 있던 서천의 척후병에 의해서 냉포에게 즉각 보고되었다. 냉포는 서둘러 싸울 준비를 마친다. 포 소리가 한 번 탕 터지자, 삼군이 일제히 말에 올라 달려 나온다.

위연은 적군이 먼저 공격해오는 것을 보고 즉시 말을 달려 나가 냉포를 맞아 접전이 벌어진다.

두 장수가 서로 말을 비비며 어우러져 싸운 지 30합에 이르렀을 때, 서천 군사는 두 길로 나뉘어 위연의 군사를 습격한다.

위연의 군사는 밤잠도 제대로 못 자고 강행군을 해왔기 때문에 사람과 말이 지쳐서 서천 군사의 습격을 막아내지 못하고 달아난다. 위연이 한참 싸우는데 뒤쪽이 소란하므로, 냉포를 버리고 말 머리를 돌려 달아나는데, 서천 군사가 추격해온다.

위연의 군사가 크게 패하여 한 다섯 마장쯤 도망갔을 때였다. 문득 산 뒤에서 북소리가 진동하면서 등현이 한 떼의 군사를 거느리고 산골짜기에서부터 길을 끊고 내달아 나오며 크게 외친다.

"위연은 속히 말에서 내려 항복하라!"

위연은 말에 채찍질하여 나는 듯이 달려가다가, 그만 말이 앞발을 헛디뎌 고꾸라지는 바람에 땅에 나가떨어졌다.

기회를 놓치지 않고 등현이 달려와서 창을 번쩍 들어 위연을 찌르려

共扶真主建邢勛業會須成

争立奇功赴敵精神先自奮

黃忠魏延大爭功

낙성에서 공을 다투는 황충과 위연. 왼쪽부터 등현, 위연. 오른쪽 위는 황충

한다. 이때 바람을 끊으며 날아오는 화살 소리가 나더니, 그만 등현은
화살을 맞고 말에서 떨어진다. 뒤에서 달려오던 냉포가 등현을 급히 구
출하려 하는데, 산 위에서 난데없는 한 장수가 말을 달려 내려오며 목소
리를 높여,
  "노장 황충이 여기 있다!"
하며 크게 외치고 칼을 춤추며 바로 냉포에게 달려든다.
  냉포가 황충을 대적할 수 없어 급히 달아난다. 황충이 이긴 김에 냉포
를 뒤쫓으니, 서천 군사는 일대 혼란에 빠졌다.
  황충의 일지군은 급히 위연을 구출하며 등현을 죽이고, 바로 적의 영
채 앞까지 뒤쫓는다. 달아나던 냉포가 말을 돌려 황충에게 덤벼든다. 서
로 싸운 지 10여 합에 이르렀을 때, 황충의 군사가 떼를 지어 뒤쫓아온

다. 냉포는 왼편 영채를 포기하고 패잔병을 수습하여 오른편 영채가 있는 곳으로 달려간다.

오른편 영채에 가까이 이르러 바라보니, 영채에 꽂혀 있는 기치가 전혀 다른 것이어서 냉포는 깜짝 놀라 말을 급히 멈추었다.

이때 영채 안에서 한 대장이 나오는데, 황금 갑옷에 비단 전포를 입었으니 바로 유현덕이었다. 왼쪽에는 유봉이, 오른쪽에는 관평이 호위하고 있었다.

유현덕이 냉포를 향하여 크게 꾸짖는다.

"너희들의 영채를 내 이미 탈취했으니, 네가 어디로 갈 테냐!"

원래 유현덕은 군사를 거느리고 후원하러 왔다가, 이긴 김에 등현의 영채를 점령했던 것이다.

냉포는 앞뒤로 갈 길을 잃고 산속 좁은 길로 접어들어 낙성으로 돌아가려 하는데, 불과 10리도 못 갔을 때였다. 좁은 길에 숨어 있던 복병들이 갑자기 뛰어나와 냉포를 갈고리로 사로잡았다. 그들 복병은 다름 아닌 위연의 군사들이었다. 위연이 공로를 독차지하려다가 오히려 목숨이 위태로웠으나, 황충의 덕으로 살아나자 자기가 저지른 막대한 죄를 조금이나마 회복해볼까 하여 마침내 후군을 수습하고, 항복한 서천의 군사에게 길을 안내시켜 그곳에 매복하고 있던 것이다. 그러다가 마침 도망쳐오는 냉포를 사로잡아 결박짓고 유현덕이 점거하고 있는 영채로 향하였다.

한편, 유현덕은 면사기免死旗를 높이 세우고,

"서천 군사로서 무기와 갑옷을 버리고 항복해오는 자는 일절 죽이지 말라. 만일 항복하는 적을 죽이는 자가 있으면 그자를 참하리라."

명령을 내리고 또 항복해온 모든 서천 군사들에게 타이른다.

"너희들 서천 사람은 다 부모와 처자가 있으니 진심으로 항복하는 자는 나의 군사로 충당할 것이며, 그러기를 원하지 않는 자는 고향 집으로 모두 돌려보내주마."

이 말을 듣고 서천 군사들은 다 감격하였다.

황충이 왼편 영채를 완전히 점령하고 바로 유현덕에게 와서 고한다.

"위연이 이번에 군령을 어겼으니 그를 참하십시오."

유현덕이 급히 위연을 불러들이라 하는데 위연이 냉포를 사로잡아 결박지어 끌고 왔다.

유현덕이 말한다.

"위연이 비록 죽을죄를 지었으나 냉포를 사로잡아왔기에 그 죄를 용서한다. 위연은 목숨을 구해준 황충에게 감사하고, 다시는 서로 다투지 말라."

이에 위연은 땅에 꿇어앉아 머리를 조아리며 사죄했다. 유현덕은 황충에게 많은 상을 주고 냉포를 장막 아래로 끌어오라 하여 친히 그 결박을 풀어주며 술을 주어 놀란가슴을 진정시키고 묻는다.

"진심으로 나에게 항복하겠느냐?"

냉포가 대답한다.

"죽은목숨 살려주셨으니 어찌 항복하지 않으리까. 원래 유궤와 장임은 저와 생사를 함께하기로 맹세한 사이니, 만일 저를 놓아 돌려보내주시면 낙성에 가서 그 두 사람도 항복하게 하고 낙성을 바치겠습니다."

유현덕은 매우 흡족해하며 냉포에게 새 의복과 안장 없은 말을 주어 낙성으로 돌려보낸다.

위연이 간한다.

"냉포를 돌려보내면 안 됩니다. 그놈은 한 번 빠져 나가면 다시는 돌아오지 않을 것입니다."

유현덕이 대답했다.

"내가 인의仁義로 사람을 대우하면 그 사람도 나를 저버리지 않느니라."

그러나 냉포는 낙성으로 돌아가서 유궤와 장임에게 유현덕이 놓아줘서 돌아왔다는 말은 하지 않고,

"나는 적군 10여 명을 단숨에 죽이고 그 말을 빼앗아 타고 도망쳐왔다."
라고만 했다. 이에 유궤는 황망히 사람을 성도로 보내어 구원을 청했다. 성도의 유장은 등현이 전사했다는 소식을 듣자 대경 실색하여 모든 관원들을 모아 상의한다.

큰아들 유순劉循이 나와 부친인 유장에게 말한다.

"원컨대 소자가 군사를 거느리고 가서 낙성을 지키겠습니다."

유장이 여러 사람들에게 묻는다.

"아들이 기꺼이 가겠다고 하니 그럼 누가 따라가서 보좌하겠느냐?"

한 사람이 썩 나서며 자원한다.

"내가 함께 가겠소."

유장이 보니, 바로 형님의 처남인 오의吳懿였다. 유장의 친형 유모劉瑁는 원래 오의의 누이에게 장가를 갔었는데 그 뒤에 죽었다.

유장이 응낙한다.

"그대가 간다니 참으로 안심이 되노라. 그럼 누가 부장이 되어 따라 가겠느냐?"

오의가 오난吳蘭과 뇌동雷同 두 사람을 부장으로 삼아 데리고 가겠다고 청한다.

이리하여 그들은 군사 2만 명을 거느리고 성도를 떠나 낙성으로 갔다. 유궤와 장임은 군사를 거느리고 오는 그들을 영접하여 그간의 경과를 자세히 고했다.

오의가 묻는다.

"적군이 성 밑 가까이에 온 것이나 다름없으니 참으로 대적하기 어렵다. 너희들은 무슨 좋은 의견이라도 있는가?"

냉포가 대답한다.

"이 일대는 다 부강涪江을 의지하고 있습니다. 강물은 급히 흐르는데, 적군은 산밑의 영채를 점령하고 있으니 그 지세가 가장 낮습니다. 저에게 군사 5천 명만 주시면 괭이와 삽으로 부강의 둑을 무너뜨리겠습니다. 그러면 유비의 군사들은 부강의 급류에 휘말려 몰살할 것입니다."

오의는 머리를 끄덕이며 냉포에게 부강의 둑을 무너뜨리라 하고, 오난과 뇌동에게는 군사를 거느리고 가서 후원하라 하였다. 냉포는 군사를 거느리고 가서 부강 둑을 무너뜨릴 기구들을 준비했다.

한편, 유현덕은 황충과 위연에게 각기 영채를 하나씩 지키도록 맡기고, 일단 부성으로 돌아와 군사 방통과 함께 앞일을 상의하는데, 첩자가 돌아와서 보고한다.

"동오 손권이 동천東川의 장노와 손을 잡고 가맹관을 칠 준비를 하고 있습니다."

유현덕이 깜짝 놀란다.

"가맹관을 잃으면 우리의 뒷길이 끊기고 만다. 우리는 나아갈 수도 물러설 수도 없게 되니, 이 일을 어찌하면 좋겠는가?"

방통이 맹달에게 묻는다.

"그대는 촉 땅 사람이라 그곳 지리를 잘 알 테니, 곧 가서 가맹관을 지켜주면 어떻겠소?"

맹달이 대답한다.

"한 사람만 더 데리고 가면 가맹관을 지키는 데 실수가 없겠습니다."

유현덕이 묻는다.

"누구를 데리고 가면 좋겠소?"

맹달이 천거한다.

"그 사람은 일찍이 형주의 유표 밑에서 중랑장中郞將을 지낸 일이 있으니, 남군南郡 지강枝江 출신으로서 성명은 곽준霍峻이요 자를 중막仲邈이라 합니다."

유현덕은 크게 반기며 곧 맹달과 곽준에게 가맹관을 지키도록 떠나보냈다. 이날 방통은 의논을 끝내고 관사로 돌아갔다.

문지기가 들어와서 고한다.

"바깥에 어떤 나그네가 와서 군사를 뵙겠다고 합니다."

방통이 나가서 보니 그 나그네는 키가 8척이요 얼굴은 매우 비범하나, 머리를 짧게 잘라 목 주위에 드리우고 의복이 엉망이었다.

방통이 묻는다.

"선생은 누구시오?"

그 사람은 아무 대답도 않고 유유히 들어오더니 당堂 위 침상에 번듯이 드러눕는다. 방통은 의심이 나서 거듭 누구냐고 묻는다.

그제야 그 사람이 대답한다.

"잠시 조용하라. 내 그대에게 천하의 큰일을 일러주리라."

방통은 더욱 의아스러워 좌우 사람에게 분부하여 술과 음식을 바쳤다. 그 사람은 벌떡 일어나 조금도 사양 않고 음식을 잔뜩 먹더니, 이내 드러누워 잠이 들었다.

방통은 혹 적의 첩자나 아닌가 의심이 나서, 사람을 보내어 법정을 불러오라 했다.

이윽고 법정이 황망히 오자, 방통은 나가서 영접하며 설명한다.

"어떤 사람이 나를 찾아왔는데 이러이러히 하는지라. 그 사람을 혹 알 수 있는지 한번 보시오."

"팽영언彭永言이 온 것이 아닐까요?"

법정이 층계를 올라가 당 안에 누워 있는 사람을 굽어본다.

그제야 그 사람이 벌떡 일어나,

"음, 법정은 그간 별고 없었는가?"

하고 말하니,

　　서천 사람만이 옛 친구를 알아봤으니

　　드디어 부강의 큰물을 미연에 막는다.

　　只爲川人逢舊識

　　遂令柒水息洪流

필경 그 사람은 누구인가.

제63회

제갈양은 방통을 위해 통곡하고
장비는 엄안을 의義로써 살려주다

법정은 그 사람을 보자 손바닥을 쓰다듬으며 껄껄 웃는다. 방통이 의 아해서 묻는다.

법정이 소개한다.

"이분은 원래 황한黃漢 땅 출신으로 성명은 팽양彭@이요, 자는 영언永 言으로 우리 촉 땅의 호걸입니다. 너무 바른말을 잘하다가 그만 유장에 게 미움을 사서 머리를 짧게 깎이고 목에 칼을 쓰는 형벌을 받고 노예가 되었습니다. 그래서 저렇듯 머리카락이 짧답니다."

방통이 팽양을 귀빈을 대하는 예의로 대접하고 묻는다.

"그래 어디서 오시는 길이시오?"

팽양이 대답한다.

"나는 특히 너희들 군사 수만 명의 생명을 건져주려고 왔으니 유장군 을 만나야만 말하리라."

이에 법정은 황망히 유현덕에게 가서 이 일을 알렸다. 유현덕은 친히 팽양을 찾아와 그 까닭을 묻는다.

팽양이 되묻는다.

"장군은 전방 영채에 군사를 얼마나 주둔시켰습니까?"

유현덕은 위연과 황충이 전방 두 영채를 점령하여 지키는 중이라고 사실대로 대답했다.

팽양이 말한다.

"장군이란 사람이 지리를 모르면 어찌 됩니까. 전방 영채는 다 부강을 기대고 있으니, 만일 적군이 둑을 무너뜨리고 강물을 터놓아 군사들로 앞뒤를 막아버리면, 한 사람도 빠져 나오지 못하고 몰살당한다는 것쯤은 생각해보았습니까?"

이 말 한마디에 유현덕은 크게 깨달았다.

팽양이 계속 말한다.

"지금 강성勍星(북두의 자루 부분의 별)이 서쪽에 있고 태백太白(금성金星)이 이 땅 위에 나타났으니, 이는 불길한 징조입니다. 그러니 장군은 깊이 생각하고 조심하십시오."

유현덕은 즉시 팽양을 막빈幕賓으로 삼고, 사람을 급히 위연과 황충에게로 보내어 지시한다.

"아침저녁으로 순찰하되 적군이 부강 둑을 무너뜨리지 못하도록 막으라."

이에 황충과 위연은 상의했다.

"우리가 날마다 서로 교대하여 순찰하되 적군이 오는 것을 보거든 서로 알리기로 하자."

한편, 냉포는 밤에 비바람이 크게 일어나는 것을 보고 군사 5천 명을 거느리고 강변을 따라 나아가 강의 둑을 무너뜨리려고 만반의 준비를 서두르는데, 갑자기 뒤에서 함성이 어지러이 일어난다. 냉포는 적군이 미리 대비하고 있다는 것을 알고 급히 군사를 돌려 돌아가는데, 문득 앞쪽에서 위연이 군사를 거느리고 달려온다.

서천 군사들은 깜짝 놀라 달아나려다가, 서로 짓밟는 혼란이 일어났다. 냉포는 몰래 빠져 달아나다가 위연과 맞부닥쳤다. 서로 어우러져 싸운 지 불과 수합에, 위연은 가볍게 냉포를 사로잡아 돌아갔다.

오난과 뇌동이 군사를 거느리고 후원하러 왔을 때는, 황충이 군사를 거느리고 나타나 마구 죽이고 물리쳤다. 위연은 부관으로 돌아와서 잡아온 냉포를 꿇어앉힌다.

유현덕은 냉포를 굽어보며,

"내 너를 인의로 대접하여 낙성으로 돌려보냈거늘 어찌 감히 배신했느냐! 이젠 너를 용서할 수 없다."

하고 끌어내어 참하게 하고, 위연에게는 많은 상을 주었다. 그리고 잔치를 베풀어 팽양을 극진히 대접했다.

수하 사람이 들어와서 고한다.

"형주 제갈양 군사께서 보낸 마양馬良이 방금 당도했습니다."

유현덕은 즉시 마양을 불러들여 그간의 소식을 묻는다.

마양이 절하며,

"형주는 편안하니 주공은 염려 마소서."

하고 제갈양의 서신을 꺼내어 바친다.

유현덕이 뜯어보니,

제갈양이 밤에 태을수太乙數(고대의 점법占法으로 태을太乙은 하늘을 다스리는 신이다)를 보니 금년이 계해년癸亥年인데 강성이 서쪽에 있고, 또 천문을 본즉 태백이 낙성 일대 위에 나타났으니 이는 주공의 신상에 이롭지 못하고 흉한 징조가 많은 것입니다. 주공은 마땅히 매사에 조심하고 조심하소서.

유현덕은 서신을 보고 마양을 형주로 돌려보낸 후에 말한다.

"나도 형주로 돌아가서 공명과 직접 이 일을 의논하리라."

방통은 마음속으로,

'내가 서천 땅을 무찌르고 성공할까 봐 공명이 시기하는구나. 그래서 서신을 보내 나를 방해하는 것이리라.'

생각하고 유현덕에게 청한다.

"저도 또한 태을수를 보아서 강성이 서쪽에 있음을 이미 알고 있는데, 이는 주공께서 서천 땅을 차지할 징조이지 별로 흉한 일은 아닙니다. 그리고 천문을 보니 태백성太白星이 낙성 일대에 나타났지만, 우리가 먼저 촉의 장수 냉포를 참하였으니 이는 이미 그 흉한 징조를 맞힌 셈입니다. 주공은 조금도 의심 마시고 속히 진격하도록 하십시오."

유현덕은 방통이 거듭 재촉하는 바람에 군사를 거느리고 나아가니, 황충과 위연이 영접하여 영채로 모신다.

방통이 법정에게 묻는다.

"낙성으로 쳐들어갈 수 있는 길이 몇 군데나 있소?"

법정이 땅바닥에 지도를 그리며 자세히 설명한다. 유현덕은 지난날 장송에게서 받은 서천 지도를 가지고 오라 하여 대조해보니 추호도 착오가 없었다.

법정이 말한다.

"산 북쪽에 큰길이 있으니 그리로 가면 바로 낙성 동쪽 문으로 쳐들어갈 수 있으며, 산 남쪽에 좁은 길이 또 있으니 그리로 가면 낙성 서쪽 문으로 쳐들어갈 수 있습니다. 그러니 군사를 양쪽 길로 다 진군시킬 수 있습니다."

방통이 유현덕에게 말한다.

"저는 위연을 선봉으로 삼고 남쪽 좁은 길로 나아가겠습니다. 그러니 주공은 황충을 선봉으로 삼아 산 북쪽 큰길로 나아가 함께 낙성에 이르러 일제히 공격하여 함락하도록 하십시오."

유현덕이 대답한다.

"나는 어려서부터 활을 익히고 말을 달렸기 때문에 좁은 길을 다닌 경험이 많으니, 군사는 큰길로 가서 낙성 동쪽 문을 공격하시오. 내가 서쪽 문을 맡아서 치겠소."

방통이 우긴다.

"큰길은 반드시 적군이 방비하고 있을 테니, 주공이 군사를 거느리고 담당하십시오. 저는 좁은 길로 나아가겠습니다."

유현덕이 말한다.

"군사는 내 말을 들으시오. 어젯밤 꿈에 한 신인神人이 손에 쇠몽둥이를 들고 와서 내 오른팔을 칩디다. 꿈을 깨고 나서도 오른팔이 쑤시고 아팠으니, 이번에 가는 것은 좋지 못할 것만 같소."

방통이 대답한다.

"사내대장부가 싸움에 나가 죽지 않으면 부상을 당하는 것이 이치에 마땅한데, 어찌 그런 꿈 따위로 의심을 품으십니까."

"내가 의심을 하는 것은 공명의 서신 때문이오. 그러니 군사는 일단 돌아가서 부관을 지키는 것이 어떠하오?"

방통이 크게 껄껄 웃는다.

"주공은 공명의 서신에 혹하셨습니다. 공명은 이 방통이 혼자서 큰 공을 세우지 못하도록 그런 서신을 보내어 주공의 마음을 흔들어놓은 것입니다. 마음이 산란하면 꿈도 산란한 법이니, 무슨 불길한 일이 있겠습니까. 방통은 주공을 위하여 내장을 땅에 흩고 죽는 것이 원래 소망이니, 다시 여러 말 마시고 내일 아침에 일찍 떠나도록 하십시오."

그날로 방통은 명령을 내렸다.

"내일 5경에 밥을 지어 먹고 해 뜰 무렵에 출발하라."

이리하여 황충과 위연이 군사를 거느리고 먼저 떠나갔다.

유현덕과 방통은 출발에 앞서 낙성에서 서로 만날 약속을 정하는데, 타고 있던 말이 웬일인지 갑자기 몸을 뒤흔드는 바람에 방통이 땅 위로 굴러 떨어진다.

유현덕은 말에서 뛰어내려 그 말을 붙들어 세우고 묻는다.

"군사는 어째서 이런 못난 말을 타시오?"

방통이 대답한다.

"이 말을 탄 지가 오래되었지만, 일찍이 이런 일은 없었습니다."

"싸움에 나가서 이런 일이 있으면 생명이 위태롭소. 내가 타는 흰말은 매우 길이 잘 들었으니 군사가 타시오. 결코 실수가 없을 것이오. 이 못난 말은 내가 타겠소."

유현덕은 자기가 타던 흰말을 방통에게 주었다.

방통이 감사한다.

"주공의 은혜에 깊이 감사하오. 내 비록 만 번 죽을지라도 능히 보답하지 못하리다."

마침내 말을 바꾸어 타고 각기 길을 따라 출발하는데, 유현덕은 방통이 떠나가는 뒷모습을 보면서 어쩐지 안심이 되지 않아서, 우울한 심정으로 나아간다.

한편, 낙성의 오의와 유궤는 냉포가 적군에게 붙잡혀 죽었다는 기별을 듣고, 드디어 모든 사람들을 불러모아 상의한다.

장임이 먼저 말한다.

"이곳 낙성에서 동남쪽 산골짜기에 있는 한 가닥 조그만 샛길은 가장 요긴한 길목이니 내가 일지군을 거느리고 가서 지키겠소. 그러니 여러분은 낙성을 굳게 지키고 실수 없도록 하시오."

이때 형주 군사가 두 길로 나뉘어 낙성을 치러 온다는 보고가 들어왔다. 장임은 급히 군사 3천을 거느리고 먼저 산골짜기 사잇길로 가서 매복하고 있는데, 선봉인 위연이 군사를 거느리고 온다.

장임은 위연의 군사가 다 지나가도록 내버려두고 숨어 있는데, 이윽고 방통이 군사를 거느리고 오는 것이 보인다. 장임의 한 군사가 손을 들어 저편에 오는 방통을 가리키며 고한다.

"저기 군사들 한가운데 흰말을 타고 오는 대장이 바로 유비올시다."

장임은 유현덕이 온다는 말을 듣고 득의 만면하여, 군사들에게 명령을 내린다.

"이러이러히 하라!"

한편, 방통은 좁은 산길을 따라 나아가다가 머리를 들어 둘러보니, 양쪽으로 높이 솟은 산이 바짝 다가들어서 몹시 좁고, 나무는 빽빽히 들어찼는데, 때마침 여름도 끝나가는 첫가을이라, 나뭇가지와 잎들이 무성하였다.

방통은 갑자기 의심이 나서 말을 세우고 묻는다.

"이곳 지명을 뭐라 하느냐?"

군사들 중에 새로 항복해온 서천 군사가 있어 그 일대를 가리키며 대답한다.

"이곳을 낙봉파落鳳坡라 합니다."

방통이 깜짝 놀라며,

"나의 도호가 봉추인데 이곳 지명이 낙봉파(봉새가 떨어지는 절벽)라고 하니 나에게 이롭지 못하구나!"

하고 즉시 호령한다.

"빨리 후퇴하라!"

그때 산 절벽 근처에서 포 소리가 탕 하고 한 방 터지더니 수많은 화

낙봉파에서 화살을 맞는 방통

살이 흰말을 탄 방통에게로만 빗발치듯 집중한다.

아아 아깝구나! 방통은 마침내 무수한 화살을 맞고 죽으니, 이때 그의 나이 겨우 36세였다.

후세 사람이 방통을 탄식한 시가 있다.

옛 산이 나란히 녹음진 곳

그 산모퉁이에 방통의 집이 있었다.

그 당시 아이들은 들어서 잘 알았다, 방통이 비둘기를 부르던 곡조를.

거리에는 소문이 파다했다, 그가 천리마 같은 인재라는 것을.

방통은 미리 천하가 세 조각으로 나뉠 것을 알고 앞장서서 만리를 길이 달리며 홀로 배회했도다.

뉘 알았으리요, 천구성(장수의 별)이 떨어져

그가 성공하여 비단옷을 입고 돌아가지 못할 줄이야!

古峴相連紫翠堆

士元有宅傍山微

兒童慣識呼鳩曲

閭巷曾聞展驥才

預計三分平刻削

長驅萬里獨徘徊

誰知天狗流星墜

不使將軍衣錦回

이보다 앞서 동남쪽의 아이들 사이에도 동요가 유행했다.

봉새가 용(와룡이니 제갈양이다)과 함께

촉 땅으로 나아가더라.

겨우 반쯤 갔을 때

절벽 동쪽에서 봉새는 떨어져 죽도다.

바람은 비를 몰아오고

비는 바람을 몰아오도다.

한나라가 흥할 때

험한 촉 땅의 길은 열리니

촉 땅의 길을 여는 것은

다만 용이 홀로 하리라.

一鳳疊一龍

相將到蜀中

藥到半路裡

鳳死落坡東

風送雨

雨送風

隆漢興時

蜀道通

蜀道通時

只有龍

이날 장임이 방통을 쏘아 죽이니, 방통의 군사는 옹색한 산골짜기 좁은 길에서 나아가지도 물러서지도 못하여 죽은 자가 태반이나 되었다.

앞서가던 군사가 겨우 빠져 달아나서 먼저 가는 위연에게 이 사실을 고했다. 위연은 급히 군사를 돌려 돌아가려 하였으나 산속 길이 좁아서 적군을 무찌를 수 없고, 더구나 장임이 이미 길을 끊고 높은 곳에서 강한 활과 억센 노를 마구 쏘아대지 않는가. 위연이 황급하여 어쩔 줄을 모르는데 새로 항복한 촉의 한 군사가 고한다.

"차라리 낙성으로 갈 셈치고 바로 큰길로 나가는 것이 낫습니다."

위연은 그 말대로 앞장서서 길을 열고 낙성 쪽으로 무찔러 나아가는데, 저편 앞에서 먼지가 뿌옇게 일어나며 한 떼의 군사가 내달아오기에 보니, 그들은 낙성을 지키던 장수 오난과 뇌동이었다. 동시에 뒤에서는 장임이 군사를 거느리고 쫓아온다. 위연은 완전히 포위를 당하여 미친 듯이 싸웠으나 능히 벗어나지 못한다.

그런데 갑자기 후군이 무너지면서 촉의 군사들은 일대 혼란에 빠진다. 오난과 뇌동 두 장수가 웬일인가 하고 그리로 구원을 가자, 그제야 위연은 그들을 무찌르려고 뒤쫓아가는데, 한 장수가 칼을 춤추며 말을 달려 들어오면서 크게 외친다.

"위연아, 내가 특히 너를 구출하러 여기 왔노라!"

위연이 보니 바로 노장 황충이 아닌가. 이에 위연과 황충은 힘을 합쳐 촉의 군사들을 마구 협공하여 오난과 뇌동을 크게 무찌르고, 그길로 낙성 아래까지 쳐들어갔다. 그러나 낙성에서 유궤가 군사를 거느리고 내달아 나와 기세 등등히 공격해온다. 마침 당도한 유현덕이 뒤에서 후원하니, 황충과 위연은 겨우 위기를 모면하고 몸을 돌려 유현덕과 함께 두 영채로 달아난다.

그들이 영채 가까이에 이르렀을 때, 어느새 장임의 군사들이 좁은 길에 매복하고 있다가 달려 나와 앞을 끊고 뒤에서는 유궤, 오난, 뇌동이 달려온다. 유현덕은 지난날 빼앗아 그간 점령했던 두 영채에 들어가지도 못하고, 한편 싸우고 한편 달아나며 부관으로 도망친다. 이에 촉 땅 군사들은 이긴 여세를 몰아 급히 뒤를 쫓는다.

말과 사람이 지칠 대로 지쳤으니 유현덕인들 어찌 싸울 생각이 있으리요. 줄곧 달아나 부관 가까이에 이르렀는데 장임의 군사가 바짝 뒤쫓아온다.

유현덕은 위급한 지경에 빠져 어쩔 줄을 모르는데, 마침 왼편에서는 유봉이, 오른편에서는 관평이 새로운 군사 3만 명을 거느리고 나타나 뒤쫓아오는 장임의 군사를 가로막아 무찌르며, 달아나는 그들을 20리까지 추격하여 많은 전마를 빼앗아 돌아왔다.

유현덕 일행은 숨을 돌리고 부관으로 돌아갔다. 유현덕은 무엇보다도 먼저 방통의 소식을 물었다.

낙봉파에서 살아 돌아온 군사가 고한다.

"방통 군사께서는 적군이 어지러이 쏘는 화살을 맞고 말과 함께 낙봉파에서 운명하셨습니다."

유현덕은 서쪽을 바라보고 방성통곡하며, 제상을 베풀어 초혼招魂하니 장수들도 다 통곡한다.

황충이 고한다.

"이번에 방통 군사께서 세상을 떠나셨으니, 장임은 반드시 우리 부관을 공격해올 것입니다. 이 일을 어찌하면 좋겠습니까. 저의 생각으로는 곧 사람을 형주로 보내어 제갈양 군사를 오시라 하여, 서천을 무찌를 계책을 상의해야 할 줄로 압니다."

이렇게 말하는데, 장임이 군사를 거느리고 성 아래에 와서 싸움을 건다는 보고가 들어왔다. 황충과 위연은 즉시 나가서 싸우려고 하는데, 유현덕이 말린다.

"이번에 우리의 예기가 꺾였으니, 굳게 지키면서 공명 군사가 올 때까지 기다려라."

황충과 위연은 분부대로 성지城池를 조심스레 지키기만 했다. 유현덕은 즉시 서신 한 통을 닦아 관평에게 주며 당부한다.

"너는 이 서신을 가지고 형주에 가서 군사께 드리고 곧 오시도록 청하여라."

관평이 서신을 품에 간직하고 떠나 밤낮을 가리지 않고 형주로 달려간다. 유현덕은 오로지 부관을 지키기만 할 뿐 나가서 싸우지 않았다.

한편, 공명은 형주에서 칠월 칠석 명절을 맞아 모든 관리들을 모아 밤에 잔치를 베풀어 서천의 일을 함께 말하던 중이었다. 이때 바로 서쪽 하늘에서 크기가 말[斗]만한 별이 갑자기 뚝 떨어지며 흐르는 빛이 사방으로 흩어진다. 공명이 깜짝 놀라 술잔을 땅에 던지고 얼굴을 소매로 가리며 통곡한다.

"애달프구나! 슬프구나!"

모든 관리들이 황망히 그 까닭을 묻는다.

공명이 울음을 진정하며,

"내가 전번에 금년 운기를 보았더니, 강성이 서쪽에 있어 군사軍師에게 이롭지 못하고, 또 천구성이 우리 군사를 침범하고 태백성이 낙성 위에 나타나, 이미 주공께 서신을 보내어 매사에 삼가고 방비하도록 여쭈었는데, 오늘 밤에 서쪽 별이 떨어질 줄이야 뉘 알았으리요. 방통이 죽었도다!"

하고 다시 방성통곡하며,

"우리 주공이 팔 하나를 잃으셨도다."

하고 울음을 그치지 않는다.

사람들은 다 놀랐으나 설마 하며 믿지 않는다.

공명이 다시 말한다.

"수일 안에 반드시 소식이 있으리라."

그날 밤은 술에 취하기도 전에 잔치를 파하고 흩어져 돌아갔다.

며칠이 지났다.

공명이 관운장과 함께 앉아 있는데, 수하 사람이 들어와서,

"관평이 왔습니다."

하고 고하니, 모든 사람들이 일제히 놀란다.

이윽고 관평이 들어와서 유현덕의 서신을 바친다. 공명이 뜯어보니, 금년 7월 7일 방통 군사가 낙봉파에서 적장 장임의 군사들에게 수많은 화살을 맞아 세상을 떠났다는 내용이었다. 공명이 크게 통곡하니, 더불어 울지 않는 사람이 없었다. 공명이 말한다.

"주공이 부관 땅에 계시면서 나아가지도 물러서지도 못하시니, 내가 가지 않을 수 없소."

관운장이 묻는다.

"군사께서 떠나면 누가 이 형주를 지킨단 말씀이오. 이곳 형주는 중요한 곳이라, 결코 가벼이 생각할 수 없소."

"주공의 서신에 형주를 지킬 사람을 지목하지는 않으셨으나, 나는 그 뜻을 알 수 있소."

공명은 유현덕의 서신을 모든 관원들에게 보이며 말한다.

"주공께서는 형주에 관한 일을 나에게 일임하시고 나의 재량에 의해서 결정하도록 하신 것이오. 그러나 이번에 관평에게 서신을 주어 보내신 것은 관운장에게 형주를 맡기라는 뜻이니, 관운장은 옛날에 도원桃園에서 결의한 정을 생각하여 전력을 기울여 형주를 지키시오. 가벼운 책임이 아니니, 귀공은 부디 힘쓰고 힘쓰시오."

관운장은 사양하지 않고 분연히 승낙하였다. 이에 잔치를 베풀고 형주의 인수印綬를 넘겨주는데, 관운장이 두 손으로 받으려 할 때에 공명이 말한다.

"이 인수를 받으면 형주의 모든 일은 다 장군의 책임하에 놓이게 되오."

관운장이 대답한다.

"대장부가 일단 맡은 이상, 죽기 전에는 쉬지 않을 것이오."

공명은 관운장이 죽음이라는 말을 하는 것이 마음에 걸려 인수를 주고 싶지 않았으나, 이미 결정을 한 뒤라,

"만일 조조가 군사를 거느리고 오면 어찌하려오?"

하고 묻는다.

"힘으로써 막겠소."

공명이 계속 묻는다.

"만일 조조와 손권이 한꺼번에 쳐들어오면 어찌하려오?"

"군사를 나누어 각각 막겠소."

공명이 말한다.

"그렇게 하면 이 형주는 위태롭소. 내게 여덟 자 글귀가 있으니, 장군이 깊이 명심하면 이 형주를 가히 유지할 수 있으리다."

"그 여덟 자 글귀를 일러주시오."

"북거조조北拒曹操(북쪽으로는 조조를 막으라는 뜻)하고 동화손권東和孫權(동쪽 손권과는 친선하라는 뜻)하오."

관운장이 대답한다.

"군사의 말씀을 깊이 명심하리다."

공명은 드디어 인수를 관운장에게 건네주고, 문관인 마양·이적伊籍·상낭向朗·미축鳥竺과 장수인 미방鳥芳·요화·관평·주창周倉에게는 관운장을 도와 형주를 지키도록 분부하고, 친히 군사를 거느리고 서천으로 갈 준비를 하는데, 장비에게 군사 만 명을 주며 분부한다.

"장군은 큰길을 따라 파주巴州를 경유, 낙성 서쪽으로 쳐들어가시오. 먼저 당도하는 사람이 제일 큰 공로를 차지하는 것이오."

또 조자룡에게 일지군을 주며,

"장군은 강 줄기를 따라 올라가서 낙성에서 함께 만나도록 하시오."

하고 떠나 보냈다.

그 후에 공명은 그 뒤를 따라 간옹簡雍과 장완蔣琬을 거느리고 떠나니, 장완의 자는 공염公琰이요 원래 영릉군寧陵郡 상향湘鄉 땅 사람으로 일찍부터 형주 명사로 유명했고 현재는 서기로 있었다.

그날 공명이 군사 만 5천 명을 거느리고 장비와 한 날에 떠나니, 목적지는 같으나 가는 방향은 각각 달랐다.

공명이 떠나는 장비에게 부탁한다.

"서천에는 호걸들이 많으니 경솔히 상대해서는 안 되오. 가는 도중에 삼군에게 굳게 명령하여 백성들의 물건을 노략질하지 말고, 추호도 민심을 잃지 말며, 가는 곳마다 그곳 백성들을 위로하고 아끼라 하시오. 그리고 함부로 군사들을 매질하지 마시오. 바라건대 장군은 우리가 속히 낙성에서 함께 만나도록 하고 중간에서 실수 없도록 하시오."

장비가 흔연히 승낙하고 말에 올라 군사를 거느리고 나아간다.

장비는 가는 곳마다 항복하는 자들을 추호도 해치지 않고, 한漢·천川 길을 따라 파군巴郡 가까이에 이르렀다.

앞서갔던 첩자가 돌아와서 고한다.

"파군 태수 엄안嚴顔은 촉나라에서도 유명한 장수로, 비록 늙었으나 정력이 쇠하지 않고 강한 활과 큰 칼을 곧잘 써서 만 명도 대적할 수 있는 용기가 있다 합니다. 그는 성을 의지하고 있으면서 항복하는 기를 세울 생각은 조금도 없다 합니다."

장비는 파성巴城에서 10리 떨어진 곳에 이르러 영채를 크게 세우고, 사람을 성으로 보내면서,

"늙은이는 속히 항복하라. 그러면 성안의 모든 백성을 살려줄 것이요, 만일 버티고 귀순하지 않으면 성과 함께 남녀노소 할 것 없이 모조리 무찔러 죽이리라."
하고 일러 보냈다.

한편, 엄안은 파군에 있으면서, 일찍이 유장이 법정을 보내어 유현덕을 서천으로 끌어들였다는 소식을 듣고 가슴을 치면서,

"이야말로 깊은 산에 혼자 있으면서, 범을 끌어들여 자신의 호위로 삼으려는 수작과 다름없구나."
하고 크게 탄식한 일이 있었다.

그 후에 그는 유현덕이 부관을 차지하였다는 소문을 듣고 분개하여 군사를 거느리고 가서 싸우고 싶던 차에, 적군이 온다는 보고를 받았던

것이다. 엄안은 장비가 군사를 거느리고 왔다는 것을 알자, 즉시 군사 6천 명을 점검하여 싸울 준비를 서두른다.

수하 사람이 계책을 고한다.

"장비는 당양 장판에서 고함소리 한 번에 조조의 백만 군사를 물리친 무서운 장수올시다. 조조도 장비가 나타나면 몸을 피했다고 하니 경솔히 대적해서는 안 됩니다. 그러니 우리는 구렁을 깊이 파고 성루를 더욱 높이 쌓아 굳게 지키기만 하고 나가지 않으면, 한 달이 못 되어 그들은 군량미가 떨어져서 스스로 물러갈 것입니다. 더구나 장비는 성미가 불같아서 군사를 매질하는 데 이골이 난 사람이라, 우리가 나가서 싸우지 않으면 반드시 노할 것입니다. 그리고 한 번 노하기만 하면 그 모진 성격을 드러내고야 말 것이니 그렇게 되면 군사들의 마음은 하루아침에 변할 것입니다. 그때 우리가 기회를 보아 치면 단번에 장비를 사로잡을 수 있습니다."

엄안은 그 말을 옳게 여기고, 모든 군사들을 성 위로 올려 보내어 굳게 지키는데, 적의 군사 한 명이 와서 크게 외친다.

"성문을 여시오!"

엄안은 성문을 열어주라 하고 그 군사를 데려오게 하여 온 뜻을 물었다. 장비가 보낸 그 군사는 엄안에게 장비의 말을 그대로 전했다.

엄안이 발끈 화를 내며,

"그 보잘것없는 놈이 어찌 이리도 무례하냐! 내가 어찌 도둑놈에게 항복할 리 있으리요. 너의 입을 빌려 장비에게 나의 뜻을 전하리라."

하고 무사를 불러 그 심부름 온 군사의 귀와 코를 모두 잘라서 돌려보냈다.

그 군사가 영채로 돌아와 장비에게,

"엄안이 저를 이꼴로 만들고 갖은 욕을 다하더이다."

하고 울며 고했다.

장비는 노여움에 치받쳐 이를 갈며 고리 같은 두 눈을 딱 부릅뜨고 즉시 말에 올라, 군사 수백 명을 거느리고 파성 아래에 이르러 싸움을 걸었다.

성 위에서 군사들이 입에 담지 못할 갖가지 욕설을 장비에게 마구 퍼붓는다. 장비는 화를 참지 못하고 몇 번이나 조교弔橋로 쳐들어가 성 밑 호濠를 건너려고 되풀이하였으나, 그럴 때마다 성 위에서 화살이 빗발치듯 날아오는 바람에 뜻을 이루지 못했다. 해가 저물기까지 적의 군사라고는 한 명도 나오지 않았다. 장비는 울분을 참고 영채로 돌아가는 수밖에 없었다.

이튿날, 이른 아침에 장비는 또 군사를 거느리고 가서 싸움을 거는데, 성루 위에서 엄안이 화살 한 대를 쏘아 바로 장비의 투구를 적중시켰다.

장비가 성루를 쳐다보고 손가락질하며 저주한다.

"내 늙은 놈을 사로잡아 친히 그 살을 씹으리라."

그날도 해가 저물자 장비는 그냥 돌아갔다.

3일째 되는 날 장비는 군사를 거느리고 성벽을 따라 돌면서 욕설을 퍼부었다.

원래 파성은 산성山城이므로 그 주위가 다 험한 산이었다. 장비가 친히 말을 타고 산에 올라가 성안을 굽어보니, 적군은 다 무장하고 대오를 나누어 성안 요긴한 곳마다 매복하고 있으면서 나오지는 않고, 백성들이 돌과 벽돌을 운반하여 성 지키는 것을 돕고 있었다.

장비가 모든 기병들을 말에서 내리게 하여 보병과 함께 땅에 주저앉아 적군을 유인해보지만 싸우러 나오는 자가 없었다. 화가 치민 장비는 종일 욕만 하다가 역시 아무 성과 없이 돌아갔다.

장비는 영채에서,

'종일 욕을 해도 적군이 나오지 않으니 어찌할까?'

하고 이리저리 궁리하다가, 문득 한 계책이 생각나서 무릎을 쳤다.

장비는 모든 군사들을 영채 안에 정돈시킨 뒤에, 50여 명 정도의 군사만 거느리고 파성 아래로 가서 갖은 욕설을 퍼부으며, 엄안이 군사를 거느리고 나오기만 하면 단번에 무찌를 작정으로 손바닥을 비비며 기다리나, 적군이 나오는 기척이 전혀 없었다.

50여 명의 군사가 연 3일 동안 욕을 퍼부어도 파성에서는 적군이 나오지 않는다. 장비는 이마를 잔뜩 찌푸리며 궁리하다가 또 새로운 계책 하나를 생각해내고, 군사를 사방으로 흩어 땔나무를 베는 한편 통과할 만한 길이 있는지를 찾아보라 하고, 파성으로는 일절 가지 않았다.

한편, 파성의 엄안은 며칠이 지나도 장비와 그 군사가 얼씬도 않는지라, 자연 의심이 나서 10여 명의 군사를 장비의 나무하는 군사로 가장시켜 몰래 성밖으로 내보내면서, 그들 속에 들어가서 산속 소식을 알아오게 했다.

그날도 군사들이 땔나무와 솔가지를 베어 영채로 돌아오자 장비는 발을 구르며 크게 욕질한다.

"늙은 놈 엄안이 나의 속을 태워 죽이려 하는구나!"

그러자 서너 명의 군사가 장비 앞에 나와서 고한다.

"장군은 과도히 초조해하지 마십시오. 요 며칠 동안에 우리가 조그만 샛길을 하나 발견했으니, 싸우지 않고도 이곳 파군 일대를 무사히 통과할 수 있습니다."

장비는 일부러 큰소리로 외친다.

"그런 샛길이 있다면 왜 속히 말하지 않았느냐?"

모든 군사가 일제히 대답한다.

"요 며칠 동안에 겨우 찾아낸 것입니다."

"음 그래, 그렇다면 일이란 급히 서둘러야 하니 오늘 밤 2경에 밥을 지어 먹고, 3경에는 영채를 뽑아 군사들은 함매하고 말방울을 모두 떼어버린 뒤에 밝은 달빛을 따라 가만가만 출발하도록 하여라. 내가 앞장 서서 갈 터이니 너희들은 차례대로 뒤따라오너라."

하고 장비는 영채 안에 명령을 고루 전하도록 했다.

형주 군사로 가장하여 섞여 들어왔던 파성 군사 10여 명은 이 명령을 듣고 살그머니 영채를 빠져 나와, 파성으로 돌아가서 엄안에게 보고했다.

엄안이 크게 기뻐한다.

"나의 계책에 네 놈이 견디지 못하는구나! 네가 조그만 샛길로 통과하면 양초糧草와 치중輜重(군수품)이 반드시 뒤따라갈 것이니, 내가 그 뒷길을 끊는다면 네가 맨주먹으로 혼자서 어찌 통과하리요. 참으로 꾀없는 놈이 내 계책에 빠졌도다."

엄안은 즉시 모든 군사들을 모으고서,

"오늘 밤 2경에 밥을 지어 먹고 3경에 성을 출발하여 잡초가 많고 나무가 무성한 곳에 매복하고 있다가, 장비가 요긴한 샛길을 지나간 뒤에 군량, 마초, 치중을 실은 수레가 오면 북을 칠 테니 그것을 신호로 일제히 달려 나와 무찔러버려라."

하고 명령을 내렸다.

어느덧 밤이 되자, 엄안의 모든 군사들은 밥을 지어 배불리 먹고 완전 무장한 다음, 가만히 파성을 출발하여 사방에 흩어져 매복하고 다만 북소리가 들리기를 기다린다. 동시에 엄안은 10여 명의 부장을 친히 거느리고 숲 속에 이르러 말에서 내려 숨는다.

3경이 좀 지났을 때였다. 바라보니 저편에서 장비가 친히 선두에 나타나 창을 비껴 들고 군사를 거느리고 소리 없이 오더니 앞으로 지나간다. 장비가 앞을 지나 서너 마장쯤 갔을 무렵이었다. 수레와 군사와 말이 계속 뒤따라오고 있었다.

엄안은 그들이 접근해오자 일제히 북을 치니, 사방에 숨어 있던 복병들이 모조리 달려 나와 닥치는 대로 수레를 마구 약탈한다. 그러자 문득 뒤에서 징소리가 요란히 일어나면서 한 떼의 군사가 달려와 엄안의 군사를 엄습한다.

"늙은 도둑은 달아나지 말라! 내가 너를 사로잡으려고 벼른 지 오래다!"

엄안이 머리를 돌려 돌아보니 한 대장이 나타나는데, 머리는 표범 같고 눈은 고리 같고 턱은 제비 같고 수염은 범 같으니 장팔사모丈八蛇矛를 들고 새카만 말을 탔다. 다름 아닌 장비였다.

징소리는 천지를 진동하고 수많은 군사가 마구 쏟아져 들어오며 엄안의 군사를 무찌른다. 엄안이 미처 손쓸 사이도 없이 장비와 어우러져 싸우는데, 10합에 이르러 장비가 슬쩍 비쓱거리는 체하니, 엄안은 사정없이 칼로 내리친다. 순간 장비는 칼을 피하면서 몸을 날려 엄안에게 달려들어, 갑옷 줄을 바짝 잡아당겨 사로잡는 즉시 땅바닥에 내던졌다. 그러자 장비의 군사들이 일제히 달려들어 엄안을 덮어 누르고 단단히 결박지었다.

그럼 앞서 지나갔던 장비는 누구였던가. 그것은 가짜 장비였던 것이다. 장비는 엄안이 북을 쳐서 신호할 것을 미리 알고, 그 대신 징을 신호 삼아 쳐서 일제히 들이닥쳤기 때문에, 서천 군사들은 창과 칼을 버리고 태반이나 항복했다.

장비가 방향을 바꾸어 파성 아래로 쳐들어갔을 때는 후군이 이미 성안을 점령한 뒤였다. 장비는 파성의 백성들을 죽이지 말라 명령하고 방문榜文을 내걸어 안심시켰다.

군사들이 엄안을 끌고 들어온다. 장비가 대청 위에 높이 앉아 굽어보는데, 엄안은 끝내 무릎을 꿇지 않는다. 장비가 눈을 부릅뜨고 이를 갈며 크게 꾸짖는다.

"소위 대장이란 자가 그꼴을 하고도 항복하지 않으니 웬일이냐?"

엄안은 추호도 두려워하는 기색이 없이 장비를 꾸짖는다.

"너희들이 의리를 저버리고 우리 주와 군을 침범했으니, 우리 서천 땅 장수들은 목이 달아날지언정 항복할 사람은 없다."

장비가 격분하여 좌우 군사들에게,

"저 늙은 놈을 당장에 참하라."

하고 호령하자, 엄안이 또한 장비에게 호령한다.

"이 도둑놈아, 내 목을 베려거든 즉시 벨 일이지 왜 화는 내느냐?"

장비는 엄안의 음성이 우렁차고 얼굴빛이 변하지 않는 것을 보고는, 즉시 노한 얼굴을 기쁜 표정으로 바꾼다. 장비는 댓돌 밑으로 내려가 좌우 군사들을 꾸짖어 물리치며, 친히 엄안의 결박을 풀어주고 옷을 갈아입혀 대청 위 한가운데 높은 자리로 올려 모신 뒤에 너부시 절한다.

"지금까지 장군을 모독한 말을 용서하시오. 나는 장군이 서천의 호걸이라는 것을 평소에 잘 알고 있었소이다."

그제야 엄안은 장비의 은혜와 의리에 감복하고 항복했다.

후세 사람이 엄안을 찬탄한 시가 있다.

백발 노인이 서촉 땅에 사니
그 맑은 이름이 큰 나라에까지 진동했도다.
그 충성은 밝은 달과 같고
그 큰 기상은 장강을 휘감아 올리는 듯했도다.
오히려 머리를 잃고 죽을지언정
어찌 무릎을 꿇고 항복하리요.

의로써 엄안을 풀어주는 장비

파주 땅 늙은 장군이여
천하에 그 짝이 없었도다.

白髮居西蜀

淸名震大邦

忠心如皎月

浩氣捲長江

寧可斷頭死

安能屈膝降

巴州年老將

天下更無雙

또 장비를 찬탄한 시가 있다.

　　엄안을 사로잡은 그의 용기는 절륜했으니
　　오직 의리로써 군사들과 백성들을 복종시켰도다.
　　지금까지도 파촉 땅에는 장비를 모신 사당이 있으니
　　날마다 백성들이 술과 닭과 돼지를 바쳐서 마치 봄 제삿날 같
　　도다.
　　生獲嚴顔勇絶倫
　　惟憑義氣服軍民
　　至今廟貌留巴蜀
　　社酒鷄豚日日春

　　장비가 서천으로 갈 계책을 묻자, 엄안은,
"싸움에 진 장수가 깊은 은혜를 입었으니 어찌 보답하지 않을 수 있
겠소. 바라건대 견마지로犬馬之勞를 다하리니, 화살 한 대 쏘지 않고도
성도를 함락하게 하겠소."
하고 대답하니,

　　다만 한 장수가 성의껏 도와주는 덕분에
　　싸우지 않고도 모든 성을 항복받는다.
　　只因一將傾心後
　　致使連城垂手降

　　과연 엄안의 계책이란 무엇일까.

116

제64회

공명은 계책을 써서 장임을 사로잡고
양부는 군사를 빌려 마초를 격파하다

장비가 계책을 물으니, 엄안이 대답한다.

"여기서 낙성까지 가는 도중의 모든 관소는 다 이 늙은이의 관할이오. 군사들도 나의 지휘를 받고 있소. 장군의 깊은 은혜를 입었으나 갚을 길이 없으니, 이 늙은 몸이 전부前部 선봉이 되어 가는 곳마다 그들을 모조리 불러내어 항복하게 하리다."

장비는 감사해 마지않았다.

이에 엄안은 전부 선봉이 되고, 장비는 군사를 거느리고 뒤따라간다. 가는 곳마다 다 엄안이 관할하는 땅이라, 엄안은 이르는 곳마다 군사들을 불러내어 항복을 시켰다. 그 중에 혹 주저하는 자가 있으면 엄안은 불호령을 내렸다.

"나도 항복했는데, 더구나 너희들이 뭘 우물쭈물하느냐."

이리하여 풀이 바람을 따라 순종하듯 장비는 싸움 한 번 하지 않고, 엄안을 앞장세우고 나아갔다.

한편, 공명은 이미 자기가 떠난 날짜와 모두 낙성에서 합치기로 했음을 미리 유현덕에게 통지했다.

이에 유현덕은 모든 부하들과 함께 상의하는 자리에서 말한다.

"이제 공명과 장비가 두 길로 나뉘어 서천으로 들어오면, 우리는 낙성에서 그들과 만나 함께 성도로 들어갈 예정이다. 공명의 서신에 의하면 육군과 수군이 지난 7월 20일에 떠났으니 수일 내에 당도할 것이라, 우리도 곧 군사를 거느리고 나아가야 하겠다."

황충이 말한다.

"날마다 군사를 거느리고 와서 싸움을 걸던 장임이 요즘 나오지 않는 것은 그들이 게을러져서 준비도 않고 있음이니, 오늘 밤에 군사를 나누어 적의 영채를 다시 치면 대낮에 무찌르는 것보다도 많은 성과를 거둘 수 있습니다."

유현덕이 그 말을 옳게 여기고 분부한다.

"그럼 황충은 군사를 거느리고 왼편으로 나아가고 위연은 군사를 거느리고 오른쪽으로 나아가라. 나도 군사를 거느리고 가운데 길로 나아가리라."

이리하여 그날 밤 2경에 군사와 말이 세 길로 나뉘어 일제히 출발했다.

이때 장임은 과연 아무런 싸울 준비를 하지 않고 있었다.

유현덕, 황충, 위연의 군사가 일제히 대채로 쳐들어가서 닥치는 대로 불을 질러 맹렬한 불길이 하늘로 치솟으니, 촉의 군사는 싸워보지도 못하고 무너져 그날 밤으로 낙성으로 달아났다. 낙성 안의 군사들이 도망쳐온 군사들을 맞이하여 들어가자, 유현덕은 물러나와 도중에 영채를 세웠다.

이튿날, 유현덕은 군사를 거느리고 가서 낙성을 포위하고 공격하였으나, 장임은 나오지 않는다.

공격한 지 4일째 되는 날, 유현덕은 친히 일지군을 거느리고 서쪽 성문을 공격하고 황충과 위연은 동쪽 성문을 공격한다. 다만 남쪽 성문은 낙성 군사들이 달아날 수 있도록 내버려두었으니, 원래 남문은 산과 잇닿은 산길이요, 북쪽 성문에는 부수涪水가 흐르기 때문에 포위하지 않았던 것이다.

이때 장임은 유현덕이 서문 밖에서 말을 달려 오가며 군사를 지휘하고 성을 공격하는 것을 진시辰時부터 미시未時까지 바라보다가, 적군이 지치기 시작하자 오난과 뇌동 두 장수에게 명령한다.

"군사를 거느리고 북문으로 나가서 동문을 공격하는 황충과 위연을 막아라. 나는 군사를 거느리고 남문으로 나가서 혼자 유비를 담당할 테니, 성안의 백성들은 모조리 성 위로 올라가서 북을 치고 함성을 질러 싸움을 도우라."

유현덕은 붉은 해가 서쪽으로 기울어지는 것을 보고 후군에게 먼저 물러가라 명령했다. 군사들이 몸을 돌려 돌아가려 하는데, 성 위에서 갑자기 함성이 진동하며 남문으로부터 적군이 달려 나오고, 장임이 유현덕의 앞을 막고 덤벼든다. 유현덕의 군사가 크게 혼란에 빠지고, 황충과 위연은 오난과 뇌동에게 포위되어 서로 도우려 하나 도울 수가 없다.

싸움이 이롭지 못한 것을 안 유현덕은 말을 궁벽한 산속 좁은 길로 달려 달아나는데, 등뒤에서 장임이 뒤쫓아와 둘 사이가 점점 좁혀진다. 유현덕은 혼자서 달리고, 장임은 기병 여러 명을 거느리고 뒤쫓는다. 유현덕이 오로지 앞만 바라보고 힘껏 말을 채찍질하여 달리는데, 문득 1대의 군사가 산길로 오고 있다.

유현덕이 어쩔 줄을 몰라 탄식한다.

"앞에는 복병이 있고 뒤에는 추격해오는 군사가 있으니, 아아 하늘이 나를 망치심이로다!"

그런데 군사들의 선두에 오는 장수를 보니, 바로 장비가 아닌가. 원래 장비는 엄안과 함께 바로 그 산길로 오다가, 멀리서 티끌이 뿌옇게 일어나는 걸 보고 접전이 벌어진 것을 직감하고, 급히 앞서 오던 참이었다.

장비가 즉시 장임을 가로맡아 서로 어우러져 싸운 지 10여 합에 이르렀을 때, 뒤에서 군사를 거느린 엄안이 당도했다. 장임은 형세가 불리하자 급히 말 머리를 돌려 달아나고, 장비는 바로 낙성 아래까지 뒤쫓아갔으나, 장임이 성안으로 들어가면서 조교를 끌어올리는 바람에 더 어찌해볼 도리가 없었다.

장비는 돌아가 유현덕을 뵙고 고한다.

"군사軍師께서 강을 거슬러오기로 했는데 아직 도착하지 않았으니, 이번에는 군사도 나에게 첫 번째 공을 빼앗겼습니다."

유현덕이 묻는다.

"산길이 험한데 어떻게 적군을 만나지 않고 먼저 이곳에 당도했느냐?"

"오는 도중에 45개의 관소가 있었으나, 오로지 노장 엄안의 공로로 추호도 힘들이지 않고 여기까지 왔습니다."

장비는 엄안과의 일을 다 설명하고 나서, 곧 엄안을 유현덕에게 인사시켰다.

유현덕이 감사하며,

"만일 노장군이 아니었던들 내 동생이 어찌 능히 여기에 당도했겠습니까."

하고 입고 있던 황금 갑옷을 벗어 하사하니, 엄안도 다시 절하며 감사한다.

엄안을 환영하는 잔치를 베풀고 서로 술을 마시는데 보발꾼이 와서 고한다.

"황충과 위연 두 장수가 서천 장수 오난·뇌동과 싸우는데, 성안에서 오의와 유궤가 군사를 거느리고 나와서 함께 덤벼드는 통에, 두 장수는 패잔병을 거느리고 동쪽으로 가버렸습니다."

장비가 유현덕에게 말한다.

"군사를 두 길로 나누어 쳐들어가서 황충과 위연을 구해냅시다."

이에 장비는 왼쪽 길로, 유현덕은 오른쪽 길로 쳐들어가니, 오의와 유궤는 뒤에서 일어나는 함성을 듣고 황망히 성안으로 들어가버렸다.

이때 오난과 뇌동 두 장수는 군사를 거느리고 황충과 위연만 추격해가다가, 바로 유현덕과 장비에게 돌아갈 길을 끊기고 말았다. 더욱이 달아나던 황충과 위연마저 말을 돌려 공격해온다. 오난과 뇌동은 사태가 급변하자 대적할 수가 없어서 본부 군사만 거느리고 앞으로 나와 항복했다. 유현덕은 그들의 항복을 받아들이고 군사를 거두어 낙성 가까이에 영채를 세웠다.

한편 장임은 오난과 뇌동 두 장수를 잃고 근심하는데, 오의와 유궤가 말한다.

"사태가 매우 위태로우니, 죽음을 각오하고라도 한번 싸워 결정하지 않으면 적군을 어찌 물리칠 수 있으리요."

"즉시 사람을 성도로 보내어 주공에게 급한 형세를 보고하고 동시에 적을 격파할 계책을 생각하시오."

장임이 대답한다.

"내 내일 군사를 거느리고 나가서 싸우다가 패한 척하고 적군을 유인하여 북쪽으로 달아날 테니, 그때 성안에서 다시 1대의 군사를 내보내어 그 뒤를 끊어주시오. 그러면 반드시 이길 수 있소."

"유장군(유궤)은 공자公子 유순(유장의 아들)을 도와 성을 지키시오. 내가 군사를 거느리고 싸움을 돕겠소."

오의는 말하고 서로 그렇게 하기로 결정했다.

이튿날, 장임이 군사 수천 명을 거느리고 성에서 나와 기를 휘두르며 함성을 질러 싸움을 건다. 장비가 곧 말을 타고 나가서 장임을 맞이하여 싸운 지 10여 합도 못 되었을 때였다. 장임은 패한 체하고 낙성 성 밑을 돌아 달아난다.

장비가 힘을 다하여 그 뒤를 쫓는데, 오의가 일지군을 거느리고 나와서 길을 끊는다. 그러자 지금까지 달아나던 장임도 군사를 거느리고 되돌아와 일제히 장비를 포위한다. 겹겹으로 포위당한 장비는 곤경에 빠져 나아가지도 물러서지도 못하는데, 이때 부강 강변 쪽에서 홀연 1대의 군사가 나타나 쳐들어온다.

그 군사들의 맨 앞을 달려온 한 대장이 말을 멈추지 않고, 곧장 오의를 취하여 싸운 지 단 1합에 오의를 사로잡아 적군을 물리치고 장비를 구출한다. 보니, 바로 조자룡이었다.

장비가 묻는다.

"군사께서는 어디 계시오?"

조자룡이 대답한다.

"군사는 이미 당도하여 아마 지금쯤은 주공과 만나고 있을 것이오."

두 사람이 오의를 사로잡아 영채로 돌아가는데, 장임은 낙성 동문으로 들어가버렸다.

장비와 조자룡이 영채로 돌아와보니, 공명과 장완, 간옹이 이미 장중에 와 있었다. 장비가 말에서 내려 인사한다.

공명이 놀라며 묻는다.

"장군은 언제 이렇듯 먼저 왔소?"

유현덕이 곁에서 장비와 엄안과의 일을 설명한다.

공명이 축하한다.

"장비가 능히 계책을 쓸 줄 아니, 이는 다 주공의 큰 복이로소이다."

조자룡이 오의를 앞으로 끌어낸다.

유현덕이 굽어보고 묻는다.

"너는 항복하겠느냐?"

오의가 대답한다.

"사로잡힌 바에야 어찌 항복하지 않겠습니까."

유현덕은 이를 반기며, 친히 오의의 결박을 풀어주었다.

공명이 오의에게 묻는다.

"성안에서 성을 지키는 사람은 몇 사람이나 되느냐?"

오의가 사실대로 고한다.

"유장의 아들 유순과 그를 돕는 유궤, 장임 두 장수가 있습니다. 유궤는 별로 대단한 인물이 못 되나, 장임은 바로 촉군蜀郡 땅 출신으로 용맹과 계략이 매우 출중하니 경솔히 상대할 수 없습니다."

"그렇다면 먼저 장임부터 사로잡고, 그 후에 낙성을 취하리라."

하고 공명이 다시 묻는다.

"성 동쪽에 다리가 하나 있던데, 그 이름을 뭐라 하느냐?"

"금안교金雁橋라 합니다."

공명은 마침내 말을 타고 금안교에 가서 강물을 두루 둘러보고, 영채로 돌아와 황충과 위연에게 명령을 내린다.

"금안교에서 남쪽으로 5, 6리 떨어진 곳은 양쪽 강 언덕이 다 갈대밭이라, 가히 군사를 매복할 만하니 위연은 군사 천 명만 데리고 가서 왼쪽에 매복하고 있다가 적의 기병만 죽이고, 황충은 긴 칼을 가진 군사천 명만 데리고 가서 오른쪽에 매복하고 있다가 말 다리만 쳐서 적군을 무찌르라. 그러면 장임은 필시 산 동쪽 소로로 달아날 테니, 장비는 군사 천 명을 거느리고 그곳에 매복하고 있다가 사로잡아라."

그리고 조자룡을 불러 명령을 내린다.

"금안교 북쪽에 매복하고 있다가, 내가 장임을 유인하여 다리를 건너

지나가거든, 그대는 다리를 파괴해버리고 다리 북쪽에 군사를 주둔하여 함성을 질러 장임을 북쪽으로 오지 못하게 한 후, 남쪽으로 달아나도록 몰아라. 그러면 장임이 내 계책에 걸려들 것이다."

공명은 그들 장수를 떠나 보내고, 친히 적군을 유인하러 나아갔다.

한편, 성도의 유장은 탁응卓膺과 장익張翼 두 장수를 낙성으로 보내어 싸움을 돕게 했다. 이에 장임은 유궤와 새로 온 장수 장익으로 하여금 낙성을 지키게 하고, 자신은 새로 온 장수 탁응과 함께 군사를 두 부대로 나누어 몸소 전대가 되고, 탁응은 후대가 되어 성에서 나왔다.

공명은 규율이 없어 보이는 빈약한 1대의 군사를 거느리고 금안교를 건너와서 장임과 서로 대결했다.

공명이 사륜거四輪車를 타고 머리에 윤건綸巾을 쓰고 손에 학鶴 날개로 만든 부채(우선羽扇)를 들고 나오는데, 그 뒤로 기병 백여 명이 호위하며 따른다.

공명이 손을 들어 멀리 장임을 가리키며 꾸짖는다.

"백만 대군을 거느린 조조도 내 이름만 들으면 달아났는데, 지금 너는 어찌 된 사람이기에 감히 항복하지 않느냐!"

장임은 공명의 군사가 규율이 없는 것을 보고 말 위에서 싸늘하게 비웃는다.

"사람들이 말하기를 제갈양의 군사 쓰는 솜씨는 신인과 같다더니 이제 보니, 명색뿐 실속이 없다."

하고 창을 높이 들어 돌격 신호를 하고 군사를 거느리고 쳐들어간다.

공명은 사륜거를 버리고 말을 타고 달아나듯 금안교를 지나가니, 장임도 그 다리를 지나 뒤쫓아가는데, 왼편에서는 유현덕의 군사가 내달아나오고, 오른편에서는 엄안의 군사가 내달아와서 무찌른다. 장임은 그제야 계책에 걸린 줄 알고 급히 군사를 돌려 돌아가려 하는데 이미 금안교는 파괴되어 끊어져 있었다.

장임이 북쪽으로 달아나며 보니 저쪽 언덕에는 조자룡이 군사를 늘어세우고 기다린다. 장임은 감히 북쪽으로 가지 못하고 바로 강을 따라 남쪽으로 달아난다.

한 6, 7리쯤 달아나다가 보니 사방이 우거진 갈대밭 속이다. 그런데 갑자기 갈대 속에서 위연의 군사가 일제히 일어나 긴 창으로 장임의 군사를 마구 죽이고, 동시에 황충이 거느린 군사들은 깊은 갈대 속에 숨어서 긴 칼로 적군의 말 다리를 닥치는 대로 쳐서 꼬꾸라뜨리고 모조리 사로잡아 결박한다.

일이 이 지경이 되니 뒤따르던 장임의 보병들은 감히 가까이 오지도 않는다. 장임은 겨우 기병 수십 명을 거느리고 좁은 산길을 향하여 달아나다가 바로 장비와 맞닥뜨렸다. 장임이 황급히 말을 돌려 달아나려는데, 장비가 크게 외마디소리를 지르자 모든 군사들이 일제히 달려들어 장임을 사로잡았다.

이때 탁응은 장임이 적의 계책에 걸려든 것을 보고 조자룡의 군사에게 이미 항복한 뒤였다.

장비와 조자룡이 군사를 거두어 함께 대채로 돌아오자, 유현덕은 항복한 장수 탁응을 접견하고 상을 주었다. 장비가 사로잡은 장임을 끌어냈을 때는 공명도 또한 장중에 앉아 있었다.

유현덕이 장임에게 묻는다.

"촉 땅의 모든 장수들이 속속 항복하는데, 너는 어째서 일찍이 항복하지 않았느냐?"

장임이 눈알을 부라리며 노한 목소리로 외친다.

"충신이 어찌 두 임금을 섬기겠느냐!"

"너는 하늘의 뜻을 모르는구나. 항복하면 살려주리라."

금안교에서 붙잡힌 장임. 왼쪽부터 공명, 유비

장임은 단호히 대답한다.

"지금 항복한다 해도 뒷날 반드시 원수를 갚을 테니 속히 나를 죽여라!"

유현덕은 차마 죽이지 못하는데, 장임이 소리소리 지르며 저주한다.

공명은 그의 이름을 후세에 길이 전해주기 위하여,

"장임을 참하라."

하고 명령했다.

이리하여 장임은 참형을 당했다.

후세 사람이 장임을 찬탄한 시가 있다.

　　열사가 어찌 두 주인을 섬기겠느냐

　　장임의 충성과 용맹은 죽어도 영광이로다.

그의 높고 밝음은 바로 하늘 가의 달과 같아서
밤마다 빛을 흘려 낙성을 비치는도다.

烈士豈甘從二主

張君忠勇死猶榮

高明正似天邊月

夜夜流光照蛾城

유현덕은 장임의 곧은 절개에 깊이 감탄하여, 그 목과 시체를 거두어 금안교 가에 장사지내고 그 충성을 밝혀주었다.

이튿날, 유현덕은 엄안과 오의 등 촉에서 항복한 장수들을 앞세우고, 바로 낙성으로 나아가서 크게 외치게 한다.

"어서 성문을 열고 항복해서 성안 백성들의 고생을 면하게 하라!"

유궤가 성 위에서 엄안을 내려다보며 마구 욕하고 화살을 뽑아 쏘려 한다. 이때 문득 한 장수가 뒤에서 나타나 한칼에 유궤를 찔러 죽인 뒤에, 성문을 열고 항복한다. 유현덕의 군사가 일제히 낙성으로 들어가니, 유순은 서쪽 성문으로 빠져 나가 성도로 달아났다. 유현덕은 우선 방문을 내걸어 백성들을 안심시켰다.

유궤를 한칼에 찔러죽인 장수는 바로 무양武陽 땅 출신인 장익이었다.

낙성을 점령한 유현덕은 모든 장수들에게 많은 상을 주었다.

공명이 말한다.

"낙성을 이미 격파하고 성도의 함락도 목전에 이르렀으나, 모든 고을의 민심이 안정되지 않았으니, 조자룡은 장익과 오의를 데리고 민강岷江, 건위犍爲 일대의 고을을 순회하라. 장비는 엄안과 탁응을 데리고 파서巴西, 덕양德陽 일대의 고을을 순회하되, 지방 관리들을 격려하며 그 치안 상태를 살피고 백성들을 위로하는 것이 끝나거든, 각기 군사를 거느리고 성도로 가서 일제히 공격하도록 하라."

장비와 조자룡은 명령을 받자 각기 군사를 거느리고 떠나갔다.

공명이 묻는다.

"앞으로 가자면 어떤 요긴처가 있느냐?"

항복한 촉의 장수가 고한다.

"면죽綿竹 땅에 많은 군사가 주둔하고 지키니, 그 땅만 돌파하면 성도를 함락하는 것은 식은죽 먹기입니다."

공명이 행군할 일을 상의하는데, 법정이 고한다.

"낙성이 함락됐으니 촉 땅은 위기에 몰려 있습니다. 주공이 인의로 많은 사람을 복종시킬 생각이시거든 군사를 행군시키지 마십시오. 제가 서신 한 통을 써서 유장에게 보내어 이해로 타이르면 저절로 항복하리다."

"법정의 말이 가장 좋도다."

공명은 곧 서신을 쓰게 하여 사람을 시켜 성도로 보냈다.

한편, 도망쳐서 성도로 돌아간 유순은 부친(유장)에게 낙성이 함락된 경과를 소상히 보고했다.

유장이 크게 놀라 황망히 모든 관리들을 모아놓고 대책을 상의한다.

종사 정건鄭虔이 계책을 말한다.

"지금 유비가 낙성을 공격하여 우리 땅을 차지했으나, 그들의 군사는 많지 않고 선비와 백성들은 그들을 따르지 않으며, 또 그들의 식량이라야 우리 촉 땅의 들에서 나는 곡식을 노략질해서 먹는 것이 고작이며 무기도 별로 없으니, 이때에 파서와 자동梓潼 백성들을 모조리 부수 서쪽으로 옮기고 창고와 들에 있는 곡식을 모조리 불살라 태워버리고서, 구렁을 깊이 파고 성을 높이 쌓아 방비하되 그들이 와서 싸움을 걸지라도 일절 응전하지 마십시오. 오래지 않아 먹을 곡식이 없으면 백일이 지나

128

기 전에 그들은 돌아갈 것입니다. 그때에 우리가 그들을 추격하면 유비를 사로잡을 수 있습니다."

유장이 대답한다.

"그렇지 않다. 내가 듣건대 적군을 막고서 백성을 편안하게 한다는 말은 있지만, 백성을 이동시킴으로써 적군을 막는다는 말은 들어본 적이 없다. 그러니 그 계책은 옳지 못하다."

모두가 다시 한참 의논하는데,

"법정에게서 서신이 왔습니다."

하고 보고가 들어왔다.

유장이 그 사람을 데리고 오라 하여, 그 서신을 받아 뜯어보니,

지난날 분부받잡고 이곳에 와서 유황숙과 우호를 맺었는데 뜻밖에도 주공을 모시는 좌우 사람들이 옳지 못하여 오늘날 사태가 이 지경에 이르렀습니다. 그러나 지금도 유황숙은 지난날의 정과 친척으로서의 정을 잊지 못하니, 주공께서는 한번 생각을 돌리셔서 귀순하시면 결코 박대하지 않으리다. 바라건대 거듭 깊이 생각하시고 결정을 내리소서.

유장이 격노하여 서신을 찢으며 욕한다.

"주인을 팔아 영화榮華를 구하는 배은망덕한 놈이로다."

법정의 서신을 가지고 왔던 사람은 덜미를 잡혀 성에서 쫓겨났다.

유장은 비관費觀(아내의 동생)에게 군사를 주고 면죽 땅에 가서 수비를 강화하라 했다. 비관은 남양南陽 땅 출신인 이엄李嚴과 함께 가고 싶다고 천거했다. 이엄의 자는 방정方正이었다.

이리하여 비관은 이엄과 함께 군사 3만 명을 거느리고 면죽 땅에 이

르러 그곳을 지킨다.

익주군益州郡 태수 동화董和의 자는 유재幼宰로, 그는 원래 남군南郡 지강支江 땅 출신이었다.

동화는 유장에게 서신을 올리고 고한다.

"한중의 장노에게 원군을 청하십시오."

유장이 대답한다.

"장노는 나와 대대로 원수지간이다. 그가 우리를 도와줄 리 있겠는가."

"비록 우리와는 원수간이지만 지금 유비의 군사가 낙성을 점령하고 있어 형세가 매우 위급하니, 이웃 나라가 망하면 그 옆의 나라도 위기에 처한다는 것을 강조하여 이해로써 타이르면 반드시 우리를 원조할 것입니다."

이에 유장은 서신을 써서 사자를 한중으로 보냈다.

그후 마초는 어찌 되었는가.

건안 18년(213) 가을 8월 마초가 조조에게 패하고 오랑캐 땅으로 들어간 지도(제59회 참조) 어언 2년이 지났다.

그 동안에 마초는 강병羌兵(오랑캐 군사)을 잘 길들여 농서隴西 지방 일대의 모든 고을을 공격했다. 그가 가는 곳마다 항복하지 않는 자가 없었으나, 기성冀城 땅만이 공격을 받고도 끝내 항복하지 않았다.

양주凉州 자사刺史며 기성 태수인 위강韋康은 누차 사람을 하후연夏侯淵에게 보내어 구원을 청했다. 그러나 하후연은 조조의 허락을 얻지 못하여 감히 군사를 움직이지 못했다. 이에 위강은 하후연의 구원병이 오지 않자 수하 사람들과 상의한다.

"이제 마초에게 항복하는 수밖에 없다."

참군參軍 양부楊阜가 울면서 간한다.

"마초는 임금을 배반한 역적인데, 그런 자에게 어찌 항복할 수 있습니까."

"사태가 이 지경에 이르렀으니 항복하지 않고 무엇을 기다리리요."

양부가 거듭 간하였으나 위강은 듣지 않고, 마침내 성문을 열고 나가서 마초에게 항복했다.

마초가 대로하여,

"네가 사태가 급해지니 비로소 항복하는구나. 이는 결코 너의 진심이 아닐 것이다."

하고 크게 꾸짖고 위강의 가족 40여 명을 한 명도 남기지 않고 모조리 베어 죽였다.

어떤 자가 마초에게 고한다.

"양부가 항복하지 말라고 위강에게 강력히 권했다 하니 그도 죽이십시오."

마초는 머리를 흔들며,

"양부는 의리를 지킨 사람이니 죽일 수 없다."

하고 양부를 다시 참군으로 삼았다.

양부가 양관梁寬과 조구趙衢를 천거하자, 마초는 그 둘을 다 군관으로 삼았다.

양부는 또 마초에게 고한다.

"저의 아내가 임조臨洮 땅에서 죽었다는 기별이 왔습니다. 두 달 가량 여가를 주시면, 가서 아내를 장사지내고 오겠습니다."

마초는 허락했다.

양부는 길을 떠나 역성歷城을 지나다가 무이장군撫彝將軍 강서姜敍의 집에 들렀다. 원래 강서와 양부는 연줄이 닿는 사이였다. 강서의 어머니가 양부의 고모뻘이니, 이때 나이 82세였다.

이날 양부는 강서의 집 내실에 들어가서 고모께 절하며,

"저는 기성을 능히 지키지 못했고, 주인이 죽어도 따라 죽지를 못했습니다. 이제 부끄러워서 고모님을 뵐 면목조차 없습니다. 마초는 임금을 배반하고 함부로 군수를 죽였기 때문에 고을의 선비와 백성들이 다 원망하는데, 형님은 역성의 장군으로 계시면서 역적을 칠 생각도 않으니 이 어찌 신하 된 사람의 도리라 하겠습니까."

하고 말을 마치자 피눈물을 흘린다.

강서의 어머니는 이 말을 듣고 아들을 불러,

"태수가 죽음을 당한 것도 다 너의 죄다."

꾸짖고 양부에게도 책망조로 묻는다.

"너는 마초에게 항복하고, 또한 그의 녹을 먹는 주제에 어찌하여 또 마초를 칠 생각이냐?"

양부가 대답한다.

"제가 역적 밑에 있는 것은 어쨌든지 살아서 주인의 원수를 갚기 위함입니다."

강서가 의견을 말한다.

"마초는 워낙 영특하고 용맹하기 때문에 누구나 함부로 상대할 수는 없을 거다."

양부가 대답한다.

"그렇지 않소. 마초는 용기만 있고 지혜는 없기 때문에 우리가 쉽게 해낼 수 있소. 나는 이미 양관, 조구와 깊이 짜고 있소. 형님이 군사를 일으키기만 하면 그 두 사람은 반드시 기성 안에서 내응할 것입니다."

강서의 어머니가 아들에게 말한다.

"네가 일을 빨리 서두르지 않으면 다시 어느 때를 기다리겠다는 거냐. 누구나 한 번은 죽게 마련이다. 충성과 의리를 위해서 죽으면 참으

132

로 죽을 때를 알아서 죽는 것이니, 너는 조금도 나에 대한 염려는 말아라. 네가 양부의 말을 듣지 않는다면 내가 먼저 죽어 너의 모든 근심을 덜어주마."

이에 강서는 통병교위統兵校尉인 윤봉尹奉, 조앙趙昻과 함께 군사를 일으킬 일을 상의했다. 그런데 조앙의 아들 조월趙月은 그 아버지와는 입장을 달리하여 마초 밑에서 비장 노릇을 하고 있었다.

그날 조앙은 군사를 일으키기로 호응하고, 집으로 돌아와서 그 아내 왕王씨에게 탄식한다.

"내 오늘 강서 · 양부 · 윤봉과 함께 상의하여 죽은 기성 태수 위강의 원수를 갚기로 했으나, 나의 아들 조월이 현재 마초 밑에 있으니, 우리가 군사를 일으키면 마초는 나의 아들부터 먼저 죽일 것이다. 이 일을 어찌하면 좋을꼬!"

아내 왕씨가 소리를 버럭 지른다.

"임금과 부모가 당한 굴욕을 씻을 수 있다면 죽어도 아까울 것이 없거늘, 그까짓 아들 하나를 아끼어 옳은일을 주저하십니까. 당신이 아들 하나 때문에 싸우러 가지 않겠다면 내가 먼저 죽지요."

조앙은 아내의 말을 듣고, 마침내 큰 결심을 했다.

이튿날, 그들은 마침내 군사를 일으켰다. 강서와 양부는 그냥 역성에 주둔하고, 윤봉과 조앙은 군사를 거느리고 기산에 주둔했다.

조앙의 아내 왕씨는 모든 패물과 장식품과 값진 비단을 가지고 몸소 남편이 주둔하고 있는 기산에 가서 수고하는 군사들에게 상으로 나누어주며 그들을 격려했다.

한편, 마초는 강서와 양부가 윤봉 · 조앙과 회합하여 군사를 일으켰다는 보고를 듣자, 격노하여 즉시 조앙의 아들 조월을 칼로 쳐죽였다. 그리고 방덕龐德, 마대馬岱에게 모조리 군사를 일으키게 하여 역성 땅을

借兵助戰滿腔壯志遏清風

為主報仇一點冊心輝白日

楊阜借年破馬超

군사를 빌려 마초를 격파하러 가는 양부

향하여 쳐들어갔다.

이에 역성의 강서와 양부는 군사를 거느리고 나와서 마초를 상대로 둥그렇게 진영을 세우는데, 그들은 모두 하얀 전포를 입고 있었다. 그들은 앞으로 나오며 마초를 향하여 크게 꾸짖는다.

"임금에 반역한 의리 없는 역적 놈아!"

이 말을 듣고 마초가 노기 충천하여 쳐들어가니, 이에 양쪽 군사가 어우러져 혼전이 벌어졌다. 그러나 강서와 양부가 어찌 마초를 대적할 수 있으리요. 결국 크게 패하여 달아나니, 마초가 군사를 몰아 뒤쫓는다. 이때 문득 등뒤에서 함성이 진동하며 윤봉과 조앙이 내달아온다

마초가 급히 말을 달렸을 때는 이미 강서·양부와 윤봉·조앙의 협공을 받게 되었다. 앞뒤를 돌볼 새도 없이 한참 싸우는데, 난데없는 1대의

군사가 한복판을 향하여 달려 들어온다. 그 군사들의 선두를 달려오는 장수는 바로 하후연이었다. 그는 마침내 조조의 명령을 받고 마초를 치러 온 것이었다.

마초가 제아무리 용맹하다 할지라도 세 방면에서 공격을 받게 되니 어쩔 도리가 없이 크게 패하고, 그날 밤 쉬지 않고 달려서 이른 새벽에야 기성에 이르러 성문을 열라 외쳤다.

그런데 뜻밖에도 성 위에서 화살이 빗발치듯 날아온다. 바라보니 성 위에 양관과 조구가 서서 마초를 굽어보며 크게 꾸짖더니, 마초의 아내 양楊씨를 잡아 올려 한칼에 목을 베어 성 밑으로 내던진다. 이어 마초의 어린 세 아들과 마초의 친척 10여 명을 모조리 잡아 올려 하나하나 칼로 쳐서 죽이고, 역시 시체들을 성 아래로 내던진다.

마초는 기가 막혀 거의 말에서 떨어질 지경인데, 군사를 거느리고 뒤쫓아온 하후연이 들이닥친다. 마초는 하후연의 군사가 많은 것을 보고 싸움을 포기하고, 방덕 · 마대와 함께 한 가닥 혈로를 열고 달아나다가 도중에서 바로 강서와 양부를 만나 한바탕 접전한 끝에 길을 뚫고 달린다. 그런데 또 도중에서 윤봉과 조앙을 만나 다시 한 번 접전을 벌이고 나니, 거느린 군사는 다 죽고 겨우 기병 5, 60명만 남았다.

마초는 군사 5, 60명을 거느리고 그날 밤도 쉬지 않고 달아나, 아직 날이 새기 전 4경 무렵에야 역성에 이르렀다. 이때 역성을 지키던 군사들은 강서가 돌아온 줄로 잘못 알고 성문을 활짝 열어 영접했다.

이에 잠자코 남문으로 들어간 마초는 돌연 살기를 띠고 성안 백성들을 모조리 죽이고, 바로 강서의 집으로 가서 강서의 늙은 어머니를 끌어냈다. 그러나 강서의 어머니는 조금도 두려워하지 않고 마초를 손가락질하며 크게 꾸짖었다. 격분한 마초는 친히 칼을 빼서 강서의 모친을 쳐죽이고 윤봉과 조앙의 가족을 남녀노소 할 것 없이 모조리 죽여 분풀이를 했다. 이때 조앙의 아내 왕씨는 남편을 따라 외부 군대에 가 있었으므로 죽음을 면했다.

이튿날, 하후연의 많은 군사가 역성에 들이닥치자, 마초는 성을 버리고 서쪽을 향하여 달아난다. 20리쯤 갔을 때였다. 1대의 군사가 앞을 가로막는다. 그들을 거느린 장수는 바로 양부였다.

마초는 자기를 배신한 양부를 보자 이를 갈며 말을 달려 창을 번쩍 들어 내리찍으려는데, 어느새 양부의 동생 일곱 명이 나타나 싸움을 가로막는다.

마대와 방덕이 뒤쫓아오는 적군을 막는 동안에, 마초는 양부의 일곱 아우를 모조리 죽여버렸다.

양부는 마초의 창에 찔려 몸에 다섯 군데나 상처를 입고도 용맹하게 싸우는데, 뒤에서 하후연의 대군이 구원하러 오니, 마초는 방덕 · 마대 등 겨우 기병 6, 7명만 거느리고 달아났다.

하후연은 농서 지방의 모든 고을을 순시하며 백성들을 안심시키고, 강서 등으로 하여금 각 요긴처를 지키게 한 후, 수레에 양부를 태우고 허도로 돌아가서 조조를 뵈었다.

조조는 양부를 관서후關西侯로 봉한다. 그러나 양부가 사양한다.

"저는 싸워서 이긴 공로도 없으려니와 능히 죽지 못하여 절개도 지키지 못했으니, 법으로 따지면 죽음을 당해야 마땅한 몸입니다. 그런데 무슨 면목으로 벼슬을 받겠습니까."

조조는 양부의 뜻을 가상히 여기고, 굳이 관서후로 봉했다.

한편, 마초는 방덕 · 마대와 상의하고 한중 땅 장노에게 몸을 의탁하러 갔다. 장노는 마초를 환영하고 크게 기뻐했다. 마초를 얻으면 서쪽으로 익주(촉) 땅을 집어삼킬 수 있고 동쪽으로 조조를 막아낼 수 있다고 믿었기 때문이다.

장노는 부하들과 상의하여 마초를 사위로 삼으려 했다.

그러자 대장 양백楊柏이 간한다.

"마초의 아내와 어린 자식들이 참혹한 죽음을 당한 것도, 결국은 마초에게 책임이 있었던 것입니다. 그런데 주공은 어쩌자고 그런 자를 사위로 삼으려 하십니까?"

장노는 그 말도 그럴싸해서 마초에게 딸을 주려던 생각을 버렸다. 어떤 자가 마초에게 양백이 방해하는 통에 혼인이 이루어지지 않았다고 귀띔해줬다. 마초가 듣고 격분하여 이때부터 양백을 죽이기로 결심했다. 양백도 기미를 눈치채고 그 형 양송楊松과 상의하여 함께 마초를 죽이기로 결심했다.

바로 이런 때에 유장이 사자를 보내어 장노에게 구원을 청했던 것이다. 그러나 장노는 거절했다. 유장은 다시 황권을 보냈다.

한중 땅에 이르자 황권은 먼저 양송을 찾아가,

"우리 동천(한중을 중심으로 한 지성地城)·서천(성도를 중심으로 한 촉 땅)은 언제나 운명을 함께하는 이웃 나라로서 서천이 망하면 동천도 무사하지는 못할 것이오. 이번에 우리를 도와주면 서천 땅 20개 고을을 드리겠소."

하고 교섭했다.

그제야 양송은 크게 기뻐하고 즉시 황권을 장노에게로 안내하여 뵙게 하고, 서천과 동천의 공동 운명을 설명하며, 서천이 20개 고을을 주기로 했다고 말했다. 장노는 20개 고을의 땅이 생긴다는 데 혹해서 서천을 돕기로 했다.

파서의 염포閻圃가 간한다.

"서천의 유장은 주공과 대대로 원수간입니다. 지금은 위급하니까 우리에게 구원을 청하면서 땅을 베어주겠다고 거짓말을 하는 것입니다. 주공은 이들의 청을 들어주지 마십시오."

이때 댓돌 밑에서 한 사람이 썩 나서며,

"저는 비록 재주는 없으나, 바라건대 군사를 주십시오. 가서 유비를 사로잡고 서천 20개 고을을 꼭 받아오겠습니다."

하고 장담하니,

바야흐로 참다운 주인이 서촉 땅에 오자
또 씩씩한 군사들이 한중 땅에서 나온다.
方看眞主來西蜀
又見精兵出漢中

그렇게 자원한 사람은 누구인가.

제65회

마초는 가맹관에서 크게 싸우고
유현덕은 스스로 익주를 다스리다

염포가 장노에게,

"유장을 돕지 마십시오."

하고 권하는데, 마초가 썩 나서서 자원한다.

"저는 주공의 은혜를 많이 입었으나 갚을 길이 없었습니다. 바라건대 군사를 주시면 가맹관을 함락하고 유비를 사로잡아 유장에게서 20개 고을 땅을 받아 주공께 바치겠습니다."

장노는 흡족해져서, 먼저 황권을 소로로 돌려보내고, 마초에게 군사 2만 명을 주었다. 이때 방덕은 병이 나서 한중에 머물렀다.

장노는 양백에게 군사를 감독하라고 따라가게 하니, 이에 마초는 종제從弟인 마대와 함께 날을 정하여 떠나갔다.

한편 유현덕은 군사를 거느리고 낙성에 있는데, 지난번에 법정의 서신을 가지고 성도로 갔던 사람이 돌아와서 고한다.

"정건이 유장에게 권하기를, 논밭 곡식과 창고를 불살라버리고 파서 땅 백성을 부수 서쪽으로 다 피난시킨 후에 구렁을 깊이 파고 성을 높이 쌓고 싸우지 말라고 했답니다."

유현덕과 공명은 그 말을 듣고 크게 놀란다.

"만일 정건의 말대로 한다면 우리는 낭패로다."

법정이 껄껄 웃는다.

"주공은 염려 마십시오. 그 계책이 비록 지독하지만, 유장이 정건의 말을 들을 리 없습니다."

그날 하루가 지나기도 전에 성도에서 온 사람이 전한다.

"유장은 백성을 옮기는 일을 허락하지 않았고, 정건의 계책을 따르지 않았다고 합니다."

그 말을 듣고서야 유현덕은 비로소 안심했다.

공명이 말한다.

"이럴수록 속히 군사를 나아가게 하여 면죽 땅만 함락하면 성도는 무찌르기 쉽습니다."

이에 황충과 위연은 군사를 거느리고 면죽 땅으로 나아갔다.

한편, 면죽 땅을 지키는 비관은 유현덕의 군사가 왔다는 보고를 받자, 즉시 이엄을 내보내어 싸우게 했다.

이엄이 군사 3천 명을 거느리고 진영을 세운다. 황충이 말을 타고 나와서 이엄과 어우러져 4, 50합을 싸웠으나 승부가 나지 않는데, 공명이 징을 울려 군사를 거둬들인다.

황충이 진영으로 돌아와서 묻는다.

"바로 이엄을 사로잡으려는 판인데, 군사軍師는 왜 불러들였습니까?"

공명이 대답한다.

"이엄이 싸우는 솜씨를 보니 만만하지 않았소. 내일 다시 싸우되, 장군은 패한 체하고 달아나 적을 산골로 끌어들이시오. 그러면 내가 군사를 매복시켜 처치하리다."

황충은 계책을 듣고 물러나왔다.

이튿날, 이엄이 다시 군사를 거느리고 오자, 황충은 나가서 싸운 지 10합이 못 되어 패한 체하며 군사를 거느리고 달아난다.

이엄이 그 뒤를 쫓아 이리저리 모퉁이를 돌아 산골로 들어가다가,

"아차! 내가 적의 꾐에 걸려들었나 보다."

하고 급히 말을 돌려 달아나려 하는데 앞을 보니, 어느새 위연이 군사를 일자로 세우고 막고 있었다. 이윽고 공명이 산 위에 나타나더니 부른다.

"활을 든 군사들이 이미 그대를 포위하고 숨어 있으니 속히 항복하라. 항복하지 않으면 오늘 이 자리에서 그대를 죽여 방통의 원수를 갚겠노라."

이 말을 듣자 이엄은 황망히 말에서 내려 갑옷을 벗어버리고 항복했다. 군사 한 명 다치지 않고 공명은 이엄을 데리고 돌아와서 유현덕에게 보였다.

유현덕이 극진히 대우하자, 이엄이 고한다.

"비관이 비록 유익주劉益州(유장)의 처남이지만 저와는 평소 친한 사이니 돌아가서 항복하도록 권하겠습니다."

유현덕은 곧 이엄에게 비관이 항복하도록 권유하라 했다. 이엄은 바로 면죽성으로 돌아가서 비관에게 유현덕의 어진 덕을 칭송하고 권한다.

"이제 항복하지 않으면 머지않아 큰 불행을 당할 것이니 깊이 생각하라."

비관이 마침내 이엄의 충고를 받아들여 성문을 열고 항복했다.

유현덕은 드디어 면죽성으로 들어가서 장차 군사를 나누어 성도를 칠 일을 상의하는데, 파발꾼이 말을 달려 들이닥치더니 급한 사태를 고한다.

"맹달과 곽준이 그 동안 가맹관을 잘 지키고 있었으나, 이번에 동천의 장노가 보낸 마초·양백·마대의 군사들에게 맹렬한 공격을 받고 있으니, 속히 구원군을 보내주지 않으면 가맹관을 잃게 됩니다."

유현덕이 크게 놀라니, 공명이 말한다.

"장비나 조자룡이 가야만 적을 대적하리다."

"조자룡은 지방 순시 중이라 돌아오지 않았고, 익덕은 와 있으니 급히 보냅시다."

이에 공명이 대답한다.

"주공은 아무 말씀 마소서. 내가 장비를 격동시키겠소이다."

이때 장비는 마초가 가맹관을 공격한다는 말을 듣고 크게 외치면서 들어와 고한다.

"형님께 하직하러 들어왔습니다. 즉시 가맹관으로 가서 마초와 싸우겠습니다."

공명이 곁에서 못 들은 척하며 유현덕에게 말한다.

"이제 마초가 가맹관을 침범했으니 아무도 대적할 사람이 없습니다. 형주로 사람을 보내어 관운장을 불러와야만 비로소 마초를 대적할 수 있으리다."

장비가 외친다.

"군사는 어째서 나를 얕잡아보시오! 내 지난날 혼자서 조조의 백만 대군도 물리쳤거늘, 어찌 마초 한 놈을 감당 못하겠소!"

공명이 대답한다.

"장군이 물가에서 적군을 막고 다리를 끊을 수 있었던 것은 조조가 우리의 허실을 몰라서 물러간 것이요, 그가 만일 우리의 그 당시 사정을 알았다면 장군이 그때 어찌 무사했으리요. 오늘날 마초의 용맹은 천하가 다 아는 바라. 그가 위교渭橋에서 여섯 번 싸웠을 때, 조조는 얼마나 혼이 났던지 수염을 자르고 전포까지 벗어버리고 거의 죽을 뻔하다가 살아났으니(제58회 참조) 결코 함부로 다룰 상대가 아니오. 관운장이 간대도 반드시 이길지 어떨지 모르오.”

장비가 말한다.

“내가 가서 만일 마초에게 이기지 못하면 어떠한 군법도 달게 받겠소이다.”

공명이 대답한다.

“그대가 다짐장을 써놓고 가겠다면 선봉으로 보내리다. 청컨대 주공께서도 친히 가보십시오. 제갈양은 이 면죽성을 지키면서 조자룡이 돌아오면 다시 상의하리다.”

위연이 나선다.

“저도 가고 싶습니다.”

공명은 위연에게 군사 5백 명을 주어 먼저 가맹관으로 떠나 보낸 다음, 이어 장비를 떠나 보내니, 유비는 친히 후군을 거느리고 뒤따라 떠났다.

위연의 선발대는 가맹관 아래에 당도하자마자 바로 양백과 만났다. 위연이 맞닥뜨려 싸운 지 10합이 못 되어 양백은 달아난다. 위연은 뒤에 오는 장비보다도 결정적인 공로를 먼저 세우려고 양백을 뒤쫓아가는데 앞에 1대의 적군이 늘어서 있다. 그들을 거느린 장수는 마대였다.

위연은 마대를 마초인 줄로 잘못 알고 힘을 내어 칼을 춤추며 말을 달려 들어간다. 싸운 지 10합이 못 되어 마대가 달아난다.

위연이 뒤쫓아가는데, 달아나던 마대가 갑자기 몸을 돌려 화살을 쏜다. 위연은 왼팔에 화살을 맞고 급히 말 머리를 돌려 달아나는데, 마대가 가맹관 앞까지 뒤쫓아온다.

이때 뇌성벽력 같은 소리가 나면서 가맹관 위로부터 한 장수가 나는 듯이 말을 달려 내려와 마대 앞을 막으니, 그가 바로 장비였다.

원래 장비는 가맹관에 당도해서 밑에서 싸움이 벌어진 걸 보던 중이었는데, 위연이 화살을 맞고 오는 것을 보자 급히 말을 달려 내려가 구조한 것이었다.

장비가 마대에게 호통을 친다.

"너는 누구냐. 먼저 이름부터 밝히고 덤벼들어라!"

마대가 대답한다.

"서량西涼 출신 마대가 바로 나다!"

"네가 마초가 아니라면 어서 돌아가거라. 너는 나의 상대가 못 되니, 가서 마초에게 '연인燕人 장익덕이 여기 왔으니 속히 싸우러 오라' 하더라고 내 말을 전하여라."

마대가 격분하여,

"네가 어찌 감히 나를 업신여기느냐?"

하고 창을 꼬나 잡고 말을 달려 싸운 지 10합이 못 되어 달아난다. 장비가 마대를 뒤쫓아가려는데, 가맹관 위에서 말 탄 사람이 나타나,

"아우는 쫓아가지 말고 잠시 쉬라!"

하고 외친다. 장비가 돌아보니 언제 왔는지 유현덕이 자기를 부르고 있었다. 장비는 더 쫓지 않고 군사를 거느리고 가맹관으로 올라갔다.

"네 성미가 워낙 조급하기 때문에, 걱정이 되어 내가 뒤쫓아왔다. 이미 마대에게 이겼으니, 오늘 밤은 편히 쉬고 내일 마초와 싸워라."

하고 유현덕은 타일렀다.

이튿날, 날이 새자 가맹관 밑에서 북소리가 크게 진동하며 마초의 군사가 당도했다. 유현덕이 가맹관 위에서 보니 저편 문기門旗 아래에서 마초가 말을 몰고 창을 옆구리에 끼고 나오는데, 머리에 사자 투구를 쓰고 허리에 짐승을 각 뜬 띠를 두르고 은빛 갑옷에 하얀 전포를 입고 있

었다. 첫째는 그 풍신이 비범하고, 둘째는 그 인물이 참으로 뛰어났다.

유현덕이 탄식한다.

"세상 사람들이 마초를 일컬어 금마초錦馬超(비단 같은 마초)라 하더니 과연 헛소문이 아니었구나!"

장비가 싸우기 위해 가맹관 아래로 내려가려 서두르는 것을 유비가 급히 말린다.

"나가서 싸우지 말고 우선 마초의 예기銳氣를 피하도록 하라."

가맹관 아래에서 마초는 싸움을 걸고, 그 위에서는 장비가 분을 참지 못해 들썩대다가, 다섯 번씩이나 유현덕에게 제지당했다.

어느덧 오후가 되어 유현덕이 바라보니, 마초의 진영에 있는 군사들과 말이 다 지쳐 있었다.

그제야 유현덕은 기병 5백 명을 장비에게 주고 가맹관 아래로 내려보냈다. 마초는 장비의 군사가 달려 내려오는 것을 보자, 창을 들어 군사들에게 신호하고 화살이 날아오지 못할 정도의 거리로 물러섰다.

장비의 군사들이 일제히 진영을 세우자, 가맹관 위에서 군사들이 계속 내려온다.

장비가 창을 비껴 들고 크게 외친다.

"연인燕人 장익덕이 보이지 않느냐!"

마초가 대답한다.

"우리 집안은 대대로 명문이니 어찌 시골 촌놈을 알리요."

장비가 발끈하여 서로 일제히 말을 달려 나와 창을 번득이며 싸운 지백여 합에 승부가 나지 않는다.

유현덕이 바라보며,

"참으로 범 같은 장수로다."

감탄하고, 혹 장비가 상할까 두려워 급히 징을 울리게 하여 군사를 거두니, 두 장수는 각기 돌아갔다.

장비는 자기 진영으로 돌아가 잠시 말을 쉬게 하고 이번에는 투구를 벗어버리고 두건 바람으로 말에 올라타고, 다시 달려 내려가 마초에게 싸움을 건다. 마초도 즉시 말을 달려 나와 어우러져 다시 싸운다. 유현덕은 혹 장비에게 실수가 있을까 걱정하여, 투구를 쓰고 갑옷을 입고 친히 가맹관에서 내려와, 진영 앞에 이르러 구경한다.

장비와 마초는 또 백여 합을 싸웠으나 둘 다 정신은 배나 또랑또랑하였다. 유비는 급히 징을 울리게 하여 군사를 거두니, 두 장수는 그제야 떨어져 각기 자기 본진으로 돌아갔다.

어느덧 해가 저문다.

유현덕은 장비에게 말한다.

"마초는 영특하고 용맹하니 경솔히 상대할 수 없다. 오늘은 가맹관에 올라가서 쉬고, 내일 다시 싸워라."

흥분한 장비가 어찌 그만둘 리 있으리요.

장비는 큰소리로 외친다.

"마초를 꺾지 못하면 차라리 죽을지언정 돌아오지 않겠소."

유현덕이 좋은 말로 타이른다.

"해가 저물었으니 싸울 수 없다."

장비가 대답한다.

"군사들에게 횃불을 잡히면 넉넉히 싸울 수 있소."

마초가 말을 바꾸어 타고 유현덕의 진영 앞까지 와서 크게 외친다.

"장비야, 네가 감히 밤 싸움을 할 수 있느냐!"

분이 꼭뒤까지 치민 장비가 유현덕에게 청하여 말을 바꾸어 타고 달려 내려가며 외친다.

"내 너를 사로잡지 않으면 맹세코 관 위로 돌아가지 않으리라!"

가맹관에서 마초(왼쪽)와 싸우는 장비

마초도 외친다.

"오냐. 나도 이기지 못하면 맹세코 영채로 돌아가지 않으리라."

양편 군사가 다 함께 함성을 지르고 수많은 횃불을 잡으니 밝기가 대낮 같았다. 두 장수가 미친 듯 달라붙어 싸운 지 20여 합에 마초가 갑자기 말 머리를 돌려 달아난다.

장비가 뒤쫓으며 크게 외친다.

"네 어디로 가느냐!"

마초는 장비를 대적할 자신이 없어 한 가지 꾀를 생각해내고는, 일부러 진 체하며 달아나 장비를 뒤쫓아오게 하고, 몰래 동추銅槌(구리 쇠로 만든 방망이)를 꺼내어, 획 몸을 돌려 후려갈긴다. 장비는 정신을 바짝 차리고 마초의 뒤를 추격하다가, 갑자기 동추가 날아오자 순간 몸을 돌려 비킨다. 아슬아슬한 찰나였다. 동추는 장비의 귀를 스치고 지나간다.

장비가 달아나자 이번에는 마초가 뒤쫓는다. 장비는 갑자기 말을 세우면서 몸을 돌려 활로 마초를 쏘았다. 마초가 급히 몸을 비켜 화살을 피한다. 이에 두 장수는 싸움을 중단하고 각기 자기 진영으로 돌아간다.

유현덕이 진영 앞에 나서서 돌아가는 마초에게 외친다.

"나는 사람을 인의로 대하고 속임수는 쓰지 않는다. 마초야! 너는 군사를 거두고 돌아가서 편히 쉬어라. 우리는 이긴 여세를 몰아 너를 추격하지는 않으리라."

마초는 유현덕의 말을 듣자, 뒤로 처져 군사들을 앞세우고 물러간다. 유현덕도 또한 군사를 거두고 가맹관으로 올라갔다.

이튿날, 장비가 또 가맹관 아래로 내려가서 마초와 싸우려고 서두르는데,

"군사께서 오셨습니다."

하고 수하 사람이 고한다. 유현덕은 나가서 공명을 맞는다.

공명이 말한다.

"마초는 천하에 짝이 없는 범 같은 장수라 합니다. 장비가 그와 생명을 걸고 싸우면 둘 중에 한 사람은 반드시 상하겠기에, 조자룡과 황충에게 면죽 땅을 맡기고 달려왔습니다. 우선 조그만 계책을 써서 마초로 하여금 주공께 항복하고 투항하게 하리다."

유현덕이 묻는다.

"나는 마초의 영특한 용맹을 매우 사랑하나, 어떻게 그를 내 사람이 되게 할 수 있겠소?"

"내가 듣기로, 동천의 장노가 스스로 한녕왕漢寧王이라 일컫고 왕위에 오를 생각이며, 그 밑에 있는 양송은 뇌물을 매우 좋아한다 합니다. 주공은 소로로 해서 사람을 한중 땅으로 보내어 먼저 양송에게 황금과 은

을 뇌물로 주어 그 마음부터 사고, 그 후에 장노에게 서신을 보내되 '내가 유장과 함께 서천 땅을 다투는 것은 그대의 원수를 갚아주기 위해서이니, 결코 우리를 이간질하는 말을 듣지 말 것이며, 그리하여 일이 끝난 뒤에는 내 반드시 그대를 한녕왕이 되게 해줄 테니, 즉시 마초의 군사를 불러들이라'고 하십시오. 마초가 군사를 거두어 돌아가게 될 때, 내 조그만 계책을 써서 마초로 하여금 항복하게 하리다."

유현덕은 즉시 서신을 쓰고 황금과 구슬을 손건孫乾에게 주어 소로로 떠나 보냈다.

손건은 한중에 이르러 먼저 양송을 찾아가 온 뜻을 말한 후에 황금과 구슬을 뇌물로 바쳤다. 양송은 크게 기뻐하며 먼저 손건을 데리고 장노에게 가서 여러 가지로 유리하게 말해주었다.

장노가 듣고서 묻는다.

"유현덕은 벼슬이 좌장군左將軍에 불과하거늘, 어떻게 내가 한녕왕이 되는 것을 보장하겠다더냐."

양송이 선뜻 대답한다.

"유현덕은 바로 대한大漢 황제의 황숙이올시다. 그러니 누구보다도 이 일을 천자께 아뢰고 허락받는 데 유리한 인물입니다."

그제야 장노는 기뻐하고, 즉시 사람을 보내어 마초에게 군사를 거두고 돌아오라는 명령을 내렸다. 그 동안 손건은 돌아가지 않고 양송의 집에 머물면서 일이 되어가는 다음 차례를 기다렸다.

그런 지 며칠이 안 되어 사자가 돌아와서 장노에게 보고했다는 소문에 의하면, '마초는 성공하지 않고는 군사를 거둘 수 없다'고 거절하더라는 것이었다. 장노는 다시 사람을 보내어 소환했으나 마초는 돌아오지 않았고, 두 번 세 번 연달아 소환해도 끝내 돌아오지 않았다.

이에 양송은

"마초는 원래 신용이 없는 사람이며, 소환해도 군사를 거두어 돌아오지 않는 것은, 그가 반역할 뜻이 있어서다."

하고, 또

"마초는 서천을 빼앗아 촉 땅 주인이 된 다음 아비의 원수를 갚을 생각이며, 우리 한중을 섬길 뜻은 없다."

라는 유언비어를, 사람들을 시켜 널리 퍼뜨리게 하였다.

장노는 그 유언비어를 곧이듣고 양송을 불러 이 일을 어떻게 하면 좋겠느냐고 물었다. 양송이 계책을 말한다.

"사람을 보내어 마초에게 다음과 같이 분부하십시오. '네가 꼭 성공하겠다니 그럼 한 달 기한을 준다. 그 대신 나의 세 가지 조건을 달성하면 상을 줄 것이요, 그렇지 못하는 경우에는 너를 죽이리라. 그 세 가지 조건이란, 첫째는 서천을 취해야 하며, 둘째는 유장의 목을 베어와야 하며, 셋째는 유현덕의 형주 군사를 몰아내는 것이다. 이 세 가지 중에서 한 가지만 못해도 너의 목을 나에게 바쳐야 한다'고 하십시오. 그리고 동시에 장위張衛에게 군사를 주어 모든 관소를 굳게 지키게 하고, 마초가 변란을 일으킬지라도 철저히 막으라 하십시오."

장노는 양송의 말대로 사람을 보내어 마초에게 세 가지 조건을 요구했다. 마초는 크게 놀란다.

"그새 나를 대하는 태도가 어찌 이리 변했느냐!"

마초는 마대와 상의한 끝에,

"이럴 바에야 싸움을 집어치우는 수밖에 없다."

하고 결론을 내렸다.

한편, 양송은 보고를 받고,

"마초가 군사를 거느리고 우리 한중을 치러 온다."

는 헛소문을 퍼뜨리는 동시에, 장위에게 군사를 주어 7로路로 나뉘어 관소마다 굳게 지키되 마초를 들여놓지 말라고 지시했다.

이에 마초는 나아갈 수도 물러설 수도 없는 딱한 처지에 놓였다.

이때 공명이 유현덕에게 고한다.

"지금 마초가 진퇴양난에 빠져 있으니, 내 친히 가서 이 세 치 혀로 마초를 타일러 항복하게 하리다."

"내가 믿는 것은 선생뿐이오. 선생이 갔다가 무슨 뜻밖의 일이라도 생기면 어쩌려고 그러시오?"

공명은 굳이 가겠다 하고, 유비는 굳이 보내지 않으려고 주저하는 참이었다. 이때 수하 사람이 들어와서 고한다.

"조자룡의 추천장을 가진 사람이 서천에서 항복해왔습니다."

유현덕은 그 사람을 들어오라 하여 성명을 물었다.

그 사람은 건녕군 유원 땅 출신으로서 성명은 이회며 자를 덕앙德昻이라 했다.(제60회 참조)

유비가 묻는다.

"귀공이 지난날 유장에게 지극히 간했다던데 이제 어째서 내게로 왔소?"

이회가 대답한다.

"신이 듣건대 '훌륭한 새는 나무를 가려서 앉고 어진 신하는 주인을 골라서 섬긴다'고 합니다. 지난날 유익주에게 간하여 신하 된 도리를 다했으나, 제 말을 들어주지 않으니 그가 패할 것은 뻔한 이치입니다. 그런데 장군은 어진 덕을 촉 땅에 펴고 있으니 반드시 성공할 것입니다. 그래서 찾아왔습니다."

유현덕이 감사한다.

"선생이 이렇듯 오셨으니 반드시 나에게 큰 도움이 되리다."

이회가 서두를 꺼낸다.

"들건대 지금 마초는 나아갈 수도 물러설 수도 없는 곤경에 처해 있다 합니다. 옛날에 제가 농서에 있을 때 그와 서로 알고 지내던 사이였습니다. 바라건대 가서 마초를 타이르고 항복하게 하면 어떻겠습니까?"

공명이 말한다.

"그렇지 않아도 나 대신 갈 사람을 물색하던 중이었소. 귀공은 마초에게 가서 무슨 말로 타이르려오?"

이회는 공명의 귓가에 입을 대고 이러이러히 하겠다고 설명한다. 공명이 고개를 끄덕이며 즉시 이회를 떠나 보냈다. 이회는 마초의 영채로 가서 지키고 있는 군사에게 자기 성명을 먼저 알렸다.

마초가 말한다.

"이회가 왔단 말이지? 나는 그가 말 잘하는 선비인 것을 알고 있다. 그가 온 것은 나를 설득하려는 것이 틀림없다."

그리고 도부수 20명을 불러들여 분부한다.

"내가 죽이라고 하거든 그자를 지체 없이 죽여라."

이윽고 이회가 앙연히 들어오는데, 마초는 장중에 단정히 앉아 꾸짖는다.

"너는 어찌 왔느냐!"

이회가 대답한다.

"특히 세객說客이 되어 타이르러 왔노라."

"내 칼집에 보검을 새로 갈아두었으니, 어디 하고 싶은 말을 해보아라. 말 같지 않은 소리를 하면, 당장에 내 보검을 시험하리라."

이회가 껄껄 웃는다.

"장군에게 불행이 닥쳐오고 있으니, 새로 간 그 칼을 내 목에 써보기 전에, 자기 목에 쓸지도 모르지."

"내게 무슨 불행이 닥쳐온단 말이냐?"

이회가 대답한다.

"내가 듣건대 월越나라 서시西施(전국 시대 때의 미녀)를 비방하는 자는 있어도 그녀의 용모는 언제나 아름다웠고, 제齊나라 무염無鹽(전국 시대 때 현미인賢美人이었으나 얼굴이 못나기로 유명했다)을 칭찬하는 사람은 있어도 그녀의 용모는 언제나 미웠으며, 해도 중천에 솟으면 기울게 마련이고 달도 차면 이지러지느니, 이는 천하의 이치라. 이제 조조는 장군의 부친을 죽인 원수며, 또 농서 땅은 장군이 잊지 못할 원한을 남긴 곳이오. 그러므로 앞으로는 유장을 도와 유현덕의 군사를 물리칠 수도 없고, 뒤로는 양송을 누르고 장노를 만날 수도 없게 되었으니, 장군은 천하에 용납할 곳이 없는 몸이며 주인 없는 신세로다. 만일 다시 위교에서 싸웠을 때처럼 패하고(지난날 조조에게 패했던 일. 제59회 참조) 지난번 기성에서 당한 꼴을 또 당한다면, 천하 사람들을 무슨 면목으로 대할 테요?"

가장 아픈 데를 찔린 마초는 단번에 머리를 조아리며 사과한다.

"귀공의 말씀이 지당하나, 나는 앞으로 나아갈 길이 없는 사람이오."

"귀공이 내 말을 알아들었다면, 어째서 장막 아래에 숨어 있는 도부수들을 물러가라 하지 않소?"

마초는 크게 부끄러워하며 도부수들을 꾸짖어 내보냈다.

이회가 말한다.

"유황숙은 어진 사람을 공경하고 선비에게 몸을 숙이는 분이시오. 나는 그분이 반드시 성공할 것을 알기 때문에 유장을 버린 것이오. 장군의 부친께서는 옛날에 역적을 치기로 유황숙과 서로 약속까지 했던 분인데, 왜 장군은 어리석은 자를 버리고 밝은 주인한테 가서 장차 부친의 원수를 갚고 큰 공명을 세우려 하지 않소?"

마초는 매우 감격하며 즉시 양백을 불러들여 한칼에 죽인 다음, 그 목을 베어 이회와 함께 군사를 거느리고 가맹관으로 올라가서 유현덕에게 항복했다.

유현덕은 친히 나가서 마초를 영접하고 귀빈을 대하는 예의로써 대접했다. 마초가 머리를 조아리며 감사한다.

"이제 밝은 주인을 만났으니, 마치 구름과 안개를 헤치고 비로소 하늘을 뵙는 듯하오이다."

이때에는 손건도 한중 땅에서 이미 돌아와 있었다. 유현덕은 다시 곽준과 맹달에게 가맹관을 잘 지키도록 맡기고, 군사를 거두어 성도를 치러 돌아갔다.

조자룡과 황충이 나와서 유현덕을 영접하여 면죽성으로 들어가니, 수하 사람이 고한다.

"촉의 장수 유준劉晙과 마한馬漢이 군사를 거느리고 와서 싸움을 걸고 있습니다."

그 말을 듣자 조자룡은

"내가 가서 그들 두 사람을 사로잡겠습니다."

하고 유현덕에게 고하고, 선뜻 말에 올라 군사를 거느리고 달려나간다.

유현덕이 성 위에 술상을 차려놓고 마초와 함께 술을 마시는데, 그 사이에 조자룡이 돌아와서 유준과 마한의 목을 앞에 바친다. 마초는 적이 놀라며 조자룡을 공경했다.

이윽고 마초가 고한다.

"주공께서 친히 군사를 거느리고 싸우러 가실 필요는 없습니다. 이 마초가 성도에 가서 유장을 불러내어 항복하게 하되, 만일 항복하지 않으면 마대와 함께 성도를 쳐서 함락하여 주공께 두 손으로 바치겠습니다."

유현덕은 매우 흐뭇해하며 밤까지 잔치를 계속 즐겼다.

한편, 싸움에 패한 서천 군사들은 도망쳐 익주로 돌아가서 유장에게,

"유준과 마한 두 장수는 조자룡과 싸우다가 죽었습니다. 저희들은 패

하여 겨우 도망쳐왔습니다."

하고 보고했다.

유장은 크게 놀라 성문을 굳게 닫고 일절 나가지 않았다.

그러던 중 어느 날, 수하 사람이 고한다.

"성 북쪽에 마초가 구원군을 거느리고 당도했습니다."

유장이 곧 성 위로 올라가서 바라보니, 마초와 마대가 성 밑에 서서 큰소리로 외친다.

"청컨대 유장은 나와서 나의 말에 대답하라!"

유장이 성 위에서 물으니, 마초가 말 위에서 말채찍을 들어 외친다.

"나는 애초에 장노의 군사를 거느리고 성도를 구원하러 왔는데, 뉘 알았으리요. 그 동안에 장노는 양송이 모략하는 말을 곧이듣고 도리어 나를 해치려 하므로, 나는 유황숙께 항복했으니 귀공도 즉시 땅을 바치고 항복하라. 그러는 것만이 백성을 살리는 길이다. 만일 어리석게 고집하고 항복하지 않으면 내가 먼저 성을 공격하리라."

유장은 대뜸 얼굴이 흙빛으로 변하여 성 위에서 기절했다.

모든 관리들의 간호를 받고 깨어난 유장이 말한다.

"나의 판단이 밝지 못했음을 후회하나 무슨 소용이 있으리요. 성문을 열고 항복하여 성안의 모든 백성을 살리는 것만 못하다."

동화가 고한다.

"성안에는 아직도 군사가 3만여 명이나 있고 1년을 버틸 수 있는 군량과 마초가 있는데, 어찌 항복한단 말씀입니까."

"우리 부자가 촉 땅에 있은 지 20여 년에 백성들에게 베푼 은혜는 없고, 3년을 싸우는 동안 많은 피와 살이 산과 들에 버려졌으니, 이는 다 나의 죄라. 내 마음이 어찌 편안하리요. 차라리 항복하여 백성들이나 편안케 하리로다."

모든 사람들은 유장의 처량한 말을 듣고 울었다.

문득 한 사람이 나와서 고한다.

"주공의 말씀이 하늘의 뜻에 합당합니다."

사람들이 보니, 그는 파서군 서충국西忠國 출신으로 성명은 초주初周요 자는 윤남允南이며 평소 천문에 능통한 사람이었다.

유장이 그 이유를 묻자 초주가 대답한다.

"제가 밤에 천문을 보니, 많은 별이 촉 땅 위에 모였는데, 그 중에 큰 별은 그 빛이 달보다도 밝으니 바로 제왕의 기운이더이다. 더구나 1년 전에는 아이들 사이에 이런 동요가 유행했는데,

새로운 밥을 먹으려거든
선주께서 오실 때를 기다리라.
若要喫新飯
須待先主來

했으니, 이는 다 새로운 징조였습니다. 하늘의 뜻을 거역해서는 안 됩니다."

황권과 유파가 그 말에 격분하여 초주를 참하려는데, 유장이 말린다.

수하 사람이 들어와서 고한다.

"촉군蜀郡 태수 허정許靖이 성벽을 넘어가 마초에게 항복했습니다."

이에 유장은 방성통곡하며 부중으로 돌아갔다.

이튿날 수하 사람이 들어와서 고한다.

"유황숙의 막빈幕賓인 간옹이 사자가 되어 성 밑에 와서 성문을 열라 합니다."

유장은 성문을 열고 간옹을 영접하라 했다. 간옹이 수레를 타고 성안으로 들어오는데, 모든 사람을 멸시하는 눈초리가 거만하였다.

문득 한 사람이 칼을 뽑아 들고 큰소리로 꾸짖는다.

"되지못한 것이 뜻을 이루었다고 사람을 깔보는구나. 네가 감히 우리 촉 땅 인물을 업신여기느냐!"

간옹이 수레에서 황망히 내려 그 사람에게 인사하니, 그 사람은 바로 광한군廣漢郡 면죽 땅 출신으로, 성명은 진밀秦宓이요 자는 자칙字勅이었다.

간옹이 웃으며 사과한다.

"형을 못 알아봤으니 너무 책망하지 마시오."

하고 진밀과 함께 부중으로 들어가서 유장과 만나,

"유현덕은 관대하고 인자하여 결코 해칠 뜻이 없으십니다."

하고 간곡히 말했다.

이에 유장은 마침내 항복할 뜻을 정하고 간옹을 섭섭지 않게 대접했다.

이튿날, 유장은 친히 인수와 문서를 간옹에게 내주고 함께 수레를 타고 성을 나와 항복했다. 유현덕은 영채에서 나와 유장을 영접하여 손을 잡고 울면서,

"내가 어찌 인의를 버리리요. 그러나 대세와 시국이 이러하니 어찌할 도리가 없었음이라."

하고 함께 영채로 들어가서 인수와 문서를 받고, 나란히 말을 타고 성으로 들어간다. 유현덕이 성도에 들어가자 백성들은 향화香火와 등촉燈燭을 들고 성문까지 나와서 영접한다.

유현덕이 공청에 이르러 당상에 올라 자리를 정하자, 군내郡內의 모든 관리들이 당하堂下에서 절하는데, 황권과 유파만이 보이지 않는다. 많은 장수들이 분노하여 당장 두 사람 집을 찾아가 죽이자고 하는데, 유현덕은 황망히 명령을 내린다.

"두 사람을 해치는 자가 있으면 그자의 삼족까지 멸하리라."

그리고 유현덕은 친히 두 사람 집을 찾아가서 벼슬길에 나오도록 청했다. 이에 황권과 유파는 유현덕의 청에 감격하고 나왔다.

공명이 청한다.

"이제 서천은 평정되었으나 주인이 두 사람씩 있을 수는 없으니, 유장을 형주로 보내어 살게 하십시오."

유현덕이 대답한다.

"내가 촉 땅을 얻은 지 오래지 않으니 유장을 먼 곳으로 보낼 수가 없소."

공명이 단호히 말한다.

"유장이 이번에 촉 땅을 잃은 것은 그가 너무 나약했기 때문입니다. 그런데 주공께서도 아녀자 같은 마음으로 일을 결정짓지 못하시면, 아마 촉 땅을 오래 보전하지 못할까 두렵습니다."

그제야 유현덕은 공명의 말을 좇아 크게 잔치를 베풀고 유장에게 모든 재물을 수습하게 하여 진위장군振威將軍이라는 인수를 수여하며, 처자와 소속들을 다 거느리고 남군南郡 공안公安 땅에 가서 살도록 명령하여 그날로 떠나 보냈다.

유비는 친히 익주의 장長이 되어 항복한 문무 관원들에게 많은 상과 벼슬을 주었다. 즉, 엄안을 전장군前將軍으로 삼고 법정을 촉군 태수로, 동화를 장군掌郡 중랑장中郞將으로, 허정을 좌장군左將軍 장사長史로, 방의龐義를 영중사마營中司馬로, 유파를 좌장군으로, 황권을 우장군右將軍으로 삼았다.

그리고 그 나머지 오의 · 비관 · 팽양彭@ · 탁응 · 이엄 · 오난 · 뇌동 · 이회 · 장익 · 진밀 · 초주 · 여의呂義 · 곽준 · 등지鄧芝 · 양홍楊洪 · 주군周群 · 비의費禕 · 비시費詩 · 맹달 등 지난날 항복한 관원 60여 명을 모두 발탁해서 썼다.

익주를 평정한 유비

제갈양을 군사로 삼고 관운장을 탕구장군侵寇將軍 한수정후漢壽亭侯
로, 장비를 정원장군征遠將軍 신정후新亭侯로, 조자룡을 진원장군鎭遠將軍
으로, 황충을 정서장군征西將軍으로, 위연을 양무장군揚武將軍으로, 마초
를 평서장군平西將軍으로, 손건·간옹·미축·미방·유봉·관평·주창·
요화·마양·마속馬謖·장완·이적 및 지난날 형주·양주의 일반 문무
관원들까지 모두 상을 주고 벼슬을 높여주었다.

그리고 사자에게 황금 5백 근, 백은 천 근, 돈 5천만, 유명한 촉 땅 비
단 천 필을 주어 관운장에게 보내고, 그 나머지 관원과 장수들에게는 업
적에 따라 상에 차이를 두고, 그리고 소와 말을 잡아 크게 사졸들을 먹
이며 창고를 열어 백성들에게 곡식을 나누어주니, 군사들과 백성들이
진심으로 기뻐하였다.

이리하여 익주가 안정되자, 유현덕은 성도의 좋은 전답과 저택들을 모든 관리들에게 나눠주려고 한다.

조자룡이 간한다.

"익주 땅 백성들이 자주 난리를 겪어 논밭과 집이 텅 비었으니, 그것을 마땅히 백성들에게 돌려주어 편안히 직업에 종사하고 살게 해야만 민심이 복종합니다. 그러니 백성의 논밭과 집을 빼앗아 개인의 상품賞品으로 만들어서는 안 됩니다."

유현덕은 기쁜 마음으로 조자룡의 말을 존중하고, 제갈양에게 나라를 다스리는 법 조문을 작성하도록 했다. 그런데 그 형벌이 너무나 엄하였다.

법정이 제갈양에게 말한다.

"옛날에 한 고조는 법을 삼장三章(살인자는 죽이고, 사람에게 상처를 입힌 자와 도둑질한 자에게는 적당한 벌을 준다는 것)으로 간략히 정했기 때문에 백성들이 그 은덕에 감복했으니, 바라건대 군사께서도 형벌을 줄이고 법을 간략히 하여 민심이 바라는 바를 위로하십시오."

공명이 대답한다.

"그대는 하나만 알고 둘은 모르는구려. 원래 진秦나라가 가혹한 법을 써서 만백성의 원한을 샀기 때문에 한 고조는 그 반대로 너그럽고 어진 덕으로 천하를 얻었지만, 지금 이곳 서천은 이제까지 유장이 어리석고 연약해서 덕으로 다스리지도 못했고 위엄과 형벌로 기강도 세우지 못했기 때문에, 임금과 신하의 도리가 무너진 것이오. 사랑한다고 자꾸 벼슬을 주어 벼슬이 최고에 다다르면 도리어 임금에게 거역하게 마련이고, 순종시킨다고 자꾸 은혜를 베풀다가 은혜를 더 베풀어주지 않으면 도리어 임금을 멸시하게 마련이오. 그러므로 모든 폐단이 다 여기서 생겨나는 것이오. 내 이제 위엄으로써 시행하여 법이 행해지면 참다운 은혜를 알게 될 것이며, 동시에 한계를 두면 벼슬이 오를수록 영광을 알게 될 것이니, 은혜와 영광을 아울러 베풀면 임금과 신하 사이에 절도가 생기고, 따라서 나라를 다스리는 업적이 비로소 나타나는 것이오."

법정은 제갈양에게 절하고 감복했다.

이때부터 군사들과 백성들은 모두 안정했다. 서천 41주에 골고루 군사를 파견하여 지키고 다스리며 위로하니, 전체가 평정됐다.

그런데 촉군 태수가 된 법정은 지난날 입은 은덕에 보답하는 반면에 사소한 감정에도 보복을 하니, 자연 말썽이 많았다.

어떤 사람이 공명에게 고한다.

"법정의 횡포가 너무 지나치니 불러다가 좀 주의를 주십시오."

"지난날 우리 주공께서 옹색하게 형주를 지킬 때 항상 북쪽으로는 조조를 두려워하시고 동쪽으로는 손권에게 신경을 쓰시다가, 마침내 법정의 도움을 입어 오늘날의 기반을 장만하셨고 다시는 남의 압제를 받지 않게 되었소. 그러니 법정이 좀 제 마음대로 행동한다 하여 그것마저 금할 수는 없소."

공명은 이렇게 말하고는 그 이상 언급하지 않았다.

법정은 그 소문을 듣고 부끄러이 여겨 스스로 행동을 고쳤다.

어느 날, 유현덕이 공명과 함께 한가이 담화하는데, 수하 사람이 들어와서 고한다.

"관운장이 관평을 보내어 전번에 하사하신 황금과 비단에 대해서 감사하다는 뜻을 전해왔습니다."

유현덕이 불러들이니 관평이 들어와서 절하고 서신을 바치며 말한다.

"아버지께서 마초의 무예가 출중하다는 걸 아시고, 서천으로 오셔서 무예를 겨루어보시겠다고 하십디다. 그래서 제가 이번 걸음에 이 일을 큰아버님께 아룁니다."

유현덕은 크게 놀란다.

"운장이 이곳에 와서 마초와 무예를 겨룬다면 한 명은 죽어야 끝장이 날 것이다."

공명이 말한다.

"주공은 염려 마십시오. 내가 서신을 써서 보내리다."

유현덕은 관운장의 성미가 대단한 것을 알기 때문에, 곧 공명에게 서신을 쓰게 하여 관평에게 주며,

"너는 밤낮을 가리지 말고 속히 형주로 돌아가거라."

하고 떠나 보냈다.

관평이 형주로 돌아오자 관운장이 묻는다.

"내가 마초와 겨루고 싶다는 뜻을 여쭈었느냐?"

"예, 군사의 서신을 가지고 왔습니다."

관운장이 받아 뜯어보니,

양亮이 듣건대 장군이 마초와 무예를 겨루고 싶다 하니, 비록 마초가 용맹은 출중하나, 알고 보면 경포鯨布 · 팽월彭越(한 고조의 장수) 따위에 불과합니다. 마땅히 장익덕과 함께 달리며 서로 앞을 다툴지언정 미염공美髥公(수염이 아름다운 관운장의 별명)의 천하에 짝이 없는 용기를 따를 수는 없습니다. 이제 귀공이 맡아서 지키는 형주는 막중한 곳인데, 만일 서천으로 왔다가 그 동안에 형주를 잃는 일이라도 생긴다면 그 죄를 무엇으로 갚으렵니까. 장군은 깊이 살피고 거듭 생각하십시오.

관운장은 서신을 읽고 나자 아름다운 수염을 쓰다듬으며,

"공명이 내 마음을 아는도다."

껄껄 웃고 그 서신을 모든 사람들에게 보이면서 서천으로 들어갈 뜻을 접었다.

한편, 동오의 손권은 유현덕이 서천 땅을 차지하고 유장을 공안 땅으로 몰아낸 사실을 알고, 마침내 장소와 고옹을 불러들여 상의한다.

"애초에 유비가 우리 형주 땅을 빌렸을 때 서천 땅을 차지하면 형주를 돌려주겠다고 했소. 그들이 이제 파촉巴蜀 41주를 얻었으니 우리는 옛 땅을 도로 찾아야 하오. 만일 유비가 순순히 돌려주지 않거든, 우리는 군사를 일으켜서라도 찾아야 하오."

"우리 오나라가 이제 겨우 안정되었으니 군사를 일으켜서는 안 됩니다. 나에게 한 가지 계책이 있으니, 유비가 형주를 두 손으로 받들어 주공께 돌려드리지 않고는 못 배기리다."

하고 장소가 말하니,

서쪽 촉 땅에 비로소 새로운 해와 달이 열리더니
동오에서 또 옛 산천을 돌려달란다.
西蜀方開新日月
東吳又索舊山川

장소의 계책이란 과연 무엇일까.

제66회

관운장은 칼 한 자루만 가지고 회會에 참석하고
복황후는 나라를 위해 목숨을 버리다

손권이 형주 땅을 되찾으려 하니, 장소가 계책을 고한다.

"유비가 의지하는 사람은 제갈양입니다. 제갈양의 친형인 제갈근諸葛瑾이 우리 오 땅에서 벼슬을 살고 있으니, 우선 제갈근의 가족부터 잡아 가두고, 그런 뒤에 그를 서천으로 보내어 그 동생 제갈양에게 형주 땅을 반환하도록 유비를 설득시키라 분부하십시오. 만일 형주 땅을 반환하지 않으면 가족이 다 죽음을 당할 것이라고 하면, 제갈양이 형제간의 정리로라도 반드시 승낙할 것입니다."

"제갈근은 성실한 군자인데, 내 어찌 차마 그 가족을 구속하리요."

장소가 속삭인다.

"제갈근에게 이 계책을 알려주면 자연 이해할 것입니다."

그제야 손권은 머리를 끄덕이고, 즉시 제갈근의 가족을 남녀노소 할 것 없이 모두 잡아들여 부중에 감금해두는 체하고, 동시에 서신을 써주어 제갈근을 서천으로 떠나 보냈다.

수십 일 후 성도에 당도한 제갈근은 사람을 시켜 유현덕에게 면회를 청했다.

　유현덕이 공명에게 묻는다.

"형님 되시는 분이 온 것은 무슨 뜻일까요?"

　공명이 대답한다.

"형주 땅을 돌려달라고 온 것입니다."

"뭐라고 대답하면 좋겠소?"

"이러이러히 하소서."

　공명은 대답할 말을 일러주고, 성밖으로 나가서 형님인 제갈근을 영접하여 바로 빈관賓館(귀빈을 대접하는 집)으로 모시고 절했다.

　인사말이 끝나자 제갈근은 갑자기 방성통곡한다.

　공명이 묻는다.

"형님은 어째서 말씀을 않고 슬피 우십니까?"

"이제 나의 집은 속절없이 망하게 되었다."

　공명이 되묻는다.

"형주 땅을 돌려받지 못해서 그렇게 된 것 아닙니까. 저 때문에 형님 식구가 다 감금당했다니 아우의 마음인들 어찌 편하겠습니까. 형님은 너무 걱정 마십시오. 아우에게도 계책이 있으니 곧 형주 땅을 돌려드리도록 하지요."

　제갈근은 매우 기뻐하고 곧 공명과 함께 가서 유현덕을 뵙고 손권의 서신을 바쳤다.

　유현덕이 서신을 읽고 성을 낸다.

"손권이 그 누이동생을 나에게 출가시키고도 내가 형주에 없는 틈을 타서 몰래 누이동생을 빼내갔으니 정리로도 그럴 수 없음이라. 장차 크게 서천 군사를 일으켜 강남을 무찌르고 나의 원한을 갚을 작정인데 도리어 형주 땅을 돌려달라고 왔는가!"

공명이 울면서 땅에 엎드려 절하고 간청한다.

"오후吳侯(손권)가 저의 형님 식구를 다 잡아 가두었으니, 형주 땅을 돌려주지 않으면 우리 형님 집안 식구는 다 죽음을 당합니다. 형님이 죽으면 이 제갈양인들 어찌 혼자 살 수 있겠습니까. 바라건대 주공께서는 이 제갈양의 체면을 보아서라도 장차 형주 땅을 동오에게 돌려주시어 형제간의 정을 온전케 해주십시오."

유현덕이 거듭 승낙하지 않자, 공명은 그저 울며 간청한다.

유현덕이 마지못해서 하는 듯이 천천히 대답한다.

"사태가 정 그렇다 하니 내 군사軍師의 안면을 보아 형주 땅을 반만 돌려주리라. 그러니 장사長沙, 영릉零陵, 계양桂陽 세 군만 그들에게 돌려주도록 하구려."

공명이 청한다.

"이미 승낙하셨으니, 곧 관운장에게 보내는 서신을 써서 세 군만 돌려주라고 하십시오."

유현덕이 제갈근에게 말한다.

"귀공은 형주에 가서 내 동생에게 좋은 말로 세 군만 돌려달라고 하시오. 내 동생은 성미가 워낙 불 같아서 나도 오히려 두려워하는 터이니, 잘 알아듣도록 타이르시오."

이에 제갈근은 유현덕의 서신을 청하여 받아가지고 물러나와 공명과 작별하고 떠났다. 제갈근이 길을 재촉하여 수십 일 뒤 형주에 당도하니, 관운장이 중당中堂으로 청해 들이고 인사를 나누었다.

제갈근이 유현덕의 서신을 내놓고 말한다.

"황숙께서 우선 세 군을 우리 동오에 돌려주기로 승낙하셨으니, 바라건대 장군은 즉시 내놓으십시오. 그래야만 내가 돌아가서 우리 주공을 뵐 면목이 서겠소."

관운장의 얼굴빛이 무섭게 변한다.

"나는 우리 형님과 도원에서 결의하면서 한나라 황실을 바로잡기로 맹세했소. 그러고 보면 이곳 형주도 본시 대한大漢의 강토이거늘 어찌 한치 땅인들 함부로 남에게 내줄 수 있으리요. '장수가 밖에 있으면 임금의 명령도 듣지 않는다'는 말이 있소. 비록 우리 형님의 서신이 왔을지라도 나는 내줄 수 없으니 그리 아시오."

제갈근이 간청한다.

"우리 주군이 나의 가족을 다 잡아 가두었으니 이번에 형주 땅을 되찾지 못하면 나의 가족은 다 죽음을 당하오. 바라건대 제발 장군은 사람 좀 살려주시오."

"그것은 오후의 속임수요. 그러니 나를 속일 생각은 마시오."

"장군은 어찌 그리도 무정하시오?"

관운장이 칼을 잡는다.

"잔소리 마라. 이 칼은 원래 무정하니라."

곁에서 관평이 고한다.

"군사의 체면을 봐서라도 이러지 마십시오. 바라건대 부친은 고정하소서."

관운장이 제갈근에게 호령한다.

"군사의 체면을 생각하지 않는다면, 너를 살려 동오로 보내지는 않을 것이다."

제갈근은 창피만 당하고 나와서 배를 타고 다시 공명을 만나러 서천 땅으로 갔다. 그러나 공명은 이미 지방 순찰을 떠나고 없었다. 제갈근은 유현덕을 다시 만나서 관운장이 자기를 죽이려 들었다고 울면서 고했다.

유현덕이 대답한다.

"내 동생은 원래 성미가 급해서 수작을 걸기가 매우 어려우니 귀공은 잠시 동오로 돌아가시오. 내가 동천의 한중 땅 모든 고을을 차지하게 되면, 관운장을 한중 땅으로 보내어 지키게 하고, 그때 형주 땅을 돌려드리리다."

제갈근은 하는 수 없이 동오로 돌아갔다. 그는 손권에게 다녀온 경과를 자세히 보고했다.

손권이 분개한다.

"그대가 이번에 부지런히 돌아다니기만 한 것은 다 제갈양의 계책에 걸려든 것이로다."

"아니올시다. 저의 동생 제갈양도 또한 울면서 유현덕에게 간청하여, 우선 형주 땅 세 고을을 돌려받기로 된 것인데, 관운장이 내놓지 않으니 어찌합니까."

"이미 유비가 세 고을만이라도 돌려준다고 했다니 그럼 우리도 우선 장사, 영릉, 계양 세 고을에 관리를 보내어 저쪽이 어쩌나 두고 봅시다."

"주공의 말씀이 가장 좋은 처사올시다."

이에 손권은 제갈근에게 가족들을 데려가도록 내주고, 동시에 관리들을 세 군으로 부임시켰다. 그러나 세 군으로 갔던 관리들은 다 쫓겨 돌아왔다.

"관운장이 우리를 용납하지 않고 추격해오는데, 하마터면 죽을 뻔했습니다."

손권이 대로하여 즉시 사람을 보내어 노숙魯肅을 불러들여 화풀이 겸 책망한다.

"그대가 지난날에 유비를 위하여 보증까지 서고 우리 형주 땅을 빌려주더니, 이제 그들은 서천 땅을 차지했는데도 반환하지 않고 있소. 그대는 앉아서 이런 사태를 구경만 할 테요?"

노숙이 대답한다.

"제게 한 가지 계책이 있어 그러지 않아도 주공께 아뢰려던 참이었습니다."

"그 계책이란 뭐요?"

"군사를 육구陸口에 주둔시키고, 사람을 보내어 관운장을 모임[會]에 초청하는 것입니다. 관운장이 오거든 좋은 말로 타이르되, 그래도 말을 듣지 않거든, 매복시켰던 도부수들을 시켜 죽이고, 만일 그가 모임에 오지 않거든 그때는 곧 군사를 진격시켜 승부를 결정한 다음 형주 땅을 탈환하십시오."

손권이 대답한다.

"그러는 것이 내 생각에도 합당하니 즉시 실천하시오."

감택闞澤이 앞으로 나오며 고한다.

"그건 안 될 말입니다. 관운장은 세상의 범 같은 장수라 섣불리 건드렸다가 일이 제대로 안 될 경우에는 우리가 도리어 해를 입습니다."

손권이 버럭 화를 내며,

"그럼 언제 형주 땅을 되찾는단 말이냐!"

하고 노숙에게 속히 실천하라고 분부했다.

노숙은 곧 육구로 가서 여몽과 감영甘寧을 불러 서로 상의하고, 육구 영채 바깥 강가 정자에 잔치를 베풀고, 초청하는 서신을 써서 장하帳下에 말 잘하는 사람을 뽑아 배에 태워 강을 건너 보냈다. 강 어귀에서 관평이 사자에게 온 뜻을 묻고 형주로 데리고 갔다.

사자는 관운장 앞에 나아가 머리를 조아리며, 노숙이 연회에 초청하는 뜻을 간곡히 전하고 가지고 온 서신을 바쳤다. 관운장이 서신을 읽고 나서 사자에게 말한다.

"노숙이 초청하니 내 내일 연회에 나가겠다. 너는 먼저 돌아가거라."

사자가 나간 뒤에 관평이 묻는다.

"노숙의 초청은 딴 뜻이 있을 것인데, 아버님께서는 어쩌자고 가겠다 허락하셨습니까?"

"내가 왜 그들 속을 모르겠느냐. 이는 제갈근이 돌아가서 손권에게 관운장이 세 군을 내주지 않는다고 보고했기 때문에, 그래서 노숙이 군사를 육구로 주둔시키고 나를 연회에 초청하여 형주 땅을 반환하라고 독촉할 작정인 것이다. 그러니 내가 가지 않으면 그들은 나를 비겁한 자라고 할 것이다. 내일 나는 혼자서 조그만 배를 타고 수행원 10여 명만 데리고 칼 하나만 들고 연회에 나아가, 노숙이 어떻게 나를 대하는가 보리라."

관평이 간한다.

"아버님은 귀중한 몸으로서 어쩌자고 호랑이 굴에 들어가려 하십니까. 이러다가는 백부(유현덕)님의 막중한 부탁을 저버리실까 두렵습니다."

"나는 천창 만인千槍萬刃 속과 시석矢石이 빗발치는 곳에서도 혼자서 종횡으로 말을 달리며 무인지경 드나들듯했다. 어찌 강동의 쥐새끼들을 두려워하겠느냐."

마양이 또한 간한다.

"노숙은 평소 장자의 풍도가 있지만, 지금처럼 사태가 급하고 보면 무슨 딴생각을 낼지도 모르니 장군은 가지 마십시오."

"옛날 전국 시대 때 조趙나라 사람 인상여藺相如는 평소 닭 목을 비틀 만한 힘도 없었지만, 민지黽池 땅 대회에서 당시의 강국 진秦나라 임금과 신하를 두려움 없이 대했다. 하물며 나는 세상을 상대로 싸우는 법을 배운 자가 아니더냐. 한 번 허락한 이상 신용을 잃어서는 안 된다."

마양이 고한다.

"장군이 가신다면 미리 준비가 있어야 합니다."

"내 아들 관평은 빠른 배 10여 척에 수군 5백 명을 태워 강 위에서 대기하고 있다가, 나의 붉은 기가 보이거든 즉시 강을 건너오너라."

관평은 분부를 받고 나가서 준비를 서둘렀다.

한편, 사자는 돌아가서 노숙에게 관운장이 내일 온다고 보고했다.

노숙은 여몽과 상의한다.

"관운장이 오면 어찌하려오?"

"관운장이 군사를 거느리고 오거든, 나와 감영은 각기 군사를 나누어 거느리고 강 언덕에 매복하고 있다가 포를 쏘아 신호를 하면 싸워 무찌를 준비를 할 것이며, 만일 군사를 거느리지 않고 오거든 그저 뜰 뒤에 도부수 50명만 매복시켰다가 잔치 자리에서 쳐죽입시다."

이튿날, 노숙은 사람을 강 언덕으로 보내어 바라보게 했다.

진시辰時가 좀 지났을 때였다. 강 저편에서 한 척의 배가 오는데, 노 젓는 사공이 몇 사람 안 되고 한 쪽에 붉은 기가 바람에 펄펄 나부끼는데, 기에 크게 씌어진 관關이란 글자가 분명히 나타났다. 언덕에 가까이 오는 배를 보니 관운장은 청건靑巾을 쓰고 녹포綠袍를 입고 배 위에 앉았는데, 그 곁에는 주창이 큰 칼을 받들고 서 있으며 8, 9명 되는 관서關西의 장정들이 각기 허리에 칼을 한 자루씩 차고 있었다.

노숙이 놀라고 의심하며 관운장을 정자 뜰 안으로 영접하고 인사를 마치자, 잔치 자리로 들어가서 서로 잔을 들어 술을 권한다. 노숙이 감히 머리를 들어 쳐다보지도 못하는데, 관운장은 태연히 말하고 웃는다.

술이 얼근해지자 노숙이 말한다.

"군후君侯께 한 가지 말씀 드릴 것이 있으니 귀담아 들어주면 감사하겠소이다. 옛날에 형님 되시는 황숙께서 이 노숙을 우리 주공과의 사이

육구로 향하는 관우(오른쪽). 가운데가 주창

에 보증인으로 세우고, 형주 땅을 잠시 빌려 있되 서천을 차지하면 반환하겠다고 하더니, 오늘날 이미 서천을 얻었는데도 형주 땅을 돌려주지 않으니, 이렇듯 신용이 없으면 어찌합니까."

관운장이 대답한다.

"이는 나랏일이니 술자리에서 논할 바가 아니오."

"우리 주공께서 보잘것없는 강동 땅에 계시면서도 기꺼이 형주 땅을 빌려주신 것은, 황숙께서 싸움에 패하고 멀리 와서 발붙일 땅이 없었기 때문에 동정하신 것이었소. 이제 성도를 차지했으면 형주를 마땅히 반환해야 할 것이며, 유황숙은 그나마 우선 세 군만 반환하겠다 하였는데, 군후는 그것마저 돌려줄 수 없다 하니 도리상으로도 이럴 수가 있습니까?"

관운장이 대답한다.

"적벽 싸움에서 우리 형님께서는 친히 빗발치는 시석을 무릅쓰고 힘을 합쳐 조조를 격파하셨거늘, 공연한 고생만 하고 조그만 땅뙈기 하나도 받아서는 안 된단 말이오? 그런데 그대는 고맙다고는 못할망정 그 땅마저 내놓으라고 조르시오?"

"그렇지 않소이다. 군후가 그때 황숙과 함께 장판 싸움에서 패하고 계궁역진計窮力盡하여 멀리 달아나려 하기에, 우리 주공께서는 황숙이 몸둘 곳 없는 것을 불쌍히 여기시고 아낌없이 발붙일 땅을 선뜻 내주셨으니, 이는 다음날에 공로를 세우라는 뜻이었소. 그런데 황숙은 우리의 호의를 미끼로 하여 서천 땅까지 차지하고 또한 형주 땅까지 점령하고 있으니, 이는 자기 욕심만 알고 의리를 저버림이라. 만천하의 웃음거리가 될까 걱정이오. 군후는 깊이 살피십시오."

"이는 다 우리 형님께서 알아 하실 일이며, 내가 관여할 바가 아니오."

"내가 듣기에 군후는 유황숙과 함께 도원에서 결의할 때 살고 죽는 것을 함께하기로 맹세하셨다 하니, 황숙과 군후는 서로 다를 것이 없소. 그런데 어찌 이리 핑계만 대시오?"

관운장이 대답도 하기 전에, 섬돌 밑에서 주창이 소리를 버럭 지른다.

"천하의 토지는 오직 덕 있는 분이 살기로 되어 있는데, 어찌 너희들 동오만 차지해야 한단 말이냐!"

관운장은 안색이 변하며 벌떡 일어나 주창이 바치는 큰 칼을 빼앗다시피 움켜잡고, 뜰 가운데로 나서서 주창을 보며 꾸짖는다.

"이는 나라에 관한 일인데, 네가 어찌 입을 함부로 놀리느냐. 속히 나가거라."

주창은 관운장의 뜻을 선뜻 알아차리고 먼저 강 언덕으로 달려가서 붉은 기를 휘둘렀다. 저편 강 위에서 대기 중이던 관평의 배들이 일제히 출발하여 화살처럼 건너온다.

관운장은 오른손에 칼을 들고 왼손으로 노숙의 손을 끌어당기며 취한 척한다.

"귀공이 오늘 나를 잔치 자리로 초청했으니 형주에 관한 일은 끄집어내지 마시오. 내 이미 취했으니 우리의 옛정을 서로 다칠까 두렵소. 내 다음날 사람을 시켜 귀공을 우리 형주 땅으로 초청하여 잔치를 베풀고 다시 상의하리다."

노숙은 혼이 빠진 사람처럼 관운장에게 끌려 강변으로 나갔다.

여몽과 감영은 각기 본부 군사를 거느리고 출동하고 싶으나, 관운장이 손에 큰 칼을 들고 노숙을 움켜잡고 있으므로, 혹시 노숙이 다칠까봐 감히 나서지 못한다.

관운장은 배 가까이에 이르러서야 노숙의 손을 놓고 뱃머리에 오르며 작별 인사를 한다. 노숙은 바보처럼 서 있는데, 관운장이 탄 배는 벌써 바람을 타고 떠나간다.

후세 사람이 이 일을 찬탄한 시가 있다.

오나라 신하를 어린아이 보듯
혼자 칼 한 자루만 가지고 연회에 가서 수작하니
그 당시 한층 높은 영웅의 기상은
고대의 인상여가 민지에서 진나라 임금을 무시한 것보다도 더
하였다.
仁視吳臣若小兒
單刀赴會敢平欺
當年一段英雄氣
尤勝相如在澠池

관운장이 가버린 뒤에야 노숙은 여몽과 상의한다.

"또 계책대로 되지 않았으니 어찌하면 좋겠소?"

여몽이 대답한다.

"우선 주공께 보고하고 군사를 일으켜 관운장과 싸워 결정을 내는 수밖에 없소."

노숙은 즉시 사람을 보내어 손권에게 결과를 보고했다.

손권이 분노하여 명령을 내린다.

"모든 군사들을 일으켜 형주를 탈환하라!"

동오는 즉시 형주로 쳐들어갈 준비를 서두르는데, 문득 파발꾼이 달려와서 고한다.

"조조가 또 30만 대군을 거느리고 온다는 소식입니다."

손권이 크게 놀라,

"노숙에게 사람을 보내어 형주를 그냥 두고, 군사를 합비合肥와 유수로 옮겨 조조를 막으라."

하고 다시 명령을 내렸다.

한편, 조조는 군사를 일으켜 남쪽을 칠 작정인데, 참군參軍으로 있는 부간傅幹(자字는 언재彦材)이 글을 올려 간한다.

부간이 듣건대 '무력을 쓰려면 먼저 위엄을 보여야 하고 문文을 쓰려면 덕을 먼저 베풀어, 위엄과 덕을 아울러 행해야만 이후에 왕업을 이룬다' 하였으니, 지난날 천하가 크게 어지럽자 명공明公(조조)께서는 무력을 써서 열 중 아홉을 평정하셨으나, 아직도 왕명에 복종하지 않는 자는 오와 촉 두 곳뿐입니다. 오에는 험한 장강이 가로놓였고, 촉에는 높은 산이 가로막혔으니 위엄만으로 이기기는 어렵습니다. 어리석은 저의 소견으로는 마땅히 문과 덕을 닦고 무기를 눕히고 군사를 쉬게 하고 선비를 양성하고 때를 기다려 움직여야 할 줄로 아옵니다. 이제 수십만의 군사를 일으켜 장강으로 갔다가, 만일 도둑들이 험한 지세를 이용하여 깊이 숨어서 우리 군사가 능히 그 힘을 발휘하지 못하거나, 또는 도둑들이 정법이 아닌 편법을 써서 우리 군사가 그 권위를 드날리지 못하는 경우에는 하늘의 위엄만 땅에 떨어지고 말 것이니, 바라건대 명공은 깊이 살피소서.

조조는 그 글을 읽고 마침내 남쪽을 치려던 뜻을 거두었다. 그 대신 학교를 일으키고 문사를 대우했다.

이에 시중侍中으로 있는 왕찬王粲 · 두습杜襲 · 위개衛凱 · 화흡和洽 등이 조조를 위왕魏王으로 높여야 한다고 발설하니, 중서령中書令으로 있는 순유荀攸가 말한다.

"그건 안 될 말이오. 승상의 벼슬이 위공에 이르렀으며 그 영광으로 구석을 받았으니 그 지위가 이미 지극히 높소. 이제 다시 왕위에까지 오른다면 이는 이치에 어긋나는 짓이오."

조조가 그 말을 전해 듣고 몹시 노여워한다.

"그놈이 순욱처럼 되고 싶은 게로구나!"

순유가 그 말을 전해 듣고는 우울하고 분하여 병들어 자리에 누운 지 10여 일 만에 죽으니, 그의 나이 58세였다.

조조는 순유를 성대히 장사지내주고, 마침내 위왕이 되려던 일을 파의했다.

어느 날, 조조가 허리에 칼을 차고 궁으로 들어가니 헌제獻帝와 복후伏后가 함께 앉아 있었다. 황후는 조조가 들어오는 것을 보고 황망히 일어서고, 황제는 벌벌 떤다.

조조가 묻는다.

"손권과 유비가 각기 일방의 땅을 차지하고 조정에 복종하지 않으니, 어찌해야 좋겠습니까?"

황제가 대답한다.

"모든 일은 위공이 알아서 처분하시오."

조조가 발끈 화를 낸다.

"폐하의 이런 말씀을 바깥 사람이 들으면, 조조가 임금을 농락한다 하겠소!"

"그대가 나를 도와준다면 다행이지만, 그렇지 못하겠거든 특별한 은혜를 베푸는 셈치고, 이 자리에서 나를 물러나게 해주오."

조조는 황제를 잡아먹을 듯이 노려보더니, 짜증을 내며 나가버린다.

좌우 사람이 황제에게 고한다.

"요즈음 소문에 의하면 위공이 스스로 왕위에 오르고자 한다 하니, 오래지 않아 황제의 자리를 빼앗으리다."

황제와 황후는 방성통곡한다.

이윽고 황후가 말한다.

"첩의 친정 아버지 복완伏完은 늘 조조를 죽일 작정으로 있습니다. 첩이 이제 밀서 한 통을 써서 몰래 보내어 일을 도모하게 하리다."

"옛날에 동승董承이 일을 꾸미다가 비밀이 새는 바람에 도리어 비참한 일을 당했소. 이번에 또 비밀이 누설되는 날이면 짐과 그대는 끝장이 날 테니 무섭구려."

"밤낮 바늘방석에 앉아 있는 것 같습니다. 이러고 사느니 차라리 세상을 빨리 하직하고 싶나이다. 첩이 보기에 환관들 중에 이 일을 부탁할 만한 충의 있는 자는 목순穆順이니, 그를 시켜 밀서를 보내리다."

이에 목순을 병풍 뒤로 불러들이고, 좌우에서 가까이 모시는 사람들을 내보낸 다음, 황제와 황후는 울면서 사정한다.

"역적 조조는 위왕이 되려고 조만간에 짐의 자리를 뺏으려 들 것이다. 짐은 황후의 부친 복완을 시켜 이 역적을 비밀리에 없애버릴 작정이다. 그러나 좌우 모든 사람이 다 역적의 심복 부하이기 때문에 부탁할데가 없구나. 그래서 너를 시켜 황후의 밀서를 복완에게 보내고자 하니, 생각건대 너의 충성이라면 결코 짐을 저버리지는 않으리라."

목순이 울며 대답한다.

"신은 폐하의 큰 은혜에 감격할 따름입니다. 죽기를 각오하고 황은皇恩에 보답하리다."

황후가 밀서를 써서 목순에게 준다. 목순은 상투 속에 밀서를 감추고 가만히 궁을 나와 바로 복완의 저택에 가서 바쳤다.

복완은 황후의 친필 밀서를 읽고 나서 목순에게 말한다.

"조조의 심복이 너무 많아서 갑자기 일을 도모할 수는 없다. 앞으로 강동의 손권과 서천의 유비가 두 곳에서 군사를 일으키면 조조는 반드시 그들을 치러 갈 것이니, 그때에 조정의 충의 있는 신하들을 규합하여 함께 상의하고, 안팎에서 조조를 협공하면 거의 성공할 수 있으리라."

목순이 말한다.

"그럼 황장皇丈(황제의 장인)은 답장을 써서 황제와 황후께 바치고 비밀 조서를 받으십시오. 그리고 사람을 시켜 몰래 오와 촉 땅으로 보내어 기일을 약속하고, 함께 군사를 일으켜 역적을 치고 황제를 구하십시오."

복완이 답장을 써서 목순에게 준다. 목순이 답장을 또 상투 속에 감춘 뒤에 복완을 하직하고 궁으로 돌아간다. 그러나 궁의 어떤 자가 이미 목순이 수상하다는 보고를 했기 때문에, 조조는 먼저 궁문에 와서 기다리고 있었다.

목순이 궁문을 들어서다가 조조와 만났다.

조조가 묻는다.

"어디를 갔다 오느냐?"

"황후께서 편찮으셔서 의원을 데리러 갔다 옵니다."

"그래, 의원은 어디 있느냐?"

"아직 오지 않았습니다."

조조는 좌우 사람에게 분부하여 목순의 온몸을 뒤졌으나 별다른 것이 없기에 놓아준다.

이때 홀연 바람이 불어 목순의 관모가 날아 떨어진다. 조조는 다시 목순을 불러, 관모 속을 살폈으나 아무것도 없기에 돌려준다. 목순이 관모를 받아 두 손으로 조심스레 꼭 눌러 쓴다.

순간 조조는 의심이 나서 좌우 사람을 시켜 목순의 머리 속을 뒤지니 복완의 서신이 나왔다. 조조가 보니 유비, 손권과 손을 잡고 바깥의 구원을 받아야 한다는 내용이었다. 조조가 노기 등등하여 목순을 밀실에 가두고 고문하였으나, 목순은 끝내 불지 않았다.

그날 밤, 조조는 무장한 군사 3천 명을 이끌고 복완의 저택을 완전히 포위하고, 남녀노소 할 것 없이 모조리 잡은 후, 황후의 밀서를 찾아내고, 복伏씨 삼족을 모두 옥에 가두었다.

이른 아침에 조조는 어림장군御林將軍 치여郗慮에게 절월節鉞을 주고, 궁에 들어가 먼저 황후의 옥새부터 거두어들이라고 분부했다. 이날 황제는 외전에 나와 있다가 치여가 군사 3백 명을 거느리고 들이닥치는 것을 보고 묻는다.

"무슨 일이냐?"

치여가 대답한다.

"위공의 분부를 받잡고 황후의 옥새를 거두러 왔나이다."

황제는 비밀이 누설된 것을 직감하고 애간장이 찢어지는 듯했다.

치여가 후궁에 이르렀을 때, 복황후는 자리에서 막 일어난 참이었다. 치여가 옥새 관리인을 불러 황후의 옥새를 내오라고 추상같이 호통을 친다. 그 소리를 듣자 황후는 비밀이 탄로난 것을 알고 전각 뒤의 초방椒 房(궁중 방은 호초를 넣어 벽을 만들기 때문에 향기롭다)으로 가서 벽 속에 숨었다.

조금 지나자, 이번에는 상서령尙書令 화흠華歆이 무장한 군사 5백 명을 거느리고 후전後殿으로 돌입하여 궁녀에게 묻는다.

"복황후는 어디 있느냐!"

궁녀들은 다 모르는 체한다.

화흠은 무장한 군사들을 시켜 붉은빛 문을 열고 일일이 찾았으나 황후가 보이지 않자, 벽 안에 숨어 있는 줄로 짐작하고 군사들을 시켜 벽을 닥치는 대로 뜯는다.

숨어 있던 황후가 마침내 나타나자, 화흠은 황후의 머리채를 움켜잡고 끌어낸다.

황후의 목소리는 애절하다.

"바라건대 목숨이나 살려다오."

화흠이 꾸짖는다.

"네 스스로 위공께 가서 호소하여라."

머리가 풀어져 흩어진 채로 황후는 맨발로 끌려 나갔다.

원래 화흠은 문장으로 이름이 나서 지난날 병원炳原, 관영管寧과 친한 사이였다.

당시 세상 사람들은 그들 세 사람을 한 마리 용龍이라 하였으니, 즉 화흠은 용의 머리요, 병원은 용의 몸이요, 관영은 용의 꼬리라고 찬사를 보냈던 것이다.

어느 날 관영과 화흠이 후원 밭에서 함께 채소 씨를 심는데 호미질을 하다 보니 땅속에서 금이 나왔다. 관영은 돌아보지도 않고 호미질을 하건만, 화흠은 금을 집어 들고 한참을 보다가 버렸다.

또 어느 날 관영과 화흠이 함께 앉아 책을 보는데, 대문 밖에서 어떤 귀한 사람이 수레를 타고 지나가는 벽제辟除(지위 높은 사람의 행차 때 잡인의 통행을 막고 길을 치우던 일) 소리가 들렸다. 관영은 꼼짝 않고 단정히 앉아서 책만 보는데, 화흠은 책을 버리고 대문 밖에 나가서 귀인의 행차를 구경했다. 그때부터 관영은 화흠의 사람됨이 비루하다 하여 자리를 함께하지 않았고 친구로 사귀지도 않았다.

그 후에 관영은 요동遼東 지방에 은거하며 항상 흰 관을 쓰고 한 누각에 거처하면서 두문불출하고 일생을 마치도록 위魏(조씨)를 섬기지 않았다.

그러나 화흠은 강동 손권을 섬기다가, 뒤에 조조를 섬기면서 드디어 복황후를 잡아들이는 끔찍한 일까지 저질렀던 것이다.

후세 사람이 화흠을 탄식한 시가 있다.

그날 화흠은 흉악한 꾀를 내어
벽을 부수고 황후를 끌어냈도다.
역적 조조를 도와 하루아침에 범이 날개 돋듯 날뛰었지만
천추에 욕을 먹고 용 머리는 비웃음을 샀도다.
華歆當日逞凶謀
破壁生將母后收
助虐一朝添虎翼
罵名千載笑龍頭

또 관영을 찬탄한 시가 있다.

요동 땅에 관영루가 아직 있지만
사람은 없고 누각은 비어 이름만 홀로 남았도다.
웃기지 마라, 화흠이 부귀를 탐하던 일이여.
관영이 흰 관을 쓰고 스스로 풍류를 즐기던 일과 어찌 비교나
되리요.
遼東傳有管寧樓
人去樓空名獨留
笑殺子愉貪富貴
豈如白帽自風流

화흠이 황후를 외전으로 끌고 나왔을 때였다. 황제가 이를 바라보고
전 아래로 내려와 황후를 얼싸안고 통곡한다.
화흠이 호령한다.
"위공의 분부시니 어서 가자!"
황후가 울면서 하직한다.
"살아서 다시 만나지 못하오리까?"
황제가 목이 메여 대답한다.
"나의 목숨도 언제 끝날지 모르오."
무장한 군사가 황후를 밀어내어 가니, 황제는 가슴을 치며 통곡하다
가 곁에 서 있는 치여를 보며,
"치여야, 천하에 이런 일도 있느냐?"
하고 말하다가 목이 메여 땅바닥에 쓰러진다.
치여가 좌우 사람에게 분부하여 황제를 부축하여 궁 안으로 모셨다.

복황후를 죽이는 조조

화흠은 황후를 잡아 끌고 조조에게 갔다.

"내 너희들을 성심껏 대접했는데, 너희들은 나를 해치려 하느냐! 내가 너를 죽이지 않으면, 네가 반드시 나를 죽일 것이다."

조조는 저주하면서 좌우 사람에게 명령하여 몽둥이로 황후를 마구 때려죽였다.

그리고 조조는 궁으로 들어가 복황후의 소생인 두 아들에게 독약을 먹여 죽이고, 그날 밤에 복완과 목순 그리고 그 종족 2백여 명을 시정으로 끌어내어 참하니, 조정과 재야에 놀라지 않는 사람이 없었다. 이때가 건안 19년(214) 11월이었다.

후세 사람이 이 일을 탄식한 시가 있다.

조조의 흉악하고 잔인함은 세상에 그 유례가 없으니
복완의 충의인들 어찌하리요.
불쌍하여라, 황제와 황후가 이별한 광경은
백성들의 부부만도 훨씬 못했도다.
曹瞞兇殘世所無
伏完忠義欲何如
可憐帝后分離處
不及民間婦與夫

헌제는 복황후를 잃은 뒤로 날마다 음식을 먹지 못했다.
조조가 들어와서 고한다.
"폐하는 조금도 근심 마소서. 신에게 어찌 딴 뜻이 있겠습니까. 신이 여식을 이미 폐하에게 바쳐 지금 귀인貴人으로 있으니, 그 자질이 매우 어질고 효성이 대단합니다. 폐하는 마땅히 정궁正宮(황후)으로 들여앉히십시오."
헌제가 어찌 감히 복종하지 않을 수 있으리요.
이에 건안 20년 정월 초하루 설날을 축하하는 자리에서 조조의 딸 조귀인曹貴人은 정궁正宮 황후가 되었다. 모든 신하들은 감히 반대하지 못했다.

이리하여 조조는 날로 위세가 등등하여 대신들을 모아놓고 오와 촉을 칠 일을 상의한다.
가후賈詡가 말한다.
"하후돈夏侯惇과 조인曹仁을 불러 이 일을 상의하소서."
조조는 즉시 사자를 지방으로 보내어 그들을 속히 올라오게 했다.

하후돈이 미처 이르기 전에 조인이 먼저 허도에 이르러, 밤인데도 조조를 뵈러 부중으로 들어갔다.

이때 조조는 술에 취하여 누워 있고, 허저가 칼을 짚고 문밖에 서 있었다. 조인이 들어가려는데 허저가 앞을 딱 가로막는다.

조인은 노하여 말한다.

"나는 조씨의 종족이다. 네가 어찌 감히 나의 앞을 막느냐!"

허저가 대답한다.

"장군은 주공과 가까운 일가지만 지방을 지키는 관리며, 나는 주공과 인척간은 아니지만 부중 안을 호위하는 직책에 있소. 주공께서 지금 취하셔서 당상에 누워 계시니 감히 들여보낼 수 없소."

조인은 결국 들어가지 못하고 물러난다.

조조가 안에서 허저가 하는 말을 듣고 찬탄한다.

"허저는 참으로 충신이로고."

그런 일이 있은 지 며칠 후에 하후돈이 당도했다. 조조는 모든 장수들과 함께 군사를 일으킬 일을 상의한다.

하후돈이 말한다.

"오와 촉을 갑자기 칠 수는 없습니다. 그러니 먼저 한중의 장노부터 쳐서 없애고, 그 여세를 몰고 들어가 촉을 치면 한 번 북을 울려 평정할 수 있습니다."

조조는 머리를 끄덕이며,

"바로 나의 뜻과 같도다."

하고 드디어 서쪽을 칠 군사를 일으키니,

바야흐로 흉악한 꾀를 내어 약한 황제를 속이더니
또 사나운 군사를 몰고 구석진 나라를 친다.

方逞凶謀欺弱主
又驅勁卒掃偏邦

뒷일은 장차 어찌 될 것인가.

제67회

조조는 한중 땅을 평정하고
장요는 소요진에서 위엄을 떨치다

조조曹操는 서쪽을 치려고 군사를 일으켜 3대로 나누었다. 전부前部 선봉은 하후연夏侯淵과 장합張慶이요, 조인曹仁과 하후돈夏侯惇은 후대後隊가 되어 군량과 마초를 운반한다.

벌써 첩자는 이 사실을 탐지하고 한중漢中의 장노張魯에게 보고했다. 장노는 그 아우 장위張衛와 함께 적군을 물리칠 일을 상의한다.

장위가 말한다.

"우리 한중에서 제일 험한 곳은 양평관陽平關이니, 그곳 좌우의 산과 숲에다 채책寨柵을 10여 개소 세우고 제가 조조의 군사를 대적하겠습니다. 형님은 한녕漢寧에 계시면서 군량과 마초를 많이 보내주십시오."

장노는 그 말대로 대장 양앙楊茫, 양임楊任과 자신의 동생 장위를 떠나보냈다. 그들은 군사를 거느리고 양평관에 이르러 영채를 세웠다.

한편, 조조의 장수 하후연과 장합은 전군前軍을 거느리고 오다가, '이미 양평관에 적군이 와서 싸울 준비를 마쳤다'는 소문을 듣고 양평관에서 15리 떨어진 곳에 영채를 세웠다.

그날 밤 군사들은 피곤해서 각기 쉬는데, 갑자기 영채 위에서 불길이 치솟으며 양앙과 양임이 두 길로 나뉘어 쳐들어온다. 하후연과 장합이 급히 말에 올라타는데, 사방에서 한중의 군사들이 일제히 들이닥친다. 조조의 군사들은 크게 패하고, 하후연과 장합은 달아나 뒤에 오는 조조에게 가서 아뢰었다.

조조가 격분하여,

"너희들 두 사람은 다년간 행군한 경험이 있으니, 군사들이 먼 길을 걸어 피곤하면 밤에 적군이 습격할 것쯤은 미리 염려하고 준비했어야 하지 않느냐."

하고 하후연과 장합을 참하여 군법을 밝히려 하는데, 좌우 모든 사람이 빌면서 말리는 통에 그만두었다.

이튿날, 조조는 스스로 군사들을 거느리고 전대前隊가 되어 가본즉, 산세는 험악하고 숲이 우거져 길이 어디로 났는지 알 수가 없었다.

조조는 적의 복병이 숨어 있을까 겁이 나서, 군사를 거느리고 영채로 돌아와 허저許褚와 서황徐晃에게 말한다.

"이곳이 이렇듯 험한 줄 알았더라면, 내가 군사를 일으켜 예까지 오지는 않았을 것이다."

허저가 대답한다.

"이왕 여기까지 왔으니, 주공은 고생을 피하지 마십시오."

그 다음 날, 조조는 말을 타고 허저와 서황 두 장수만 거느리고 장위의 영채를 살피러 갔다. 세 사람이 말을 몰아 산모퉁이를 돌아 나가자, 저 멀리 장위의 영채가 보인다.

조조가 말채찍으로 그곳을 가리키며 두 장수에게 말한다.

"저렇듯 견고하니 갑자기 쳐부수기는 어렵다."

말이 끝나기도 전이었다. 등뒤에서 함성이 크게 일어나더니, 화살이 빗발치듯 날아오며 양앙과 양임이 두 길로 쳐들어온다.

조조는 크게 놀랐다.

허저는 서황에게 큰소리로,

"내가 적군을 담당하겠으니, 그대는 주공을 잘 보호하라."

외치고 칼을 바로잡고 말을 달려가서 싸우니, 양앙과 양임은 대적하지 못하고 말을 돌려 달아나고, 그 나머지 군사들은 감히 가까이 달려들지 못한다.

이때 서황은 조조를 호위하고 산모퉁이를 달려 지나가는데, 앞에서 1대의 군사가 달려온다. 앞장선 장수는 하후연과 장합이었다. 하후연과 장합은 산에서 일어나는 함성을 듣고 군사를 거느리고 구원하러 오는 길이었다. 이에 그들은 양앙과 양임의 군사를 물리치고 조조를 호위하며 영채로 돌아왔다.

조조는 허저, 서황, 하후연, 장합 네 장수에게 많은 상을 주었다. 이때부터 양쪽 군사는 50여 일 동안을 싸우지 않고 서로 노려만 보고 있었다. 조조는 마침내 군사를 거느리고 물러가기로 영을 내렸다.

가후賈詡가 묻는다.

"적군이 강한지 약한지도 모르는데, 주공은 어째서 스스로 물러가려 하십니까?"

조조가 대답한다.

"적군이 매일 튼튼히 방비하고 있어서 갑자기 이길 수 없으니, 우리 군사가 물러감으로써 소문을 내고 적이 방심하고 방비를 풀 때를 기다려 우리가 경기병輕騎兵으로 그들의 뒤를 습격하면 반드시 이기리라."

가후가 감탄한다.

"승상의 신인 같은 계책은 아무도 측량할 수가 없습니다."

이에 하후연과 장합은 각기 경기병 3천 명씩을 거느리고 조그만 두 개의 길로 나뉘어 양평관 뒤쪽으로 돌아 들어간다.

한편 조조는 대군을 거느리고 영채를 모조리 뽑고 물러갔다.

양앙은 조조의 군사가 물러갔다는 말을 듣고, 그들을 추격하자고 양임에게 제의했다.

양임이 대답한다.

"조조는 속임수가 대단해서 어디까지가 진실인지 알 수 없으니, 그들의 뒤를 추격해서는 안 되오."

양앙이 우긴다.

"그대가 정 가기 싫다면 나 혼자라도 가서 치겠소."

양임이 굳이 말리나 양앙은 듣지 않고 다섯 영채의 군사를 모조리 일으켜 거느리고 떠나가니, 남은 군사는 얼마 되지 않았다.

이날은 안개가 자욱이 끼어 서로 지척에 대하여서도 알아볼 수 없을 정도였다. 양앙의 군사는 얼마쯤 가다가 안개 때문에 더 이상 가지 못하고 도중에서 임시로 영채를 세우고 머물렀다.

한편, 하후연은 군사를 거느리고 산 뒤로 돌아 들어가다가, 안개가 천지에 가득한데다 사람의 말소리와 말이 코를 부는 소리가 들리기에, 혹 복병이나 아닌가 하여 겁이 났다. 그래서 군사와 말을 재촉하여 안개 속을 급히 헤치고 가다가 길을 잘못 들어 그만 양앙의 영채 앞으로 나서고 말았다.

이때 영채를 지키던 남은 군사들은 짙은 안개 속에서 많은 말 발굽 소리를 듣자 양앙의 군사가 되돌아온 줄로 잘못 알고, 문을 열어 영접해 들었다. 하후연의 군사들이 요행수로 일제히 들어가서 보니 영채가 거의 비어 있는지라, 즉시 불을 지르니 불길이 사정없이 치솟는다. 그제야 다섯 영채의 군사들은 조조의 대군이 쳐들어온 것을 알고 영채를 버리고 달아났다.

이윽고 안개가 개자 양임이 군사를 거느리고 구원하러 달려오다가, 바로 하후연을 만나 싸운 지 불과 수합에 또 등뒤에서 장합의 군사가 들이닥친다. 양임은 겨우 혈로를 열고 큰길로 나서서 남정南鄭 땅을 향하여 달아났다.

한편 양앙은 군사를 거느리고 다시 돌아왔는데, 뜻밖에도 하후연과 장합이 영채를 다 점령하고 있을 뿐만 아니라 어느새 뒤에서 조조의 대군이 쫓아온다. 앞뒤로 공격을 받고 빠져 나갈 길이 막힌 양앙은 조조의 군사를 뚫고 나가다가, 바로 장합을 만나 서로 싸운 지 불과 수합에 칼을 맞고 말에서 떨어져 죽었다.

장수를 잃은 패잔병들 중에서 무사히 도망친 자들이 양평관으로 돌아가서 장위에게 보고했다. 장위는 양앙과 양임 두 장수가 패하여 영채를 다 잃었다는 보고를 듣자, 한밤중에 양평관을 버리고 도망쳐 돌아갔다.

이리하여 마침내 조조는 양평관과 그곳의 모든 영채를 점령했다.

한편, 남정 땅으로 도망쳐 돌아온 장위와 양임은 장노에게 갔다.

장위가 패한 경과를 보고한다.

"양앙과 양임이 요긴한 곳을 빼앗겼기 때문에 양평관을 지킬 수 없었습니다."

장노가 노기 등등하여 양임을 참하려 한다.

양임이 변명한다.

"저는 양앙이 조조의 군사를 추격하는 것을 굳이 말렸으나, 그가 끝내 듣지 않고 갔기 때문에 이번에 패한 것입니다. 바라건대 저에게 군사를 한 번만 더 주시면, 가서 반드시 조조를 참하겠습니다. 만일 이기지 못하면 그때는 군법대로 처벌을 달게 받겠습니다."

이에 장노는 양임의 서약서를 받고 군사를 내줬다.

양임은 말에 올라 군사 2만 명을 거느리고 남정을 떠났다.

한편, 조조는 군사를 거느리고 다시 나아가기 위해 우선 하후연에게 군사 5천 명을 주고 남정으로 가는 길을 염탐하라 했다. 하후연은 군사를 거느리고 가다가 양임이 거느리고 오는 군사와 바로 만나니, 그들은 각각 진영을 세우고 싸울 준비를 서둘렀다.

양임은 부장 창기昌奇를 내보내어 하후연과 대적하게 했으나, 맞붙어 싸운 지 불과 3합에 창기는 하후연의 칼을 맞고 말에서 떨어져 죽었다. 이에 양임은 스스로 창을 꼬나 잡고 달려나가 하후연과 맞붙어 30여 합을 싸웠으나 승부가 나지 않는다.

하후연이 패한 체하고 달아나니, 양임이 뒤쫓는다. 얼마쯤 달아나던 하후연이 갑자기 몸을 획 돌려 바로 등뒤까지 쫓아온 양임을 한칼에 쳐죽이니, 한중 군사는 크게 패하여 도망쳐 돌아갔다.

조조는 하후연이 양임을 참했다는 보고를 듣자, 즉시 군사를 거느리고 진격하여 바로 남정 땅에 이르러 영채를 세웠다.

남정성 안의 장노는 황급히 문무 부하들을 모아 대책을 상의한다.

염포閻圃가 말한다.

"조조 수하의 모든 장수들을 대적할 사람은 한 명밖에 없습니다."

장노가 묻는다.

"그게 누구냐?"

"남안南安 출신 방덕龐德입니다. 방덕은 지난날 마초馬超를 따라 주공께 투항해왔다가, 그 뒤 마초가 서천으로 갈 때 그는 병으로 누워 있어서 따라가지를 못하고, 오늘날까지 주공의 은혜를 입고 있는 처지입니다. 주공께서는 방덕을 내보내어 싸우게 하십시오."

장노는 크게 반가워하며, 즉시 방덕을 데려오라고 해서 많은 상과 함께 군사 만 명을 주었다.

방덕은 군사를 거느리고 남정성에서 10여 리 떨어진 곳에 이르러 조
조의 군사와 서로 대치하자, 말을 달려 나가 싸움을 걸었다.

　그러나 조조는 지난날 위교渭橋 싸움에서 방덕의 용맹을 잘 알았기
때문에 모든 장수들에게 부탁한다.

　"방덕은 서량의 용맹한 장수다. 원래 마초의 수하에 있다가, 지금은
장노에게 있지만 뜻은 다른 데에 있을 것이다. 나는 방덕을 내 사람으로
만들고 싶으니, 너희들은 천천히 싸워 그를 지치게 만든 뒤에 사로잡도
록 하여라."

　이에 장합이 먼저 나가서 방덕과 싸우다가 물러가고, 하후연이 나가
서 또 몇 합을 싸우다 물러가고, 서황이 나가서 또 3, 5합을 싸우다 물러
가고, 나중에는 허저가 나가서 50여 합을 싸우다 또한 물러간다.

　방덕은 네 장수를 차례로 맞아 싸웠건만 조금도 겁내는 기색이 없었다.

　나가서 싸우고 돌아온 장수마다 방덕의 무예를 칭찬하니, 조조는 마
음속으로 쾌재를 부르며 모든 사람들과 함께 상의한다.

　"어떻게 하면 방덕을 항복하게 할 수 있을까?"

　가후가 말한다.

　"장노의 수하에 양송楊松이라는 모사가 있습니다. 그는 뇌물을 매우
좋아하니, 이제 비밀리에 그에게 뇌물을 보내어 장노에게 방덕을 중상
모략하도록 시키면, 이 일을 가히 도모할 수 있습니다."

　조조가 묻는다.

　"그러려면 사람을 남정성으로 들여보내야 할 텐데, 어찌하면 좋겠는가?"

　가후가 대답한다.

　"내일 싸우다가 거짓으로 패한 체하고 영채를 버리고 달아나십시오.
그러면 방덕이 우리 영채를 점령할 것입니다. 그랬다가 한밤중에 우리
가 군사를 거느리고 다시 영채로 쳐들어가면, 방덕은 반드시 남정성 안

으로 물러갈 것이니, 그때에 말 잘하는 군사 한 사람이 적군으로 가장하고 그들 사이에 섞여 성안으로 들어가면 됩니다."

조조는 그 계책대로 말 잘하는 한 군교軍校를 뽑아 많은 상을 주고 황금으로 만든 엄심갑掩心甲(심장을 보호하기 위해 속에 입는 것으로, 오늘날 방탄 조끼 같은 것)을 껴입게 하고 겉에는 한중 군사의 옷을 입히고 먼저 도중에 가서 기다리게 했다.

이튿날, 하후연과 장합은 각기 일지군을 거느리고 멀리 가서 매복하고, 그 다음에 서황이 가서 싸움을 걸어놓고 방덕과 싸운 지 불과 수합에 달아난다. 방덕이 군사를 휘몰아 거느리고 추격하니, 조조의 군사는 다 달아난다. 그는 드디어 조조의 영채를 점령하고 나서 둘러본즉, 군량미와 마초가 매우 많았다. 방덕은 매우 기뻐하며 곧 장노에게 사람을 보내어 승리를 보고하고, 동시에 영채 안에서 축하 잔치를 벌였다.

그날 밤 3경이었다. 갑자기 삼면에서 일시에 불이 일어나니, 정면에서 쳐들어오는 장수는 서황과 허저요, 왼쪽에서 쳐들어오는 장수는 장합이요, 오른쪽에서 쳐들어오는 장수는 하후연이었다. 그들이 거느린 3로 군사가 영채를 무찌르니, 방덕은 막을 수가 없어서 말에 올라타고 마구 무찌르며 밖으로 나와 남정성을 향하여 달아나는데 3로 군사들이 뒤쫓아온다.

방덕이 급히 남정성 문을 열게 하여 패잔병들을 거느리고 들어가니, 이때 한중 군사로 가장한 첩자는 그들 속에 섞여 쉽사리 성안으로 들어갔다.

첩자는 그길로 양송의 부중을 찾아가 절하고 말한다.

"위공 조승상께서는 오래 전부터 귀공의 높은 덕을 들어 아시기 때문에, 특히 저를 시켜 이 황금으로 만든 엄심갑을 보내어 신표를 삼으시고, 겸하여 밀서를 바치라 하셨습니다."

양송은 첩자가 옷 속에서 벗어 바치는 황금으로 만든 엄심갑을 받고 흡족해하더니, 밀서를 보고 나서,

"내 위공께 보답하리니 안심하시라고 전하여라. 나에게 좋은 계책이 있으니 별로 어려울 것 없다."

속삭이고 첩자를 돌려보냈다.

그날 밤으로 양송은 장노에게 가서 고한다.

"방덕은 조조의 뇌물을 받고 일부러 지고 돌아온 것입니다."

장노가 노기 충천하여 방덕을 불러들여 갖은 욕설을 퍼붓고 참하려 하는데, 염포가 힘써 간한 덕분에 겨우 죽음을 면했다.

장노가 방덕을 노려본다.

"내일 나가 싸워서 이기지 못하면 너를 죽이리라."

방덕은 마음속으로 장노를 원망하고 물러나갔다.

이튿날, 조조의 군사가 남정성을 공격하자 방덕은 군사를 거느리고 나가 싸운다. 조조는 허저를 시켜 방덕과 접전시켰다. 허저는 싸우다가 지는 체하고 달아나니 방덕이 뒤쫓아온다.

조조가 말을 타고 산언덕에 서서 방덕을 부른다.

"방덕은 왜 속히 항복하지 않는고?"

방덕은 생각했다. 조조만 사로잡는 날이면 웬만한 장수 천 명을 잡은 공로는 될 것이다. 드디어 방덕은 방향을 바꾸어 산언덕을 향하여 나는 듯이 치달아 올라가는데, 갑자기 하늘이 무너지고 땅이 뒤집어진다. 외마디소리를 질렀을 때는 이미 몸과 말이 함께 깊은 함정에 떨어져 있었다. 조조의 군사들이 함정 주위에 모여들어 갈고리로 방덕을 끌어올리고 사로잡아 언덕 위로 올라간다.

조조는 말에서 내려와 군사들을 꾸짖어 물리치고, 친히 방덕의 결박을 풀어주며 묻는다.

"그대는 항복하겠는가, 싫은가?"

방덕은 장노가 어질지 못한 것을 생각하고 마침내 절하며 조조에게 항복했다.

조조는 친히 방덕을 부축하여 말에 태우고 함께 대채로 돌아가면서, 일부러 남정성 사람들이 바라보도록 구경시켰다.

남정성 위의 군사들은 즉시 장노에게 가서 고한다.

"방덕이 조조와 함께 나란히 말을 타고 가버렸습니다."

장노는 더욱더 양송의 말이 참말이었다고 믿게 되었다.

이튿날, 조조는 남정성 삼면에다 구름 사다리를 세우고 화살과 포탄을 마구 쏘아댄다.

장노는 더 버틸 수 없음을 알고 동생 장위와 함께 상의한다.

장위가 말한다.

"사태가 이 지경에 이르렀으니, 창고와 부고를 다 불살라버리고 남산쪽으로 빠져 나가 파중巴中 땅에 가서 지키기로 합시다."

양송이 말한다.

"그러느니 차라리 성문을 열고 투항하는 편이 좋을 듯합니다."

장노가 결정을 짓지 못하고 망설이는데, 장위가 재촉한다.

"어서 불을 지르고 속히 떠납시다."

장노가 대답한다.

"나는 본시 이 땅을 나라에 바칠 생각이었으나 뜻을 이루기도 전에 이제 부득이 달아나게 됐지만, 창고와 부고는 국가의 것이니 그럴 수 없다."

장노는 창고와 부고를 다 봉하고, 그날 밤 2경에 남녀노소 온 가족을 거느리고 남쪽 성문을 열고 무찌르며 달아나니, 조조는 그들을 뒤쫓지 말라 하고 군사를 거느리고 남정성으로 들어갔다. 조조는 성안에 들어가서 장노가 창고와 부고를 굳게 봉해둔 것을 보자, 기특하고 불쌍한 생

席捲東川臺上軍威欺草木
曹操漢中破張魯

令傳西土陣中殺氣逼星辰

한중의 장노를 격파하는 조조

각이 들었다.

마침내 조조는 사람을 파중 땅으로 보내어 장노에게 항복하기를 권했다.

장노는 항복할 생각이었으나, 그 동생 장위가 끝내 반대했다. 이에 양송은 '군사를 거느리고 쳐들어오시면 제가 안에서 호응하겠다'라고 쓴 밀서를 조조에게 보냈다. 조조는 밀서를 받고 친히 군사를 거느리고 가서 파중성巴中城을 공격했다.

장노는 동생 장위에게 군사를 주고 나가서 싸우게 했다. 싸움이 벌어지자 장위는 허저와 맞붙어 싸우다가 허저가 내리치는 칼을 맞고 말 아래로 떨어져 죽었다.

패한 군사들이 돌아가서 장노에게 장위의 죽음을 고했다. 장노는 군게 성을 지키려 하는데, 양송이 권한다.

"지금 나가지 않으면 이건 앉아서 죽음을 기다리는 것과 다름없습니다. 제가 성을 지킬 테니, 주공께서는 친히 나가서 일대 결전을 벌이십시오."

장노는 그 말을 옳게 여기고, 염포가 군이 말리는데도 듣지 않고 마침내 군사를 거느리고 나갔다. 그러나 싸움이 시작되기도 전에 거느리고 나온 후군이 달아나는지라, 장노는 하는 수 없이 급히 물러가니, 뒤에서 조조의 군사가 추격해온다.

장노가 성 아래에 이르렀을 때였다. 양송은 성문을 열어주지 않는다. 장노는 달아날 길이 없는데, 조조가 뒤쫓아오면서 크게 외친다.

"어째서 속히 항복하지 않느냐!"

장노는 마침내 말에서 내려 조조 앞에 절하고 항복했다. 조조는 크게 만족하며 장노가 남정성의 창고와 부고를 봉해뒀던 그 마음씨를 생각해서 융숭히 대접하며 진남장군鎭南將軍으로 봉하고, 염포 등도 다 열후로 봉했다. 이리하여 한중 땅은 다 평정됐다. 군마다 태수와 도위를 두고, 군사들에게 크게 상을 내렸다.

그런 후에 조조는

"양송은 자기 주인을 팔아 부귀 영화를 구한 자다."

하고 양송을 참하게 하여, 그 시체를 시정에 내다가 백성들에게 보였다.

후세 사람이 양송을 비웃은 시가 있다.

어진 사람을 방해하고 주인을 팔아서 공로를 노렸으나
그간 모아둔 황금과 보물이 다 허탕으로 돌아갔네.
집안이 부귀 영화하기도 전에 죽음을 당하니
양송은 천추에 웃음거리가 됐도다.

妨賢賣主逞奇功

積得金銀總是空

家未榮華身受戮

令人千載笑楊松

조조가 동천東川을 얻자 주부主簿로 있는 사마의司馬懿가 고한다.

"유비가 속임수와 힘으로 유장을 몰아낸 후 아직 민심을 얻지 못하고 있는 때에 주공께서 한중을 얻었으니, 아마도 성도에서는 이 소문을 듣고 큰 충격을 받을 것입니다. 이 참에 군사를 거느리고 나아가서 치면 그들은 무너집니다. 지혜 있는 사람은 기회를 놓치지 않나니, 이 시기를 놓치지 마십시오."

조조가 탄식한다.

"인생이 괴로운 것은 만족할 줄 모르기 때문이다. 내 이미 한중 땅을 얻었는데, 다시 촉 땅을 더 바라리요."

유엽劉曄이 말한다.

"사마중달司馬仲達(중달은 사마의의 자이다)의 말이 옳습니다. 만일 우리가 이번에 기회를 놓치면, 제갈양은 나라를 다스리는 데 밝기 때문에 정승이 될 것이고, 또 관운장과 장비는 용맹으로써 삼군을 통솔하여, 촉 땅 백성들은 기꺼이 복종하고 안정할 것이니, 이리하여 모든 요충지와 관소가 굳게 지켜진다면 우리는 다시 그들을 칠 기회가 없습니다."

"군사들이 이곳까지 먼 길을 와서 싸우느라고 노고가 많았으니 또한 위로할 줄 알아야 한다."

조조는 군사를 휴식시키고 움직이지 않았다.

한편, 서천 백성들은 조조가 동천(한중) 땅을 차지했다는 소문을 듣자,

"조조가 우리 서천으로 쳐들어올 걸세!"

하고 하루에도 몇 번씩 놀라곤 했다.

유현덕은 군사를 청해서 상의한다.

공명이 말한다.

"저에게 한 가지 계책이 있으니 조조를 스스로 물러가게 하리다."

"그 계책이란 무엇이오?"

공명이 대답한다.

"조조가 군사를 나누어 합비 땅에 주둔시킨 것은 손권을 두려워하기 때문입니다. 이제 우리가 강하江夏 · 장사長沙 · 계양桂陽 세 군을 오吳에게 돌려주고, 말 잘하는 선비를 보내어 이해로써 타일러 오의 군사로 하여금 합비 땅을 치게 하고, 그 세력을 견제하면 조조는 군사를 거느리고 남쪽을 도우러 떠나갈 것입니다."

유현덕이 묻는다.

"누구를 오로 보내면 좋겠소?"

이적伊籍이 말한다.

"바라건대 제가 가리다."

유현덕은 이를 기쁘게 받아들이고 서신과 예물을 갖추어 주고, 먼저 형주에 들러 관운장에게 이 일을 알리고 가도록 했다.

이적은 오 땅 말릉에 이르러 손권을 뵙고자 왔노라고 알렸다.

손권은 접견하고 이적이 바치는 예물을 받고 묻는다.

"그대는 무슨 일로 왔느냐?"

이적이 대답한다.

"지난번에 제갈근께서 장사 등 세 군을 받으러 다시 왔다가, 그때 마침 우리 군사(제갈양)가 없어서 받아가지 못했기에 이제 세 군을 돌려드리려고 서신을 가지고 왔습니다. 세 군 외에 형주 · 남군 · 영릉 땅도 돌려드릴 생각이었지만, 이번에 조조가 동천(한중)을 무찔러 차지했기 때문에, 관운장이 다른 데로 옮겨갈 만한 곳이 없어서 그냥 머물러 있게 됐으니, 그 점 이해해주십시오. 그런데 지금 합비 땅이 허술하니, 바라건대 군후께서는 이 참에 군사를 일으켜 공격하여 조조가 군사를 거느리고 남쪽으로 내려오도록 하십시오. 우리 주공께서는 동천을 얻게 되면 남은 형주 땅도 모두 반환하실 작정이십니다."

손권이 대답한다.

"그대는 관사에 가서 편히 쉬라. 내 그 동안에 의논을 해서 그 결과를 알려주리라."

이적이 물러가자, 손권은 곧 모든 모사들을 불러모아 상의한다.

장소張昭가 말한다.

"이건 조조가 서천으로 쳐들어올까 봐 유비가 겁이 나서 궁리해낸 꾀입니다. 그러니 우리도 조조가 지금 한중에 있는 틈을 타서 합비 땅을 무찌르고 차지하는 것이 가장 현명한 일입니다."

손권은 장소의 말을 옳게 여기고 이적을 촉 땅으로 돌려보내고, 군사를 일으켜 조조의 군사를 칠 일을 의논하는 한편, 노숙魯肅으로 하여금 장사·강하·계양 세 군을 돌려받아 거두고, 육구陸口 땅에 군사를 주둔하도록 분부했다. 그리고 지방을 지키는 여몽呂蒙과 감영甘寧을 소환하고, 사람을 여항餘抗 땅으로 보내어 능통凌統을 불러오라 했다.

이리하여 먼저 온 사람은 여몽과 감영이었다.

여몽이 의견을 아뢴다.

"조조가 여강廬江 태수太守 주광朱光으로 하여금 환성 땅에 군사를 주둔시키게 하고 널리 벼농사를 지어서 합비 땅 창고에 쌓게 하는 등 전쟁 준비를 하니, 먼저 환성 땅을 무찌른 이후에 합비 땅을 공격하십시오."

"그 생각이 내 마음에 맞는도다."

하고 손권이 대답했다.

드디어 여몽과 감영은 선봉이 되고 장흠蔣欽, 반장潘璋은 후군이 되고, 손권은 친히 주태周泰·진무陳武·동습董襲·서성徐盛을 거느리고 중군이 되니, 이때 정보程普·황개黃蓋·한당韓當은 지방을 지키고 있었기 때문에 참가하지 못했다.

이리하여 오의 군사는 강을 건너 화주和州 땅을 휩쓸고 바로 환성 땅에 들이닥쳤다. 환성 태수 주광은 곧 사람을 합비 땅으로 보내어 구원을 청하고, 동시에 성을 굳게 지키기만 하고 나오지 않았다.

손권이 성 밑까지 가서 둘러보는데, 화살이 빗발치듯 내려와 비단 일산日傘을 맞추었다.

손권이 영채로 돌아와 모든 장수들에게 묻는다.

"어떻게 해야 환성을 함락할 수 있을꼬?"

동습이 대답한다.

"군사를 시켜 성 곁에다 흙산을 쌓고 공격해야 합니다."

서성이 다른 의견을 고한다.

"구름 사다리를 세우고 무지개 다리를 만든 다음에, 성안을 굽어보고 공격해야 합니다."

여몽이 말한다.

"그건 다 많은 시간이 걸려야 되니, 그러는 동안 합비에서 구원군이라도 오는 날이면 우리는 실패하고 맙니다. 우리 군사는 이곳에 온 지 얼마 안 되기 때문에 사기가 왕성하니, 힘을 분발하여 공격하도록 하십시오. 내일 일제히 공격하면 오시午時나 미시未時에는 성을 격파할 수 있으리다."

손권은 여몽의 뜻을 따르기로 했다.

이튿날, 5경에 조반을 마치고 삼군이 일제히 진격하니 성 위에서 화살과 돌이 마구 날아 떨어진다.

감영이 방패를 잡고 화살과 돌을 무릅쓰며 성벽을 올라가는데, 주광이 궁노수를 시켜 마구 화살을 쏘아낸다. 감영이 화살을 방패로 막으면서 올라가 쇠사슬로 주광을 후려갈겨 쓰러뜨리는데, 여몽은 친히 북을 울리고, 군사들은 일제히 성 위로 기어올라가 주광을 난도질해 죽이니 항복하는 자가 속출했다.

드디어 환성이 함락된 때는 겨우 진시辰時(오전 7시~9시)였다. 이때 장요張遼는 군사를 거느리고 구원하러 오다가, 도중에서 파발꾼을 만나 환성이 함락되었다는 말을 듣자, 곧 군사를 돌려 합비 땅으로 도로 돌아갔다.

손권이 환성에 들어가니, 능통이 또한 군사를 거느리고 왔다. 손권은 군사를 위로하고 소를 잡고 술을 걸러 삼군을 배불리 먹이고, 여몽과 감영 등 모든 장수들에게 많은 상을 주고 잔치를 벌여 공로를 축하했다. 여몽은 감영에게 윗자리를 사양하고 그의 공로를 크게 칭찬한다.

술이 얼근히 취하자 능통은 감영에게 죽임을 당한 부친(제38회 참조) 생각이 났다. 더구나 여몽이 감영의 이번 공로를 과도히 찬양하는 꼴도 보기 싫었다.

능통은 화가 나서 원수인 감영을 한참 노려보다가, 좌우 사람의 허리에 있는 칼을 쑥 뽑아 들고, 잔치 자리로 나서서 말한다.

"잔치에 흥취가 없으니 나의 칼춤을 보라."

감영이 선뜻 그 뜻을 알아차리고 자리에서 벌떡 일어나, 두 손에 창을 잡고 뚜벅뚜벅 걸어 나와 말한다.

"이 잔치 자리에서 나의 창 쓰는 법을 보라."

여몽은 두 사람의 살기 띤 모습을 보고, 한 손에 방패를, 또 한 손에는 칼을 잡고 둘 사이로 썩 들어서더니,

"두 분의 무예가 능란하지만, 다 나의 솜씨만 못하리다."

하고 칼과 방패로 춤을 추며 둘 사이를 떼어놓는다.

이 사태는 곧 손권에게 알려졌다. 손권이 황망히 말을 타고 잔치 자리로 달려오니, 그제야 세 사람은 무기를 놓았다.

손권이 묻는다.

"내, 항상 그대 두 사람에게 이르기를 지난날의 원한은 생각지 말라 했는데, 오늘 왜들 또 이러느냐?"

능통이 땅에 엎드려 절하며 방성통곡하니, 손권은 거듭 타이르고 위로했다.

이튿날, 삼군은 합비 땅을 치려고 출발했다.

한편, 장요는 환성 땅을 잃고 합비에 돌아와서 수심에 잠겨 있는데, 설제薛悌가 조조에게서 나무 갑匣 하나를 받아왔다. 보니 나무 갑에는 조조의 봉인이 찍혀 있고, 그 곁에 '적군이 오거든 열어보라賊來乃發'고 적혀 있었다.

이날 손권은 친히 10만 대군을 거느리고 와서 합비성을 공격한다. 장요가 비로소 나무 갑을 열어보니, 글이 나오는데,

　　손권이 오거든 장張·이李 두 장수는 나가서 싸우고, 악장군樂將
　　軍은 성을 지키라

고 씌어 있었다.

장요는 그 글을 이전李典과 악진樂進에게 보였다.

악진이 묻는다.

"장군의 뜻은 어떠하시오?"

장요가 대답한다.

"주공께서 먼 곳을 치러 가고 안 계시기 때문에 오의 군사는 이 기회

에 우리를 격파할 수 있다고 믿을 것이오. 그러니 우리도 군사를 거느리고 나가서 힘껏 싸워 그들의 날카로운 기상을 꺾어 인심을 안정시킨 후에 성을 지켜야 하오."

그러나 이전은 평소 장요와 사이가 좋지 않았기 때문에, 듣고도 못 들은 척했다.

악진은 이전이 대답 않는 것을 보고 말한다.

"적군은 많고 우리 군사는 적으니, 대적하기 어렵소. 차라리 굳게 지킵시다."

"두 분은 개인 감정만 말할 뿐 공사를 돌보지 않는구려. 그렇다면 나 혼자 나가서 죽음을 각오하고 적군과 싸워 결판을 내겠소."

하고, 장요는 군사들에게 말을 대령하라 분부한다.

그제야 이전이 벌떡 일어선다.

"장군이 그처럼 말씀하시니, 내 어찌 개인 감정으로 공사를 모르는 체하리요. 바라건대 지휘하는 대로 따르겠소!"

장요가 크게 반긴다.

"이장군이 나를 기꺼이 돕겠다니 고맙소. 내일 일지군을 거느리고 소요진逍遙津 북쪽에 가서 매복하고 있다가, 적군이 쳐들어오거든 먼저 소사교小師橋 다리를 끊어버리시오. 나는 악진과 함께 적군을 무찌르겠소."

이전은 명령을 받자 군사를 거느리고 매복하러 떠나갔다.

한편, 손권은 여몽과 감영으로 전대를 삼고, 자기는 친히 능통과 함께 중대가 되고, 그 외의 모든 장수들도 계속 출발하여 합비 땅을 바라보며 쳐들어갔다.

앞서가던 여몽과 감영은 군사를 거느리고 쳐들어가다가 바로 악진과 서로 마주쳤다. 감영은 여몽에게 손짓하여 일제히 군사를 거느리고 악진을 뒤쫓는다.

소요진에서 손권을 쫓는 장요

　뒤에 처져 후군으로 오던 손권이 전군이 이겼다는 보고를 받고 군사를 재촉하여 소요진 북쪽에 이르렀을 때였다. 문득 포 소리가 잇달아 일어나더니, 왼편에서는 장요가 군사를 거느리고 내달아오고, 오른편에서는 이전이 군사를 거느리고 달려 나온다.

　손권이 깜짝 놀라 급히 사람을 시켜 여몽과 감영에게 가서 구원을 청하라고 했을 때는 장요의 군사가 눈앞까지 쳐들어왔다. 그러나 손권을 모시는 능통은 수하에 기병 3백여 명밖에 없었다. 그 많은 조조의 군사를 대적할 도리가 없어 무너지는데, 능통이 큰소리로 외친다.

　"주공은 왜 속히 소사교를 건너가지 않습니까!"

　말이 끝나기도 전에 장요가 기병 2천여 명을 거느리고 들이닥친다. 능통이 몸을 돌려 죽음을 각오하고 싸우는데, 그 동안에 손권은 말을 달려 소사교로 들어선다.

그러나 어찌하리요. 소사교는 남쪽으로 한 길 남짓 끊어져 널판때기 한 조각 남아 있지 않았다. 손권은 눈앞에 다리가 끊어진 것을 보고 깜짝 놀라 어쩔 줄을 모르는데, 아장牙將 곡리谷利가 큰소리로 외친다.

"주공은 일단 말을 뒤로 물러세웠다가, 다시 달려가서 다리가 끊어진 곳을 뛰어넘으십시오!"

손권은 곧 말을 돌려 세 길 남짓 물러갔다가 다시 말을 돌려 쏜살같이 달리며 채찍을 번쩍 들어 치니, 말은 한 번 뛰어 허공을 날아 다리 남쪽 언덕에 내려선다.

후세 사람이 이 일을 찬탄한 시가 있다.

유현덕이 적로마를 타고 단계를 뛰어넘은 일이 있더니
이젠 오후 손권이 합비에서 패하게 됐도다.
손권이 물러서서 준마를 달려 한 번 채찍질하니
보라, 옥룡이 소요진 위를 나는구나.
的盧當日跳檀溪
又見吳侯敗合肥
退後著鞭馳駿騎
逍遙津上玉龍飛

손권이 다리 남쪽 언덕에 뛰어내리자, 서성徐盛과 정봉丁奉은 급히 배를 저어와서 영접했다.

한편 능통과 곡리는 장요와 맞붙어 싸우는데, 감영과 여몽이 군사를 거느리고 구원하러 왔지만, 이전이 길을 끊고 무찌르는 바람에 크게 당하여, 결국 동오의 군사는 거의 반을 잃게 됐다.

능통이 거느린 군사 3백여 명은 모두 전사했고, 능통도 창에 찔려 몇 군데 부상을 입고 소사교로 가보니 다리는 이미 끊어졌다. 강물을 따라 달아나는데, 손권이 배 안에서 바라보고 급히 동습董襲을 시켜 구출하도록 했다. 동습이 배를 저어가서 겨우 능통을 맞이하여 태우고 황급히 돌아왔다. 여몽과 감영도 죽을힘을 다해 겨우 남쪽 언덕으로 도망쳐 돌아왔다.

이번 싸움에 강남 사람들은 어찌나 혼이 났던지, 밤에 울어대는 어린 아이들까지도 '장요가 온다'고 하면 울음을 그쳤다.

모든 장수들은 손권을 호위하고 영채로 돌아왔다. 손권은 능통과 곡리에게 많은 상을 주고 군사를 거두어 유수濡須 땅으로 돌아가서 병선들을 정돈하고 다시 수륙 양로로 일제히 진격하기로 결정했다. 동시에 사람을 강남으로 보내어 새로운 군사들을 데려왔다.

한편, 장요는 손권이 유수 땅에 있으면서 다시 군사를 일으켜 쳐들어올 준비를 하고 있다는 보고를 받자, 합비 땅의 적은 군사로는 대적하기 어려우므로 급히 설제를 한중 땅으로 보내어 사태를 조조에게 보고하고, 군사를 보내달라고 청했다.

조조는 모든 관리들과 함께 상의한다.

"이 참에 서천까지 쳐들어갈 것인가?"

유엽이 대답한다.

"이제 촉 땅은 제법 안정되고 언제든지 싸울 수 있는 준비도 마친 모양이니, 지금 쳐들어가서는 안 됩니다. 차라리 군사를 거느리고 강남으로 가서 합비를 도와야 합니다."

이에 조조는 한중 땅 요충지인 정군산定軍山을 지키도록 하후연을 남겨두고, 몽두암蒙頭巖 등 요충지는 장합에게 맡긴 뒤에 그 나머지 군사

들은 다 영채를 뽑고 유수 땅을 향하여 급히 남하하니,

무장한 기병들이 비로소 한중 땅을 평정하더니
전기戰旗는 다시 강남을 향하여 달린다.
鐵騎甫能平豌右
旌滴又復指江南

남쪽에서 승부가 어찌 날 것인가.

제68회

감영은 기병 백여 기를 거느리고 위군 영채를 습격하고
좌자는 조조에게 술잔을 던지고 희롱하다

손권이 유수 땅에서 군사를 수습하고 있는데, 조조가 한중 땅에서 군사 40만 명을 거느리고 합비 땅을 도우러 온다는 보고가 들이닥쳤다.

손권은 모든 모사들과 의논하고, 먼저 동습과 서성 두 장수에게 명령을 내린다.

"큰 배 50척을 거느리고 유수 어귀에 가서 매복하라."

또 진무에게도 영을 내린다.

"군사를 거느리고 가서 강변을 오르내리며 순초巡哨하라."

그들이 떠나자 장소가 고한다.

"이제 조조가 먼 길을 오니, 우리는 먼저 그들의 날카로운 기운을 꺾어야 합니다."

손권이 막하의 장수들에게 묻는다.

"조조가 먼 길을 오니, 누가 먼저 그들을 격파하고 날카로운 기운을 꺾겠느냐?"

능통이 썩 나선다.

"제가 가겠나이다."

"군사를 얼마나 데리고 가겠느냐?"

"3천 명이면 족합니다."

감영이 나선다.

"기병 백 명이면 곧 적을 격파할 수 있는데, 3천 명씩이나 데려가서 뭣에 쓸 테냐?"

능통은 벌컥 화를 내며 손권 앞에서 감영과 입다툼을 한다.

손권이 말리듯 말한다.

"조조의 군사가 워낙 많다니, 적을 경솔히 봐서는 안 된다. 능통은 군사 3천 명을 거느리고 유수 어귀로 나가서 초탐哨探하되, 적군이 오거든 곧 싸우라."

능통은 명령을 받고 군사 3천 명을 거느리고 유수를 떠나가다가 보니, 저편에서 누런 먼지가 일어나며 조조의 군사가 벌써 오고 있었다.

능통은 조조의 장수인 선봉 장요와 어우러져 50여 합을 싸웠으나 승부가 나지 않는다. 손권은 이 소식을 듣고 혹 능통을 잃지나 않을까 두려워서 여몽을 보내어 돕게 하고, 그 대신 능통을 소환했다.

감영은 능통이 돌아오는 것을 보자, 곧 손권에게 청한다.

"저는 오늘 밤에 기병 백 명만 거느리고 가서 조조의 영채를 습격하겠습니다. 만일 군사 한 사람이라도 잃고 오거든 저의 공로를 인정하지 마십시오."

손권은 감영의 뜻을 장하게 여기고, 씩씩한 기병 백 명을 뽑아 감영에게 주고, 또 술 50병과 염소 고기 50근을 주어 격려했다.

감영은 자기 영채로 돌아가서 군사 백 명을 늘어앉히고, 먼저 은 주발에 술을 따라 연거푸 두 잔을 마신 뒤에 말한다.

"주공의 분부를 받고 오늘 밤에 적군 영채를 습격할 테니, 청컨대 제군들은 통쾌히 마시고 분투해주기 바란다."

모든 사람들은 이 말을 듣자 서로 쳐다보며 얼떨떨해한다.

감영은 군사들의 곤란해하는 기색을 보고는 칼을 쭉 뽑아 들고 노하여 꾸짖는다.

"장수인 나도 목숨을 아끼지 않는데, 너희들이 뭣을 주저하느냐!"

군사들은 감영의 기색을 살피고 모두 일어나 절한다.

"바라건대 죽음을 무릅쓰고 힘껏 싸우겠습니다."

감영은 군사 백 명과 함께 술과 고기를 다 먹었다.

밤 2경이 되자, 각기 흰 거위 털을 하나씩 투구에 꽂아 표지를 삼고, 모두 다 말을 타고 나는 듯이 조조의 영채로 몰려가서 녹각鹿角(방어봉 防禦棚 같은 것)을 뽑아버리고 크게 함성을 지르며 바로 중군 쪽으로 쳐들어가 조조를 죽일 작정이었는데, 원래 중군이 있는 곳은 철통처럼 수레를 둘러놓았기 때문에 돌진할 수가 없었다.

그래서 감영은 말 탄 군사 백 명을 거느리고 좌충우돌한다. 조조의 군사들은 놀라고 정신을 못 차려 적병이 얼마나 왔는지를 몰라 저희들끼리 치고 밟고 야단이다. 그 기회를 놓치지 않고 감영과 기병 백 명은 영채 안을 종횡 무진으로 달리며 닥치는 대로 쳐죽이니, 그제야 모든 영채에서 각기 북을 치며 횃불이 별처럼 나타나고 함성이 진동한다.

감영이 영채 남쪽 문을 무찌르고 나오는데, 감히 앞을 막는 자가 없다. 벌써 손권이 보낸 주태가 일지군을 거느리고 와서 돕는다.

한바탕 무찌르고 난 감영이 기병 백 명을 거느리고 돌아가는데, 조조의 군사들은 혹 복병이 있지나 않을까 겁이 나서 감히 추격하지도 않았다.

후세 사람이 감영을 찬탄한 시가 있다.

기병 백여 기를 거느리고 조조의 영채를 습격하는 감영

북소리가 땅을 진동하며 오니
동오의 군사가 이르는 곳마다 귀신이 통곡하도다.
흰털을 꽂은 백 명 군사가 조조의 영채를 꿰뚫었으니
사람마다 감영을 범 같은 장수라 하더라.

鼚鼓聲喧震地來
吳師到處鬼神哀
百翎直貫曹軍寨
盡說甘寧虎將才

　감영이 군사를 거느리고 돌아와서 점호하니, 죽은 사람이라곤 한 명
도 없었다. 그들이 영문營門 앞에 가서 북을 치고 피리를 불며 만세를 부

르니 그 환호성이 크게 진동한다.

손권은 친히 나와서 백 명의 군사를 영접하니, 감영이 말에서 뛰어내려 절하고 엎드린다.

손권은 감영을 부축해 일으켜 손을 잡고 말한다.

"장군이 이번에 늙은 역적 조조를 혼내줬도다. 내가 위험한 곳으로 보낸 것은 장군의 용맹을 보기 위해서였다."

하고, 비단 천 필과 날카로운 칼 백 자루를 하사하니, 감영은 절하고 받아다가 군사 백 명에게 나누어주었다.

손권은 모든 장수들에게 말한다.

"조조에겐 장요가 있지만, 내게는 감영이 있으니 족히 서로 싸울 만하다."

이튿날, 장요는 군사를 거느리고 와서 싸움을 건다.

능통은 전날 감영이 공로를 세웠기 때문에 분연히 청한다.

"바라건대 장요와 싸우겠습니다."

손권이 허락하니, 능통은 군사 5천 명을 거느리고 유수 땅을 떠나갔다. 손권은 친히 감영을 거느리고 싸움을 보러 뒤따라간다.

양쪽이 둥글게 진영을 세우고 나자, 장요가 말을 타고 나오는데, 이전은 왼쪽에서, 악진은 오른쪽에서 호위하듯 따라 나온다.

능통이 칼을 잡고 말을 달려오니, 장요는 악진을 내보내어 싸우게 한다. 그런데 두 장수가 어우러져 싸운 지 50여 합에도 승부가 나지 않는다.

조조는 이 말을 듣자 친히 말을 타고 문기 아래로 나가서 두 장수가 한참 싸우는 걸 바라보다가, 곁에 있는 조휴曹休에게 분부한다.

"숨어서 몰래 적장을 쏘아라."

조휴는 곧 장요의 등뒤로 돌아가서 몸을 숨기고 몰래 활을 쐈다. 화살이 날아가 능통이 탄 말에 꽂히니, 놀란 말은 꼿꼿이 선 채로 몸을 뒤흔들어 능통을 땅에 메어꽂는다. 악진이 기회를 놓치지 않고 달려와서 능통을 막 창으로 찌르려는데, 화살 날아오는 소리가 난다. 순간 악진은 얼굴에 화살을 맞고 말에서 굴러 떨어진다.

이에 양쪽 군사들은 일제히 달려 나와 각기 자기편 장수를 구출하여 영채로 돌아가고, 서로 징을 울려 싸움을 파했다.

죽다가 가까스로 살아온 능통은 손권에게 절하고 감사한다.

손권이 말한다.

"활을 쏘아 그대를 구해준 사람은 감영이다."

능통이 감영에게 머리를 조아린다.

"귀공이 이렇듯 나에게 은혜를 베풀어줄 줄은 몰랐소이다."

이때부터 능통은 감영에 대한 복수심을 버리고 생사를 함께하기로 서로 맹세했다.

조조는 악진을 장중에서 치료하게 하고, 이튿날 군사를 다섯 방면으로 나누어 일제히 유수 땅을 향하여 나아간다. 조조는 친히 중간 길로, 장요는 왼편 첫째 길로, 이전은 둘째 길로, 그리고 서황은 오른편 첫째 길로, 방덕은 둘째 길로 각기 군사 만 명씩을 거느리고 강변으로 쳐들어갔다.

이때 동습과 서성 두 장수는 배 위에 있었는데, 조조의 군사가 다섯 길로 나뉘어 쳐들어오는 것을 보자 모든 군사들은 겁에 질렸다.

"임금의 녹을 먹었으면 충성을 다할 뿐이거늘, 너희들은 무엇을 두려워하느냐!"

서성은 꾸짖고 용맹한 군사 수백 명을 거느리고 조그만 배에 나누어 타고 강을 건너가서, 쳐들어오는 이전의 군사 속으로 쳐들어갔다.

배 위에 남은 동습은 군사들을 독촉하여 북을 치고 함성을 지르며 응

원을 보내는데, 문득 사나운 바람이 크게 일어난다. 즉시 하얀 파도가
하늘을 뒤흔들며 날뛰니 군사들은 배가 뒤집어질 것을 알고 조그만 배
들을 내리며 각기 도망치려 하는데, 동습이 칼을 들어,

"장수가 임금의 명령을 받고 도둑들을 막는데, 어찌 배를 버리고 달
아나려 하느냐?"

크게 호통치고 배에서 내리는 군사 10여 명을 참한다.

그러나 바람은 더욱 크게 불고, 파도는 미쳐 날뛰어 배가 뒤집히니,
동습은 마침내 강에 빠져 죽고, 강 건너편에서는 서성이 이전의 군사 속
을 달리며 좌충우돌한다.

이때 진무는 조조의 군사가 강변까지 쳐들어와서 격전이 벌어졌다
는 소식을 듣고, 일지군을 거느리고 오다가 바로 방덕을 정면으로 만나
양쪽 군사들간에 혼전이 벌어졌다.

유수성濡須城 안에 있던 손권은 조조의 군사가 강변까지 쳐들어왔다
는 보고를 듣고 친히 주태와 함께 군사를 거느리고 가서 돕는데, 서성이
이전의 군사들 속에서 싸우는 것이 보인다. 손권은 곧 군사를 지휘하여
서성을 도우러 달려가다가 장요와 서황이 거느린 양로군兩路軍을 만나,
도리어 포위를 당하고 말았다.

조조는 높은 언덕에 올라가서 포위당한 손권을 굽어보며 허저에게
명령을 내렸다. 이에 허저는 칼을 잡고 나는 듯이 달려가서 손권의 군사
를 두 갈래로 끊어 서로 돕지 못하게 했다. 이에 주태가 조조의 군사를
마구 무찌르고 나와 강변까지 이르러 돌아보니, 손권이 보이지 않는다.

주태는 즉시 말을 돌려 다시 적군 속을 뚫고 들어가서 본부 군사를
만나,

"주공이 어디 계시냐?"

물은즉, 군사가 손을 들어 적군이 많은 곳을 가리킨다.

"주공께서는 저렇듯 포위를 당하여 매우 위급합니다."

주태는 그곳으로 쳐들어가서 겨우 손권을 찾자,

"주공은 저의 뒤를 따라 나오십시오."

하고 앞장서서 힘을 분발하여 적군을 닥치는 대로 쳐죽이며 겨우 벗어나 강변에 이르러 돌아보니, 또 손권이 보이지 않는다.

그는 다시 말을 돌려 적군을 뚫고 들어가서 다시 손권을 찾아냈다.

손권이 말한다.

"적군이 일제히 활을 쏘니, 빠져 나갈 수가 없다. 어찌하면 좋을꼬!"

"이번엔 주공께서 앞장서십시오. 제가 뒤따르면 가히 벗어날 수 있습니다."

이에 손권은 말을 달려 앞서가고, 주태는 바짝 뒤따르며 좌우를 막고 호위하느라, 몸은 연방 창에 찔리고 날아오는 화살이 두꺼운 갑옷을 뚫고 박히건만, 무서운 힘을 분발하여 마침내 손권을 구출하여 강변에 이르렀다. 기다렸다는 듯이 여몽이 일대의 수군을 거느리고 와서 배를 준비해놓고 손권을 맞이하여 태웠다.

손권이 말한다.

"나는 주태가 세 번씩이나 적군을 무찔러준 덕분에 포위를 뚫고 나왔다만, 지금 서성 또한 적군 포위 속에서 곤경에 빠져 있으니, 어찌 구출해낼꼬?"

주태가 고한다.

"제가 다시 가서 서성을 구출해오리다."

마침내 주태는 창을 바퀴 돌리듯 돌리며 다시 적군을 마구 죽이면서 뚫고 들어가서 서성을 구출해 돌아오는데, 두 장수는 다 중한 상처를 입었다.

배 위의 여몽은 군사를 시켜 뒤쫓아오는 조조의 군사들을 향해 마구 활을 쏘아 접근하지 못하게 하고, 주태와 서성을 급히 맞이하여 배에 태웠다.

한편, 방덕과 한바탕 큰 싸움을 치른 진무는 뒤에서 응원 오는 군사가 없어서 쫓겨 달아나다가 산골짜기로 몰리는데, 수목과 덤불이 울창하였다. 달아나던 진무는 다시 싸우려고 말을 획 돌리는 순간 전포 소매가 나뭇가지에 걸려서 몸의 균형을 잡지도 못한 채, 뒤쫓아온 방덕의 칼을 맞고 무참히 죽었다.

조조는 손권이 달아나는 것을 보고 친히 말에 채찍질하여 군사를 몰고 강변에 이르러 활을 쏘아 대전한다. 이윽고 배 위의 여몽은 화살을 다 쏘아버린 것을 알자 당황해하는데, 홀연 저편에서 한 떼의 배가 온다. 그 배들의 선두에 선 장수는 바로 손책의 사위 육손陸遜이었다. 수군 10만 명을 거느리고 온 육손은 빗발치듯 화살을 쏘아 조조의 군사를 일단 막고, 이어서 상륙 작전을 감행하여, 달아나는 적군을 뒤쫓아 닥치는 대로 쳐죽이고 전마 수천 필을 노획했다. 조조 군사의 사상자는 이루 헤아릴 수 없을 정도였으며, 그들은 크게 패하여 돌아갔다.

손권의 군사는 싸움이 끝난 뒤에야 죽은 진무의 목을 발견했다. 손권은 진무가 죽고 동습이 강에 빠져 죽은 것을 알자 매우 애통해하며, 사람을 시켜 강 속의 시체를 건져 올려 그들을 성대히 장사지내주었다. 그는 또 자기를 위기에서 구출해준 주태의 공로에 감격하고 잔치를 베풀었다. 손권은 친히 잔을 잡아 술을 따라서 주태에게 주고, 그 등을 쓰다듬는데, 눈물이 비 오듯한다.

"경이 두 번씩이나 목숨을 아끼지 않고 적군을 무찌르고 나를 구출해내느라고 온몸이 창에 찔려 상처투성이니, 내 어찌 그대를 친형제로서 대하지 않을 수 있으리요. 경에게 모든 병권을 맡기노라. 경은 나의 공신이니 장차 모든 기쁨과 괴로움을 함께하리라."

말을 마치고 주태에게 옷을 벗게 하여 모든 장수들에게 보이니, 살이 칼로 후벼 판 것 같고, 성한 데가 없었다. 손권이 손으로 상처를 일일이 가리키며 물으니, 주태는 상처를 입던 때의 싸우던 정상情狀을 낱낱이 말하는데, 상처 하나마다 큰 잔으로 한잔씩 마시게 한다. 이날 주태는 잔뜩 취했다.

손권은 주태에게 청라산靑羅傘을 하사하며,

"앞으로는 이 청라산을 바치고 드나들라."

하고 영광을 드날리게 하는 동시에 특전을 내렸다.

손권은 유수 땅에 있으면서 조조와 서로 겨룬 지 한 달이 넘었으나, 이기지 못했다.

장소와 고옹이 손권에게 고한다.

"조조의 형세가 너무 커서 우리 힘으로는 싸워 이길 수 없습니다. 만일 오래 싸우면 군사를 크게 잃고 맙니다. 그러니 화평을 청하고 백성들을 안정시키는 것이 상책인가 합니다."

손권은 그 말을 좇아 보즐步庄을 조조의 영채로 보내어, 해마다 공물을 바치기로 하고 화평을 청했다.

조조도 또한 빠른 시일 내에 강남을 무찌르지 못할 것을 알고,

"손권은 먼저 군사를 거두어라. 그러면 나도 군사를 거느리고 돌아가겠다."

하고 허락했다.

보즐이 돌아와서 보고하니, 손권은 유수 땅을 지키도록 장흠蔣欽과 주태만 남겨두고, 군사를 모조리 배에 태우고 말릉 땅으로 돌아갔다. 이에 조조도 조인과 장요만 합비 땅에 남겨두고, 군사를 거느리고 허도로 돌아간다. 조조가 군사를 거느리고 허도에 돌아오니, 문무 고관들은 다 조조를 위왕으로 높이자고 발의했다.

상서尚書로 있는 최염崔琰이 옳지 못한 일이라고 힘써 반대하자, 모든 관리들이 핀잔준다.

"그대도 순욱의 말로처럼 되고 싶은가!"

최염이 크게 노한다.

"시대의 운수인가. 반드시 변괴가 일어날 것이다. 그렇다고 해서 되어가는 대로 버려둘 것인가!"

평소 최염과 사이가 좋지 않던 자가 조조에게 그 말을 고해바쳤다. 조조는 노발대발하며 최염을 잡아들여 옥에 가두고 직접 문초했다.

그러나 최염은 범 같은 눈을 부릅뜨고 이무기 같은 수염을 곧추세우면서,

"이놈 조조야, 너는 임금을 속이는 역적이다!"

하고 꾸짖는다. 정위廷尉(재판관)가 그 말을 받아 곧이곧대로 아뢰니, 조조는 노기 충천하여 호령한다.

"그놈을 죽도록 쳐라!"

이에 최염은 옥에서 맞아 죽었다.

후세 사람이 최염을 찬탄한 시가 있다.

청하의 최염은
천성이 강직했도다.
이무기 수염에 범 눈이며
마음은 철석 같았도다.
간사한 자를 물리치고
절개를 높이 드날렸도다.
한나라 천자께 충성을 다하여
그 이름을 천추에 드날렸도다.

清河崔琰

天性堅剛

猫鬐虎目

鐵石心腸

奸邪隻易

聲節顯昻

忠於漢王

千古名揚

　건안 21년(216) 여름 5월이었다. 모든 신하들은 헌제에게 표문을 바치고 아뢴다.

　"위공 조조의 공덕은 하늘에 극하고 땅에 두루 퍼져 옛 이윤伊尹(은나라 때 명신), 주공周公(주나라 때 명신)이라도 따르지 못할 정도니, 마땅히 위왕으로 봉하소서."

　헌제는 하는 수 없이 종요鐘繇에게 조서를 기초하게 하고, 조조를 위왕으로 책립했다. 조조는 체면상 헌제에게 글을 올려 세 번 사양하고, '허락할 수 없다'는 조서를 세 번 받고서야 위왕 자리에 올랐다.

　그때부터 조조는 12류旒의 면관冕冠(류旒는 백옥을 꿰어 앞뒤로 드리운 것으로 천자와 왕은 12류, 삼공三公과 제공諸公은 7류를 드리운다)을 쓰고 여섯 마리의 말이 이끄는 금근거金根車(천자만이 탈 수 있는 수레)를 타고 천자라야 입는 의복과 의장을 갖추었으며 드나들 때는 호위병을 거느렸다. 또한 업군鄴郡에 위魏 왕궁을 기공하고 세자 세울 일을 의논했다.

　원래 조조의 본처 정丁씨는 소생이 없었고, 첩 유劉씨는 아들 조앙曹昻 하나를 두었으나 장수張繡를 쳤을 때 환성 땅에서 죽었고, 첩 변卞씨는 아들 넷을 낳았으니, 장자는 조비曹丕요 차자는 조창曹彰이요 셋째는 조식曹植이요 넷째는 조웅曹熊이었다. 그래서 정부인丁夫人을 물리치고 변씨가 위왕비魏王妃로 승격했다.

네 아들 중에서 셋째아들 조식의 자字는 자건子建으로, 그는 특히 총명해서 붓만 들면 글이 줄줄 쏟아지는 문장가였다.

조조가 재주 있는 조식을 후사로 삼으려 하니, 맏아들 조비는 아버지의 뒤를 이어받지 못할까 겁이 나서, 중대부中大夫 가후에게 어찌하면 좋겠느냐고 계책을 물었다. 가후는 조비에게 이러이러히 하라고 귓속말로 일러주었다.

그 후로 조조가 멀리 싸우러 떠날 때는 모든 아들이 전송을 하는데, 조식은 전처럼 아버지의 공덕을 칭송하는 말이 저절로 문장을 이루었고, 조비는 아버지를 전송하며 말없이 울기만 하고 절하니, 좌우에서 보는 사람들도 다 측은해했다. 이에 조조는 조식이 비록 재주와 기교는 대단하나 진실한 마음은 조비만 못하다고 생각하게 됐다.

더구나 조비는 아버지를 모시는 측근들을 매수하여 자기 덕이 놀랍도록 높다는 칭송을 퍼뜨리게 했다.

이에 조조는 후사를 세우는 데 주저하고 결정을 내리지 못하다가, 가후에게 묻는다.

"내 후사를 세우고자 하는데, 누구를 세자로 삼으면 좋겠는가?"

가후가 대답한다.

"생각하는 바가 있기 때문에 바로 대답하기 곤란합니다."

"생각이라니 무슨 생각인가?"

가후가 넌지시 대답한다.

"지난날의 원소袁紹와 유표劉表 부자를 생각한 것입니다."

그 말뜻을 알아차린 조조는 크게 웃으며, 마침내 조비를 왕세자로 삼왔다.

그 해 겨울 10월에 위 왕궁을 낙성落成하자, 조조는 사람들을 각처로 보내어 기이한 과일나무와 꽃나무를 모아 후원에 심고, 또 사자를 강남의 동오로 보내어 손권에게 왕명을 전하고 온주溫州 땅 특산물인 감자柑子(귤橘의 일종)를 가져오게 했다. 이때 손권은 조조를 위왕으로 섬겨야 하는 처지이기 때문에 온주 땅으로 사람을 파견하여 크고 좋은 감자 40짐[擔]을 골라서 업군으로 보냈다.

황감자黃柑子 짐을 메고 가던 인부들이 도중에 피곤하여 어느 산기슭에서 쉬는데, 애꾸눈에 절름발이 선생이 머리에는 백등관白藤冠을 쓰고 푸른 나의懶衣를 입고 절룩거리며 오더니, 인부들에게 말한다.

"너희들은 무거운 짐을 지고 가느라 고생이 많을 텐데, 내가 좀 져다 주면 어떻겠느냐?"

인부들은 모두들 기뻐한다. 이에 그 선생은 짐 하나마다 5리씩 져다 주는데, 그가 한 번 졌던 짐은 어찌나 가벼운지, 모두가 다 놀라고 의심한다.

선생은 황감자 운반을 감독하는 관리와 작별하면서,

"나는 위왕과 서로 잘 아는 한 고향 사람이다. 성명은 좌자左慈요, 자는 원방元放이요, 도호道號를 오각선생五角先生이라 한다. 네 업군에 가거든 위왕에게 내가 안부하더라고 전하여라."

하고 소매를 떨치고 표연히 가버렸다.

그 관리가 업군 땅에 가서 조조에게 황감자를 바쳤는데, 괴상한 일이 생겼다. 조조가 친히 쪼개는 황감자마다 껍질뿐이고 속살이 없었던 것이다. 조조는 깜짝 놀라 황감자를 운반해온 관리를 불러들여 이게 웬일이냐고 물었다. 그 관리가 도중에 만났던 좌자의 일을 아뢰었으나, 조조는 믿기지가 않았다.

그때 문지기가 들어와서 고한다.

"좌자라는 선생이 대왕을 뵙겠다고 찾아왔습니다."

조조가 불러들이니, 그 관리가 고한다.

"도중에 만났던 분이 바로 이 선생이올시다."

조조가 꾸짖는다.

"너는 어떤 요술을 썼기에 과일의 속살을 뽑았느냐?"

좌자가 웃으며,

"그럴 리가 있습니까?"

하고 과일 하나를 쪼개니, 안에 속살이 가득 차고 맛이 매우 좋았다.

그런데 조조가 쪼개는 감자는 모두 속이 비어 있었다. 조조는 더욱 놀라 좌자에게 앉을자리를 주고, 그 까닭을 물었다. 좌자는 우선 고기와 술을 달라 한다. 조조가 갖다 주게 하니, 좌자는 술을 다섯 말이나 마시고도 취하지 않고, 염소 고기 한 마리를 통째로 먹고도 배부른 기색이 없었다.

조조가 묻는다.

"너는 무슨 술법을 쓰기에 그러하냐?"

"저는 서천 가릉嘉陵 땅 아미산娥媚山에서 도를 배운 지 30년이 되던 어느 날, 갑자기 석벽 속에서 나의 이름을 부르는 소리가 들리기에 보니 아무도 없었습니다. 이런 일이 며칠 동안 계속되더니, 갑자기 뇌성벽력으로 석벽이 무너지고 그 안에서 천서天書 세 권이 나왔습니다. 그 책 이름은 『둔갑 천서遁甲天書』인데, 상권은 『천둔天遁』이요 중권은 『지둔地遁』이요 하권은 『인둔人遁』이라는 책이었습니다. 천둔을 익히면 능히 구름과 바람을 타고 하늘로 날아오를 수 있으며, 지둔을 익히면 능히 산과 돌을 뚫을 수 있으며, 인둔을 익히면 능히 구름처럼 천하를 떠돌아다니며 몸을 감추고 칼을 날리고 비수를 던져 사람 목을 끊을 수 있습니다.

대왕은 신하로서 지위가 극도에 올랐거늘 왜 물러서지 않습니까. 나를 따라 아미산에 가서 수도하면 그 천서 세 권을 가르쳐드리겠소이다."

조조가 대답한다.

"나도 물러서고 싶은 생각이 왜 없을까마는, 조정에 인물이 없어서 그러하노라."

좌자가 웃는다.

"지금 촉 땅 익주에 있는 유현덕은 바로 황실의 친척인데, 왜 그분에게 자리를 넘겨주지 않소? 내 말을 듣지 않으면 칼을 날려 너의 목을 자르리라."

조조가 격노하여,

"네가 바로 유비의 첩자로구나!"

외치고 좌우 사람에게 잡아 내리라고 호령하니, 좌자는 크게 껄껄 웃기만 한다. 조조는 옥졸들을 시켜 끌어내리고 곤장으로 힘껏 치게 했으나 좌자는 쿨쿨 잠만 잔다. 아프지도 가렵지도 않은 모양이었다.

더욱 노한 조조는 좌자에게 큰칼을 씌우고 쇠사슬을 단단히 채워 옥에 가두고 지키게 했다. 그러나 칼과 쇠사슬은 저절로 벗겨져 떨어지고, 좌자는 땅바닥에 누웠는데, 조금도 상한 데가 없었다.

7일 동안을 계속 가둬두고 음식도 주지 않았건만, 볼 때마다 좌자는 땅바닥에 단정히 앉았는데 혈색이 더 좋았다.

옥졸은 이 사실을 조조에게 보고했다.

조조가 끌어내어 문초하니, 좌자는 대답한다.

"나는 수십 년을 먹지 않아도 배고프지 않으며, 하루에 염소를 천 마리씩 먹는대도 배부르지 않노라."

조조도 더 이상 어쩔 수가 없었다.

그날 모든 관리들이 위 왕궁에 모여, 큰 잔치가 벌어졌다. 한참 술을 마시는데, 좌자가 나막신을 신고 잔치 자리에 나타나니 모든 관리들이 놀란다.

좌자가 말한다.

"대왕이 오늘 수륙진미를 갖추고 모든 신하들과 함께 크게 잔치를 하니, 천하의 진귀한 음식이 많겠으나 혹 없는 것이 있으면 내가 마련해드리리다."

조조가 대답한다.

"나는 용의 간으로 국을 끓여 먹고 싶다. 네가 능히 마련할 수 있느냐?"

"어려울 것 없습니다."

하고 좌자가 붓에 먹을 듬뿍 묻혀 분벽粉壁에다 한 마리 용을 그리고, 소매로 한 번 치자 그 용의 배가 쩍 갈라진다. 좌자는 용의 뱃속에 손을 넣어 간을 끄집어내니, 붉은 피가 뚝뚝 떨어진다.

믿을 수 없는 사실을 보고 조조가 꾸짖는다.

"네가 소매 속에 감추어 가지고 온 것이로구나."

"지금은 추운 겨울이라 초목이 다 말라 죽었지만, 대왕은 무슨 꽃을 좋아하는지요? 원하는 대로 그 꽃을 드리리다."

"나는 모란꽃을 좋아한다."

"쉬운 일입니다."

하고 좌자는 큰 화분을 가지고 오라 하여, 물을 머금고 뿜으니 순식간에 모란 줄기가 솟아오르고, 단번에 모란꽃 한 쌍이 활짝 핀다.

크게 놀란 모든 관리들은 좌자를 자리에 청하고 함께 앉아 먹는데, 조금 지나자 포인庖人(요리사)이 생선회를 바친다.

좌자가 말한다.

"생선회는 송강松江에서 잡은 노어鱸魚라야 먹을 만하지요."

조조가 비웃듯 말한다.

"송강은 여기서 천리 밖에 있으니, 어찌 구할 수 있으리요."

"쉬운 일입니다."

하고 좌자는 낚싯대를 가지고 오라 하여 뜰로 내려가더니, 연못에 그것을 드리우고 순식간에 큰 노어 수십 마리를 낚아 올린다.

조조가 말한다.

"이건 연못에 원래 있던 고기다."

"대왕은 왜 속이려 드십니까. 천하의 노어는 지느러미가 두 개뿐이나, 송강의 노어만은 지느러미가 네 개 있으니, 그것으로 판단할 수 있습니다."

관리들이 보니 지느러미가 과연 네 개씩 붙어 있다.

좌자가 말한다.

"송강 노어를 끓이는 데는 자아강紫芽薑(생강)을 넣어야 참맛이 납니다."

조조가 묻는다.

"네가 그것도 마련할 수 있느냐?"

"매우 쉬운 일입니다."

하고 좌자는 황금 분盆을 하나 가지고 오라더니, 옷으로 그 위를 덮고 잠시 뒤에 벗긴다. 황금 분에 자아강이 가득 들어 있다.

그것을 바치자 조조는 자아강을 한 움큼 집어 들고 보는데 그 황금 분 속에 책 한 권이 들어 있었다. 책 제목을 보니 바로『맹덕 신서孟德新書』(조조가 지었다는 병서. 제54회 참조)였다. 그 책 내용을 보니 한 자도 틀린 데가 없다.

조조는 이게 웬일인가 하고 의심하는데, 좌자가 옥으로 만든 잔에 맛좋은 술을 가득 따라 바치며 덕담한다.

"대왕은 이 술을 드시고 천수를 누리소서."

조조가 말한다.

"네가 먼저 마셔라."

술잔을 던지며 조조를 희롱하는 좌자

좌자는 관冠에 꽂혀 있는 옥으로 만든 잠簪(비녀의 일종으로 남자의 머리 장식)을 뽑아 술잔 속을 한 번 그으니, 술이 반반씩 둘로 나뉜다.

좌자는 그 반을 마시고 그 나머지 반을 조조에게 바친다. 조조가 크게 노하여 꾸짖는다. 이에 좌자는 그 술잔을 공중으로 던지니, 술잔은 흰 비둘기로 변하여 전각 추녀 끝을 날아서 감돈다.

모든 관리가 그 비둘기를 쳐다보는 동안에 좌자는 없어졌다.

바깥에서 문지기들이 들어와 고한다.

"지금 좌자가 궁문 밖으로 나갔습니다."

"그런 요물은 마땅히 없애버려야 한다. 그대로 뒀다가는 반드시 큰 해를 끼치리라."

하고 조조는 허저에게 완전 무장한 군사 3백 명을 주고 쫓아가서 좌자를 잡아오라 했다.

허저가 말을 타고 군사를 거느리고 달려가 성문에 이르러 바라보니, 좌자가 나막신을 신고 천천히 걸어가고 있다. 허저는 말을 달려 뒤쫓아 갔으나, 웬일인지 좌자와의 거리가 조금도 줄어들지 않는다.

좌자를 뒤쫓아 산속에 이르렀을 때였다. 조그만 목동이 한 떼의 염소를 몰고 온다. 좌자가 그 염소 떼 속으로 들어가자, 허저는 활을 쐈다. 순간 좌자는 없어졌다.

허저는 홧김에 그 염소 떼를 모조리 죽이고 돌아갔다. 목동이 주저앉아 통곡하는데, 땅바닥에 떨어진 염소 머리 하나가 문득 사람 말을 한다.

"얘야 울지 마라. 염소 머리를 다 염소 목에 올려놓아라."

목동은 어찌나 놀랐는지 낯을 가리고 달아나는데, 뒤에서 부르는 소리가 들린다.

"얘야, 놀랄 것 없다. 달아날 것도 없다. 너의 염소를 다 살려서 돌려주마."

목동이 돌아보니, 좌자가 어느새 염소를 다 살려 몰고 온다. 목동이 물어보려 하자, 좌자는 소매를 떨치고 표연히 가는데, 그 빠르기가 나는 듯해서 잠깐 사이에 보이지 않았다. 목동이 돌아와서 주인에게 고하니, 주인은 감히 이 일을 숨길 수 없어 조조에게 가서 아뢰었다.

이에 조조는 좌자의 초상을 그리게 하여 각처에 보내고 잡아들이라 엄명했다.

그런 지 3일이 지나기도 전에 성 안팎에는 애꾸눈에 절름발이가 백등관을 쓰고 청라의를 입고 나막신을 신고 나타나는데, 이처럼 얼굴 모양이 똑같은 자가 무려 3, 4백 명도 더 되었다. 이리하여 시정과 마을에 무수한 좌자가 나타나서 일대 소동이 벌어졌다.

조조는 모든 장수들을 시켜 요물을 제압한다고 돼지 피와 염소 피를 온통 뿌리고, 그 많은 좌자를 다 사로잡아 성 남쪽의 교련장에 가두었다.

그 후에 조조는 무장한 군사 5백 명을 친히 거느리고 가서 에워싸고 그 많은 좌자를 모조리 죽이는데, 머리가 떨어진 좌자의 목마다 한 줄기 푸른 기운이 치솟아 공중의 한곳에 모이더니, 그것이 하나의 좌자로 변한다. 좌자가 하늘을 향해 손짓하니, 흰 학 한 쌍이 내려와서 올라타더니, 손뼉을 치고 큰소리로 웃으며 말한다.

"흙쥐[土鼠]가 금범[金虎]을 따르니 간특한 영웅이 하루아침에 끝난다." 이것은 조조의 죽음을 예언한 것으로, 건안 25년 정월, 즉 경자庚子년 무인戊寅 달이란 뜻이다. 이것을 오행으로 따지면 경庚은 금金이며, 자子는 쥐[鼠], 무戊는 흙[土], 인寅은 범[虎]이니, 좌자의 말을 풀이하면 경자庚子 무인戊寅이 된다.

조조가 모든 장수들을 시켜 일제히 활을 쏘게 하니 문득 광풍이 크게 일어나 모래를 말아 올리고 바위가 구른다. 보라, 죽음을 당했던 시체들이 모두 벌떡 일어나 떨어진 자기 머리를 주워 들고 연무청演武廳의 조조에게 달려든다. 문관이고 장수고 할 것 없이 모두 낯을 가리고 놀라 자빠지며, 서로 돌볼 여가도 없으니,

간특한 영웅의 권세가 나라를 기울이더니
도사의 오묘한 도술은 놀랍기만 하다.
奸雄權勢能傾國
道士仙機更異人

조조의 생명은 장차 어찌 될 것인가.

제69회

관노는 주역을 점쳐 기밀을 알고
다섯 신하는 한나라 역적을 치려다가 떼죽음을 당하다

조조는 검은 바람 속에서 일어나는 시체들을 보고 놀라 나자빠졌다. 잠시 뒤에 바람은 사라지고 시체는 한 구도 보이지 않았다. 좌우 사람들이 조조를 부축하여 왕궁으로 돌아가니, 놀란 것이 병이 되어 드러눕게 됐다.

후세 사람이 좌자를 찬탄한 시가 있다.

걸음을 날리고 구름을 밟고서 천하를 두루 다니며
홀로 둔갑술을 써서 걸릴 것이 없어라.
한가로이 신선의 도술을 베풀어
간특한 조조를 혼내줬도다.
飛步凌雲遍九州
獨憑遁甲自茉遊
等閒施設神仙術
點悟曹瞞不轉頭

조조는 병이 들어 약을 써도 효험이 없었다. 마침 태사승太史丞 허지許芝가 허창에서 와서 문병한다. 조조는 답답해서 허지에게 『주역周易』으로 점을 쳐보라 한다.

허지가 되묻는다.

"대왕은 관노管輅라는 이가 점치는 데 신통한 사람이란 걸 들으셨습니까?"

"관노의 명성은 들었다마는, 그의 점술이 어떤지는 모르겠다. 네가 알거든 좀 자세히 말해보려무나."

허지가 조조에게 한 이야기는 다음과 같다.

관노의 자는 공명公明으로, 원래가 평원平原 땅 사람이다. 그는 얼굴이 못생긴데다가 술을 좋아해서, 매사에 성글고 정상이 아니었다. 그의 아버지는 일찍이 낭야군瑯琊郡 즉구郎丘 땅의 현감으로 있었는데, 관노는 어려서부터 하늘의 별을 쳐다보기를 좋아하고, 밤이 깊어도 자지 않는 버릇이 있었다.

부모가 말려도 관노는 듣지 않고 항상 말하기를,

"집 안의 닭과 들의 고니도 오히려 시각을 아는데, 더구나 이 세상에 사람으로 태어나서 어찌 미래의 일을 모른다 하리요."

하고 이웃집 아이들과 놀 때도 땅에 천문을 그리고, 해와 달과 별들을 늘어놓더니, 차차 자라서는 『주역』의 이치를 깊이 깨닫고, 바람이 부는 방향을 보아 길흉을 점치고, 수학에 신통하며, 겸하여 관상도 잘 보았다.

낭야瑯琊 태수 선자춘單子春이 그 명성을 듣고 관노를 불러들여 만나는데, 그때 소위 말 잘한다는 선비 백여 명이 늘어앉아 있었다.

관노가 선자춘에게 고한다.

"저는 나이가 아직 많지 않아서 담력이 충분하지 못하니, 청컨대 좋은 술 서 되만 주십시오. 우선 마시고 난 뒤에 말씀을 드리리다."

선자춘이 기이하게 생각하고 술 서 되를 주니, 관노는 마시고 나서 묻는다.

"지금부터 제가 상대할 사람이란 부군府君(태수)을 사방으로 모시고 앉아 있는 이분들이오니까?"

"내가 직접 그대와 토론하리라."

이에 『주역』의 이치를 말하며 따져 물으니, 관노는 힘들이지 않고 대답하는데, 그 말이 다 정묘하여 깊은 이치를 담고 있었다.

선자춘이 까다롭고 어려운 점을 들어 거듭 질문하나 관노의 대답은 청산유수처럼 막히는 데가 없어서, 아침부터 저녁까지 음식을 들여올 여가도 없었다. 이에 선자춘과 모든 선비들은 모두 탄복하였다.

이때부터 관노는 천하에 신동이란 말을 들었다.

그 후, 그 지방에 사는 곽은郭恩이란 자가 있었는데, 그들 형제 세 사람이 다 절름발이가 됐기 때문에 관노를 청해다가 점을 쳤다.

점괘를 살피고서 관노가 말한다.

"점괘를 본즉, 그대 조상의 무덤 속에 여자 귀신이 들어 있으니, 아마 그대들의 백모伯母가 아니면 숙모叔母일 것이다. 언젠가 흉년이 든 해에 쌀 몇 말을 훔쳐내려고 그 여인을 우물 속에 밀어넣고 큰 돌을 떨어뜨려 그 머리를 부순 일이 있을 것이다. 그래서 그 여인의 외로운 혼이 고통을 견딜 수 없어 하늘에 호소했기 때문에 그대들 형제가 그런 보복을 당한 것이니, 이건 무슨 방법으로도 살풀이를 할 수 없다."

곽씨 삼 형제는 흐느껴 울며 지난날에 저질렀던 범죄를 자백했다.

안평安平 태수 왕기王基는 관노의 점이 신神 같다는 명성을 듣고 집으로 초청했다. 이때 마침 그 지방 신도信都 땅 현감의 아내가 풍증으로 늘 머리를 앓고, 그 아들은 또 가슴을 앓아서 관노를 청해다가 점을 쳐봤다.

관노가 말한다.

"이 건물 서쪽 귀퉁이에 시체 둘이 들어 있는데, 한 남자는 창을 가졌고, 또 한 남자는 화살을 가지고 있다. 머리는 벽 안쪽에 놓이고, 다리는 벽 바깥쪽에 나와 있어서 창을 가진 자는 주로 상대의 머리를 찌르고 화살을 가진 자는 상대의 가슴을 찌르고 있음이라. 그래서 머리가 아프고 가슴이 아픈 것이다."

이에 땅을 8척 가량 팠더니 과연 널 두 개가 나타나는데, 그 하나에는 창이 들어 있고, 또 하나의 관에는 짐승의 뿔로 만든 활과 화살이 들어 있었다. 목질木質은 이미 썩어 있었다.

관노는 그들의 해골을 성밖 10리 되는 곳에 잘 묻어주게 했다. 그랬더니 그 현감의 아내와 아들의 병이 씻은 듯이 나았다.

한번은 관도館陶 땅 현감 제갈원諸葛原이 신흥新興 땅 태수로 도임하게 되어서 관노는 축하 인사를 하러 갔다.

그때 빈객들 중의 한 사람이 제갈원에게 말하였다.

"관노는 보이지 않는 것도 꿰뚫어보는 힘이 있습니다."

제갈원은 믿기지가 않아서 몰래 제비 알과 벌집과 거미를 세 개의 합에 각각 넣고 뚜껑을 닫은 후에, 관노를 불러 점을 쳐서 각각 무엇이 들어 있나 알아맞혀보라 했다.

관노는 괘가 이루어지자 합 뚜껑에 각기 다섯 구절의 시를 썼다. 첫째 합에 하였으되,

　　기운을 머금었으니, 머지않아 변하여
　　집 처마에 의지하리라.
　　그 형태는 암수로 분별되고
　　날개를 활짝 펼 것이니

이는 제비 알이로다.

含氣須變

依乎堂宇

雌雄以形

羽翼舒張

此燕卵也

둘째 합에 하였으되,

집이 거꾸로 매달렸으니
문이 참 많도다.
정을 감추고 독을 길러
가을이라야 변화하니
이는 벌집이로다.

家室倒懸

門戶衆多

藏精育毒

得秋乃化

此蜂貨也

셋째 합에 하였으되,

긴 다리를 뻗고
실을 토하여 그물을 짜도다.
그물을 따라 먹을 것을 구하나

이익은 어두운 밤에 있으니
이는 거미로다.

攄激長足
吐絲成羅
尋網求食
利在昏夜
此蜘蛛也

그 자리에 있던 사람들은 다 놀라고 감탄했다.

시골 마을의 한 늙은 아낙네가 소를 잃고 관노에게 점을 친 일이 있었다.

관노가 점괘를 보고 판단한다.

"북쪽 산 시냇가에서 일곱 사람이 소를 잡아먹는 중이니, 급히 가면 가죽과 고기는 찾으리라."

늙은 아낙네가 찾아가보니 띳집(모사茅舍) 뒤에서 과연 일곱 놈이 소를 구워 먹는데, 가죽과 살이 아직 남아 있었다. 늙은 아낙네는 그 고을 태수 유빈劉邠에게 고소하여 일곱 놈을 잡아들여 가두게 했다.

유빈이 늙은 아낙네에게 묻는다.

"너는 그놈들이 북쪽 산 시냇가에서 소를 잡은 줄 어떻게 알고 갔느냐?"

늙은 아낙네는 관노의 점이 신통하다고 사실대로 고했다. 유빈은 믿기지가 않아서 관노를 부중으로 초청하고, 도장 주머니와 산닭 털을 각각 통 속에 감추고, 그 속에 각각 무엇이 들어 있나 점을 쳐보라 했다.

관노가 점을 치고 말한다.

"속은 모가 나고 바깥은 둥근데內方外圓, 오색의 무늬가 있어五色成文, 보배롭고 믿음을 지키며含寶守信, 나오면 글이 있으니出則有章, 이는 도장 주머니올시다此印囊也."

그리고 계속 그 다음을 말한다.

"바위마다 새가 있음이여巖巖有鳥, 비단 같은 몸에 붉은 옷을 입었도다錦體朱衣, 날개는 검고 누르고羽翼玄黃, 새벽이면 잊지 않고 우니鳴不失晨, 이는 산닭의 털이올시다此山鷄毛."

유빈은 깜짝 놀라 관노를 귀빈으로 대우했다.

어느 날, 관노는 교외에 나가서 한가로이 산책하는데, 한 소년이 밭에서 밭갈이를 하고 있었다.

관노는 그 소년을 한참 보다가 묻는다.

"소년의 성명은 뭐라 하느냐?"

소년이 대답한다.

"저의 성명은 조안趙顏이며, 나이는 열아홉 살입니다. 감히 묻사오니 선생은 누구시오니까?"

"나는 관노라는 사람이다. 너의 눈썹과 눈썹 사이를 보니 죽음이 서려 있구나. 3일 안에 너는 죽을 것이다. 네가 생기기는 잘생겼다마는 수壽가 없으니 애석하다."

조안은 집으로 달려가서 아비에게 그 말을 고했다. 그 아비가 관노를 뒤쫓아가서 땅에 엎드려 절하며 통곡한다.

"청컨대 제 자식을 살려주십시오."

관노가 대답한다.

"이건 천명이다. 어찌 면할 수 있으리요."

"이 늙은 몸이 자식이라곤 이것 하나뿐입니다. 바라건대 살려주소서."

조안도 또한 울면서 빈다.

관노는 그들 부자의 정이 애절한 것을 보고, 이에 조안에게 말한다.

"네가 깨끗한 술 한 병과 녹포鹿脯(사슴 고기 말린 것) 한줌을 가지고 남산南山 큰 나무 아래로 가면, 반석 위에서 어떤 두 사람이 바둑을 두고 있을 것이다. 그 중 한 사람은 흰 도포를 입고 남쪽을 향하고 앉았을 것이니 그 얼굴이 매우 추악하고, 또 한 사람은 붉은 옷을 입고 북쪽을 향하고 앉았을 것이니 그 모습이 매우 아름다우리라. 너는 그 두 사람이 한참 바둑 두는 데 정신이 팔렸을 때, 그 곁에 가서 무릎을 꿇고 술을 따르고 녹포를 바치되, 그들이 술을 다 마시고 나거든 엎드려 절하고 울며 수壽를 줍소사고 사정하여라. 그러면 반드시 수명을 늘릴 수 있을 것이다. 내가 이렇게 시켰다는 말만은 하지 말아라."

노인은 관노를 자기 집으로 모시고 가서 그날 밤을 머물게 했다.

이튿날, 조안은 술과 녹포와 술잔을 준비해가지고 남산으로 들어가서 약 5, 6리쯤 가니, 과연 두 사람이 큰 소나무 밑 반석 위에서 바둑을 두느라고 정신이 팔려, 가까이 가도 전혀 돌아보지 않는다.

조안이 꿇어앉아 술과 녹포를 바치니, 두 사람은 바둑에 정신이 쏠려, 그들 자신도 모르는 사이에 술 한 병을 다 마셨다. 그제야 조안은 땅에 엎드려 절하며 수명을 늘려달라고 통곡하니, 두 사람이 크게 놀란다.

붉은 도포를 입은 분이 말한다.

"이건 관노가 시킨 것이로구나! 허나 우리 두 사람은 이미 술을 마셨으니, 불쌍히 생각하지 않을 수 없다."

흰 도포를 입은 분이 몸에서 장부를 꺼내어 살펴보고 조안에게 말한다.

"네 나이 금년에 19세라. 마땅히 죽어야 하나, 내 이제 십十 자 위에다 구九 자 하나를 더 첨가하나니 너는 99세까지 살 것이다. 돌아가서 관노에게 '다시는 하늘의 기밀을 누설하지 말라'고 전하여라. 그렇지 않으면 하늘의 꾸지람을 면하지 못할 것이라고 하여라."

이에 붉은 도포를 입은 분이 붓을 내어 구九 자 하나를 더 써넣고 나자, 한바탕 바람이 지나면서 두 분은 두 마리 흰 학으로 변하여 하늘 높이 사라졌다.

조안이 돌아가서 관노에게 물으니 대답한다.

"붉은 옷을 입은 이는 남두성南斗星이요, 흰 도포를 입은 이는 북두성北斗星이니라."

"제가 듣기에는 북두는 별이 아홉이라 하던데, 어찌 한 분뿐이십니까?"

"흩어지면 아홉이 되고, 합하면 하나가 되느니라. 북두성은 죽음을 맡고, 남두성은 살리는 일을 맡았느니라. 이제 남두성이 너에게 수를 더 주었은즉 다시 무엇을 근심하리요."

이에 아버지와 아들은 관노에게 절하고 감사했다.

태사승 허지는 여기까지 이야기를 하고, 조조에게 계속 말한다.

"그 후로 관노는 하늘의 기밀을 누설시킬까 조심하여, 다시는 사람을 위해 경솔히 점을 치지 않습니다만, 지금 그가 평원 땅에 있으니, 대왕께서 길흉을 알고자 하실 텐데 왜 부르지 않으십니까?"

조조는 크게 반기며 사람을 평원 땅으로 보내어 관노를 초청했다. 관노가 사자를 따라와서 조조에게 절한다. 조조는 점을 쳐보도록 분부한다.

관노가 대답한다.

"대왕이 당하신 것은 환술幻術인데, 무엇을 그리 근심하십니까?"

그 말을 듣자 조조는 안심하고 병이 점점 나았다.

조조가 천하의 일을 점쳐보게 하니, 관노가 괘를 베풀고 대답한다.

"삼팔三八에 종횡하여 누런 멧돼지는 범을 만나고, 정군定軍의 남쪽에서 수족 같은 사람을 하나 잃을 것입니다." 하후연이 죽는다는 예언이다.

조조는 자기 자손들이 복을 어느 정도로 오래 누리겠는지를 물었다.

관노에게 길흉을 묻는 조조. 왼쪽 끝이 관노

관노가 점괘를 보고 대답한다.

"사자궁獅子宮 안에 신위를 편안케 하고 왕도는 더욱 새로우니, 자손이 크게 귀히 될 것입니다." 조비가 한나라 천자 자리를 뺏는다는 예언이다.

조조가 궁금해서 자세히 물으니 관노가 대답한다.

"하늘의 운수란 아득하고 아득해서, 미리 알 수 없습니다. 세월이 지나면 저절로 알게 됩니다."

조조가 태사太史 벼슬을 주려고 하니, 관노는 사양한다.

"저는 명이 짧고 상相도 좋지 못해서 감히 그런 벼슬을 할 수 없습니다."

조조가 그 까닭을 물으니, 관노는 대답한다.

"저는 이마에 주골主骨이 없고, 눈동자가 분명하지 않고, 콧대(비주鼻柱)가 없고, 다리에 천근天根이 없고, 등에 삼갑三甲이 없고, 배에 삼임三

240

壬이 없으니 태산泰山에서 귀신을 다스릴 수는 있지만, 살아 있는 사람을 다스릴 수는 없습니다."

"그럼 나의 상은 어떠냐?"

"신하로서 최고의 지위에 있으니, 하필 관상은 물어서 무엇 하시렵니까."

조조가 거듭거듭 묻는데, 관노는 그저 웃기만 한다.

조조가 문무 관료들을 보이니, 관노는

"다 세상을 잘 다스릴 신하들입니다."

라고만 하였다.

조조는 여러 가지로 길흉을 물으나, 관노는 쾌히 대답하지 않았다.

후세 사람이 관노를 찬탄한 시가 있다.

평원 땅 관노의 점은 신과 같아서

능히 남두와 북두성도 계산했도다.

팔괘의 미묘한 이치는 귀신 굴도 꿰뚫고

육효의 깊은 진리는 하늘의 일도 환히 알았도다.

그는 관상을 보아 자신이 오래 살지 못할 것을 알고

스스로 마음의 근본이 신령한 것을 깨달았도다.

그 당시 그가 쓴 가지가지 기이한 술법을

뒷사람이 저서로 물려받지 못했으니 안타깝도다.

平原神卜管公明

能算南辰北斗星

八卦幽微通鬼竅

六爻玄奧究天庭

預知相法應無壽

自覺心源極有靈

可惜當年奇異術

後人無復授遺經

조조는 동오와 서측 두 곳에 관한 점을 쳐보게 했다.

관노가 괘를 베풀어보고 대답한다.

"동오에선 주인이 대장 한 사람을 잃을 것이며, 서측에선 군사가 경계를 침범해 들어올 것입니다."

조조는 그 말을 믿으려 하지 않는데, 합비 땅에서 보고가 왔다.

"동오의 육구 땅을 지키는 장수 노숙이 신고身故가 있다 합니다."

조조는 그제야 크게 놀라 즉시 한중으로 사람을 보내어 그간 소식을 알아오게 했다.

며칠이 지난 뒤 한중에 갔던 자가 급히 돌아와서 고한다.

"유현덕이 장비와 마초를 하변下辨 땅으로 보내어 군사를 주둔시키고, 관소關所를 치는 중입니다."

조조는 대로하여 친히 대군을 거느리고 다시 한중으로 가려고 관노에게 점을 쳐보라 했다.

관노는 말한다.

"대왕은 함부로 움직이지 마십시오. 내년 봄에 허도에 불이 날 것입니다."

조조는 관노의 예언이 다 들어맞은지라, 감히 움직이지 않았다. 조조는 업군 땅에 그냥 머물러 있으면서, 조홍曹洪에게 군사 5만 명을 주어 동천 땅에 가서 하후연과 장합을 도우며 함께 지키게 하고, 또 하후돈에게 군사 3만 명을 주어 허도에 가서 항상 순찰하면서 뜻밖의 변에 대비하도록 하고, 또 장사長史 벼슬에 있는 왕필王必에게 어림군御林軍을 통솔하도록 명령을 내렸다.

주부 사마의가 고한다.

"왕필은 술을 좋아하고 성격이 너무 너그러워서 어림군을 통솔할 만한 인물이 못 됩니다."

"왕필은 내가 갖은 위험을 무릅쓰고 고생을 할 때부터 따라다닌 사람이다. 그는 충성심이 있고 또한 부지런하며 마음이 철석 같은 사람이니, 어림군을 통솔할 적임자다."

하고 조조는 왕필에게 어림군을 맡기고, 허도 동화문東華門 밖에 주둔하라 분부했다.

이때 한 사람이 있으니, 그의 성명은 경기耿紀요 자를 계행季行이라 하는데, 낙양洛陽 땅 출신이었다. 그는 지난날 승상부 속관屬官으로 있다가 뒤에 소부少府의 시중侍中으로 옮긴 사람인데, 평소 사직司直(부정을 다스리는 벼슬) 위황韋晃과 친한 사이였다. 경기는 조조가 왕이 되면서부터 출입할 때마다 천자와 다름없는 복장을 하고 수레를 타는 것을 보고 매우 괘씸하게 생각했다.

건안 23년(218) 봄 정월이었다. 경기는 친한 사이인 위황과 비밀리에 모의한다.

"역적 조조가 날로 간특하고 악독하니, 멀지 않은 장래에 반드시 천자의 자리를 빼앗을 것이오. 우리가 한나라의 신하로서 어찌 그 흉악한 놈을 도울 수 있으리요."

위황이 동조한다.

"내게 심복 한 사람이 있소. 그의 이름은 김의金暐로, 바로 정승을 지낸 김일제金日磾의 후손이지요. 그는 평소부터 역적을 칠 생각이 있고, 더구나 겸하여 왕필과는 매우 친한 사이니, 그들과 함께 의논하면 큰일을 성공시킬 수 있소."

경기가 묻는다.

"그 김의란 사람이 왕필과 친한 사이라면, 우리와 함께 일을 할 리 있 겠소."

"그러니 우리가 김의 집에 가서 수작을 걸어봅시다. 그러면 그의 태 도를 알 수 있을 것이오."

이에 위황과 경기는 김의의 집으로 갔다.

김의는 두 사람을 후당으로 영접해 들이고 각기 자리를 정했다.

위황이 말을 꺼낸다.

"그대가 장사 왕필과 매우 친한 사이라기에, 우리 두 사람이 특히 청 을 하려고 왔소."

김의가 묻는다.

"청이라니 무슨 일이신지요?"

위황이 말한다.

"내 들으니 위왕(조조)이 조만간에 천자의 자리를 물려받아 장차 보 위寶位(천자 자리)에 오를 것이라 합니다. 그렇게 되는 날이면, 귀공과 장사 왕필은 반드시 높은 지위에 오를 것이니, 그때 우리를 버리지 말고 간곡히 끌어주면 그 은혜를 잊지 않으리라."

김의가 소매를 떨치며 벌떡 일어서는데, 마침 아랫것이 차를 가지고 들어왔다. 김의는 그 찻잔을 들어 방바닥에 던진다.

위황이 거짓으로 놀라는 체한다.

"귀공은 친구를 이리도 박정하게 대하는가?"

김의가 꾸짖는다.

"내가 친하게 사귄 것은 너희들이 다 한나라 대감들의 후손이기 때문 이었다. 그런데 이제 알고 보니 너희들은 근본을 망각하고 역적을 도울

古道斜陽同秉冊心思報國
耿紀韋晃討曹操

長堤衰柳各持素手欲擎天

조조를 제거할 계책을 의논하는 경기, 위황, 김의

생각이로구나. 내 어찌 너희와 사귀리요!"

경기가 시치미를 떼고 수작을 건다.

"하늘의 운수가 이 지경에 이르렀으니, 시세에 따라 처신할 수밖에 없지 않소."

김의가 격분한다. 경기와 위황은 김의의 충성이 철석 같음을 알고 그제야 진심을 말한다.

"우리는 그대에게 역적 놈을 치자고 상의하러 왔소이다. 지금까지 한 말은 농이니 과도히 허물 마시오."

김의도 안색을 고치며 준절히 묻는다.

"나의 집안은 대대로 한나라 신하였는데, 어찌 역적을 따르리요. 그대들이 황실을 돕고자 한다니, 그럼 무슨 좋은 의견이라도 있으시오?"

위황이 대답한다.

"나라에 보답할 생각은 간절하나, 역적 놈을 칠 계책이 없소."

김의가 말한다.

"내가 바깥과 뜻을 통하여 왕필을 죽이고 그 병권을 빼앗아 천자를 보호하는 한편, 외부에서 유황숙의 원조를 받는다면, 역적 조조를 가히 멸망시킬 수 있소."

경기와 위황은 손바닥을 쓰다듬으며 찬성한다.

김의가 계속 말한다.

"내게 심복 두 사람이 있소이다. 조조는 그들 아버지를 죽였으니 그들의 원수지요. 그들 두 사람이 지금 성밖에서 사니, 분명 우리를 도울 것이오."

경기가 묻는다.

"그 두 사람이란 누구요?"

"유명한 의원 길평吉平의 아들이니, 장자의 이름은 길막吉邈이요 자는 문연文然이며, 차자의 이름은 길목吉穆이요 자는 사연思然으로, 옛날에 조조가, 동승이 의대 속에 조서詔書를 가지고 나오던 일과 관련됐다 해서 그들의 아버지를 죽인 일(제23회 참조)을 기억하시겠지요. 그 후 두 아들은 먼 지방으로 달아나 있다가 요즘 허도에 몰래 돌아와서 산다오. 우리가 역적 조조를 친다면, 그들이 우리를 따르지 않을 리 없소."

경기와 위황은 크게 기뻐한다. 이에 김의는 즉시 사람을 보내어 그들 두 사람을 비밀히 불러왔다. 김의가 장차 할 일을 자세히 말하니, 그들 두 사람은 감격하고 분노하여 눈물을 흘리면서 원한을 참지 못한다.

"맹세코 역적 놈을 죽이겠소이다."

김의가 말한다.

"오는 정월 대보름날 밤이면 온 성안은 크게 등불을 밝히고 원소절元

246

宵節을 경축하리니, 너희들 두 사람은 경기·위황 두 분과 함께 각기 집안 장정들을 거느리고 왕필이 있는 병영 앞으로 가되, 병영 안에서 불이 일어나거든 즉시 양쪽으로 쳐들어가서 왕필을 죽여라. 그리고 바로 나를 따라 대궐로 들어가 천자를 오봉루五鳳樓에 오르시게 하고, 문무 백관을 모아 역적 칠 일을 직접 하교하시게 할 테니, 길막 형제는 그때 성밖에서 방해하는 자를 모조리 쳐죽이고 성안으로 들어와 불을 질러 신호하되, 백성들에게 '역적을 치라'고 외치고, 성안으로 구원 오는 군사를 막으라. 그 동안에 천자께서 어명을 내리셔서 군사들이 항복하면, 나는 곧 군사를 거느리고 업군으로 쳐들어가서 조조를 사로잡고, 천자의 조서를 서촉으로 보내어 유황숙을 부르겠소. 그럼 대보름날 밤 2경에 거사하기로 하고, 옛날 동승이 당한 것처럼 실수하지 맙시다."

다섯 사람은 하늘을 향하여 맹세하며, 서로 피를 빨아 선서하고, 각기 집으로 돌아가서 장정과 무기와 말을 정돈하고 그날을 기다렸다.

경기와 위황은 각기 집안에 장정 3,4백 명씩을 거느리고 있을 뿐더러 무기도 준비해둔 것이 있었다. 길막 형제도 또한 동지인 장정 3백 명을 모아 사냥 갈 준비를 한다며 때를 기다렸다.

김의가 왕필을 방문하고 말한다.

"이제 세상은 안정되고 위왕의 위엄이 천하에 진동하니, 금년 정월 대보름날엔 모두 다 등불을 밝혀 태평 성대의 기상을 보여야 하오."

왕필은 옳은 말이라 하고, 성안 백성들에게 대보름날은 각기 아름다운 초롱불을 밝히고 아름답게 장식하여, 원소 가절元宵佳節을 경축하라고 고시告示했다.

정월 대보름날 밤이 되자, 하늘은 씻은 듯 개고, 달과 별들은 서로 빛나고, 허도의 삼시三市 육가六街는 다투어 꽃등을 밝히니 참으로 휘황찬란했다.

왕필은 어림군의 모든 장수들과 함께 병영 안에서 잔치를 벌이고 술을 마시는데, 밤 2경이 지났을 때였다.

갑자기 병영 안에서 함성이 일어나며,

"병영 뒤에서 불이 났습니다."

하는 보고가 들어왔다.

왕필이 황망히 장막을 나와 봤을 때는 온통 불바다이고, 함성은 하늘을 진동한다.

"영중營中에서 변이 났구나!"

왕필은 급히 말을 타고 남쪽 문으로 달려나가다가, 바로 경기가 쏜 화살에 어깨 사이를 맞고 거의 말에서 떨어질 뻔했으나, 마침내 서쪽 문을 향하여 달아나는데, 뒤에서 누군가 추격해온다. 왕필은 다급해서 말을 버리고 걸어서 김의의 집으로 가 정신없이 문을 두드린다.

그날 밤, 김의는 사람을 시켜 병영에다 불을 지르는 한편 친히 집안 장정들을 거느리고 뒤에서 싸움을 돕고 있었기 때문에, 이때 집 안에는 부녀자만 남아 있었다.

집 안에서 김의의 아내가 대문 두드리는 소리를 듣자,

"이제야 돌아오셨구나."

하며 남편이 돌아온 줄 알고 대문을 사이에 두고 묻는다.

"그래 왕필이 놈은 죽이셨소?"

이 말을 듣고 왕필은 기겁 초풍을 하며, 그제야

"이번 일에 김의가 공모했구나."

깨닫고 바로 조휴의 집으로 가서 고한다.

"김의와 경기 등이 모반했소."

이에 조휴는 급히 무장하고 말을 달려가서 군사 천여 명을 거느리고 성안에서 적과 싸운다.

성안은 사방에서 불이 일어나 오봉루는 타서 무너지고, 황제는 깊은 후궁으로 피신하고, 조조의 심복 부하들은 결사적으로 궁문을 지키는데, 온 성안에는,

"역적 조조의 무리를 다 죽이고 한 황실을 도우라!"

하는 소리가 천지를 진동한다.

원래 하후돈은 조조의 분부를 받고 허도를 순찰하던 중으로, 이때 군사 3만 명을 거느리고 성에서 5리쯤 떨어진 곳에 주둔하고 있었는데, 그날 밤에 성안에서 불길이 아득히 치솟는 것을 바라보자 즉시 대군을 거느리고 달려왔다. 이에 허도를 완전히 포위하고, 일지군을 성안으로 들여보내 조휴를 도와 마구 무찌르는 동안에, 어느덧 날이 새기 시작한다.

한편 경기와 위황 등은 이젠 돕는 사람도 없고, 게다가

"김의와 길막 형제도 죽음을 당했습니다."

하는 보고를 받았다.

경기와 위황은 길을 빼앗아 무찌르며 성문을 나가다가, 바로 하후돈의 대군을 만나 순식간에 포위당하여 사로잡히고, 수하에 거느린 장정 백여 명도 모두 죽음을 당했다.

하후돈은 성안으로 들어와서 나머지 불을 다 끄고 김의, 경기, 위황, 길막 형제의 다섯 집안 일족을 남녀노소 할 것 없이 모조리 잡아들이고, 급히 사람을 업군으로 보내어 이번 사건을 조조에게 보고했다.

조조가 명령을 내린다.

"경기, 위황 등 다섯 집안의 일족을 노소까지도 다 시정에 끌어내어 참하고, 조정에 있는 문무 백관은 모두 업군으로 와서 심사를 받아라."

업군으로부터 명령을 받고, 하후돈은 경기와 위황을 시정으로 끌어냈다.

경기가 목이 터져라 외친다.

"이놈 조조야! 내가 살아서 너를 죽이지는 못했다만, 죽어서 귀신이 되어 네 놈을 치리라!"

도부수가 칼로 입을 도려내니, 경기는 피투성이가 되어서도 끝까지 조조를 저주하며 죽었다.

위황은 스스로 얼굴을 땅바닥에 짓찧으며,

"원통하고 원통하다!"

하고 이를 악물고 머리가 으깨어져 죽었다.

후세 사람이 그들을 찬탄한 시가 있다.

경기는 오로지 충성하고 위황은 어질구나!

그들은 각기 맨주먹으로 하늘을 받들어 일으키려 했도다.

그러나 뉘 알았으리요, 한나라 운수가 끝나려 하니

철천지 원한만 가슴에 품고 저승으로 떠났도다.

耿紀精忠韋晃賢

各持空手欲扶天

誰知漢祚相將盡

恨滿心胸喪九泉

하후돈은 다섯 집안의 일족을 씨도 남기지 않고 다 죽이고, 문무 백관을 모두 연행하여 업군으로 갔다.

조조는 교련장 왼쪽에는 붉은 기를, 오른쪽에는 흰 기를 세우게 하고 하령한다.

"경기와 위황 등이 모반하여 허도에 불을 질러 태울 때, 너희들 중에는 나와서 불을 끈 자도 있을 것이며, 또는 문을 닫아걸고 나오지 아니한 자도 있을 것이다. 그때 불을 끈 자는 붉은 기 밑에 가서 서고, 불을 끄지 않은 자는 흰 기 밑에 가서 서라."

모든 문무 백관은

'불을 껐다면, 반드시 벌을 받지 않으리라.'

생각하고, 대부분이 붉은 기 아래로 가서 서고, 겨우 삼분의 일이 흰 기 아래로 가서 섰다.

조조가 명령한다.

"붉은 기 아래에 선 자들을 모조리 결박하여라."

이에 놀란 그들은 각기 '죄가 없다'며 변명한다.

조조가 꾸짖는다.

"너희들의 그때 생각은 불을 끄려는 것이 아니고 실은 모반자들을 돕기 위해서 나온 것이니라."

이리하여 그들을 모조리 장하仰河 강변으로 끌어내어 다 죽이니, 죽은 자가 3백여 명이었다. 그 대신 흰 기 아래에 선 자들에게는 다 상을 주고 모두 허도로 돌려보냈다.

이때 왕필은 화살에 맞았던 상처가 곪아서 죽었다. 조조는 그를 성대히 장사지내주라 하고, 조휴를 어림군 총독總督, 종요를 상국相國(위 왕국魏王國의 상국), 화흠을 어사대부御史大夫로 삼고 드디어 후작侯爵 6등 18급을 정하니, 관서후 17급에게는 다 황금 인에 자줏빛 인끈[綬]을 주고, 관내후關內侯, 관외후關外侯 16급을 두니, 그들에게는 은인銀印에 거북 모양의 검은 인끈을 주고, 5대부 15급에는 구리 인에 고리 달린 인끈을 주었다.

이렇게 작위를 정하고 벼슬을 봉함에 따라, 조정의 일반 벼슬자리에도 인물 교체가 있었다.

조조는 지난날 관노가 허도에 화재가 일어날 것이라고 예언한 말을 깨닫고 많은 상을 주었다. 그러나 관노는 받지 않았다.

한편, 조홍은 군사를 거느리고 한중에 이르러 장합과 하후연에게 각기 요충지를 지키게 하고, 친히 군사를 거느리고 적군을 막으러 나아갔다.

이때 장비는 뇌동과 함께 파서 땅을 지키고, 마초는 군사를 거느리고 하변 땅에 이르러 오난을 선봉으로 삼아, 적의 형편을 보고 오라 했다. 오난이 군사를 거느리고 적의 형편을 살피러 가다가, 바로 조홍이 군사를 거느리고 오는 것을 보게 됐다.

오난은 물러가려 하는데, 부장 임기任夔가 말한다.

"적군이 처음으로 나타났는데, 그들의 사기를 꺾어버리지 않는다면, 우리가 무슨 면목으로 돌아가서 마초 장군을 대하겠소."

이에 일제히 말고삐를 다시 돌리고 창을 휘두르며 조홍에게 달려들었다. 조홍이 칼을 뽑아 들고 말을 달려 나와 어우러져 싸운 지 불과 3합에 임기를 베어 말 아래로 거꾸러뜨리고 이긴 김에 무찌르니, 오난의 군사는 대패하여 달아난다.

도망쳐 돌아간 오난은 마초에게 보고했다.

마초가 꾸짖는다.

"너는 어째서 나의 명령도 듣지 않고 경솔히 싸워 적군에게 패했느냐?"

"임기가 말을 듣지 않고 일을 저질렀기 때문에 패했소이다."

"요충지를 굳게 지키기만 하고 적군과 싸우지 말라."

마초는 엄명하는 한편, 이 일을 성도에 보고하고 새로운 지시가 오기를 기다렸다.

조홍은 마초가 연일 나오지 않고 성을 굳게 지키는 것을 보고, 혹 속임수를 쓰려는 것이나 아닌가 하고 겁이 나서 남정 땅으로 후퇴했다.

장합이 와서 조홍에게 묻는다.

"장군은 이미 적장까지 참했는데, 어째서 군사를 거느리고 후퇴했소?"

"마초가 나오지 않는 것은 딴 뜻이 있는 것 같았고, 또 내가 업군에 있을 때 점 잘 치는 관노의 말을 들었는데, 한중 땅에서 한 장수를 잃을 것이라 합디다. 그래서 어쩐지 불길한 생각이 들기에 경솔히 진격하지 않았소."

장합이 껄껄 웃는다.

"싸움터에서 반평생을 보낸 장군이 점쟁이 말을 믿고 의심을 품다니요. 이 장합은 재주는 없으나 본부 군사를 거느리고 가서 파서를 점령하겠소. 파서만 함락하면 촉군을 차지하기는 쉬운 일이오."

"파서를 지키는 장비는 용맹 무쌍하니, 경솔히 상대해서는 안 되오."

"사람들은 장비를 무서워하나, 나는 그를 어린아이로 보오. 이번에 가면 반드시 사로잡겠소."

조홍이 묻는다.

"만일 실수하면 어쩔 테요?"

장합이 확답한다.

"성공하지 못하면 군법을 달게 받겠소."

조홍은 군령장(서약서)을 받고 난 후에야 허락했다.

이에 장합은 군사를 거느리고 떠나니,

> 자고로 교만한 군사는 실패가 많고
> 언제나 적을 업신여기는 자는 성공하기 어렵다.
> 自古驕兵多致敗
> 從來輕敵少成功

누가 이기고 질 것인가.

제70회

사나운 장비는 지혜로 와구의 요충지를 차지하고
늙은 황충은 계책으로 천탕산을 빼앗다

원래 장합 소속의 군사 3만 명은 험한 산을 의지하고 세 곳으로 나뉘어 있었다. 그 하나는 암거채岩渠寨요, 또 하나는 몽두채蒙頭寨요, 또 다른 하나는 탕석채蕩石寨였다.

그날 장합은 세 곳에서 군사 반씩을 모아 파서를 치러 떠나고 반씩만 남겨두었다.

이 사실은 첩자에 의해 즉시 파서로 보고됐다. 장합이 군사를 거느리고 온다는 보고를 받은 장비는 급히 뇌동을 불러 상의한다.

뇌동이 말한다.

"이곳 파서는 지형과 산들이 험해서 군사를 매복할 만하니 장군은 나가서 적군을 맞이하여 싸우십시오. 내가 복병을 거느리고 도우면 장합을 사로잡을 수 있습니다."

이에 장비는 씩씩한 군사 5천 명을 뇌동에게 주어 떠나 보내고, 자신은 친히 군사 만 명을 거느리고 파서를 떠나, 30리 되는 곳에 이르러 장합의 군사와 서로 만나 각기 군사를 늘어세우고 전투 태세를 취했다.

장비가 말을 타고 나가서 싸움을 거니, 장합이 창을 꼬느어 잡고 말을 달려와서 서로 어우러져 30여 합을 싸웠을 때, 장합의 후속 부대에서 갑자기 함성이 일어난다. 장합의 후속 부대는 산등성이 뒤에 촉군의 기가 있는 것을 보고 혼란에 빠진 것이다.

장합은 뒷길이 끊겨 포위당할까 겁이 나서, 싸움을 포기하고 말을 돌려 달아나니, 장비가 뒤쫓으며 마구 무찌른다. 동시에 뇌동은 복병을 거느리고 나타나 도망쳐오는 장합의 군사를 가로막아 무찌른다. 앞뒤로 협공을 받아 장합의 군사는 대패하여 달아나고, 장비와 뇌동은 밤새도록 추격하여 바로 암거채까지 이르렀다.

쫓겨온 장합은 군사를 나누어 전처럼 영채 세 곳을 지키게 하고, 큰 나무 덩어리와 포석砲石을 많이 준비하고 굳게 지킬 뿐, 싸우러 나오지 않았다.

장비는 암거채에서 10리 떨어진 곳에 영채를 세우고, 이튿날 군사를 거느리고 가서 싸움을 걸었으나, 장합은 산 위에서 술만 많이 마시고 싸우러 내려오지 않는다. 장비는 군사를 시켜 온갖 욕설을 퍼부었으나, 그래도 장합은 내려오지 않는다.

그날 하는 수 없이 영채로 돌아온 장비는 이튿날 뇌동을 산밑으로 보내어 싸움을 걸었으나, 장합은 역시 내려오지 않는다. 화가 난 뇌동이 군사를 몰고 산으로 쳐 올라가니 산 위에서 큰 나무 덩어리와 큰 돌들이 마구 굴러 내려오는지라 급히 후퇴하는데, 그제야 양쪽 산 탕석채, 몽두채의 적군들이 쏟아져 내려와 달아나는 뇌동의 군사를 마구 무찔러 죽였다.

이튿날, 장비가 또 가서 싸움을 걸어도 장합은 역시 나오지 않는다. 장비가 군사를 시켜 백 가지로 더러운 욕을 퍼부으니, 장합도 산 위에 나타나 또한 욕을 퍼붓는다.

암만 생각해도 별도리가 없어서 50여 일 동안을 장합과 서로 노려만 보던 장비는, 마침내 바로 산밑으로 바짝 옮겨가서 크게 영채를 세우고, 네가 그럴 바에야 나도 못할 것 있느냐는 듯이 매일 술을 마시고 크게 취하여서는 산 앞에 주저앉아 갖은 욕설을 다 퍼부었다.

이때 유현덕은 군사를 위로하려고 사자를 시켜 많은 물건을 장비에게 보냈다. 그 사자가 와서 보니 장비는 종일 술만 마시는지라, 사자는 성도에 돌아가서 유현덕에게 사실대로 보고했다.

유현덕은 크게 놀라 황망히 물으니, 공명이 웃는다.

"그래야 합니다. 다만 그곳에 좋은 술이 없을까 걱정입니다. 성도에 좋은 술이 매우 많으니, 수레에 술 50독만 실어서 보내고, 장장군에게 맘껏 마시라 하십시오."

유현덕이 묻는다.

"내 동생은 원래 술을 폭음하고 실수를 저지르거늘, 군사는 어째서 술을 보내주라 하시오?"

공명이 웃는다.

"주공께서는 장비와 형제간이 되어 여러 해를 같이 겪으셨으면서도, 도리어 그의 성격을 모르십니까. 장비는 천성이 강하지만 지난번에 서천을 칠 때도 엄안을 의리로써 죽이지 않았으니, 이는 용맹만으로 된 일은 아닙니다. 이제 장합과 서로 노린 지 50여 일이 지났는데, 술에 취하면 산 앞에 앉아 욕을 하며 방약무인한 태도라 하니, 이는 술을 마시고 싶어서 마시는 것이 아니고 장합을 무찌르기 위한 계책입니다."

"그러나 맡겨만 둘 수 없으니, 위연을 보내어 돕게 합시다."

공명은 위연을 시켜 술을 보내는데, 수레 위에 꽂은 노란 기에는 '군용품인 좋은 술'이라는 큰 글씨가 씌어 있었다.

위연은 수레들을 거느리고 가서 영채에 이르러,

"주공께서 하사하신 술이오."

하고 전하니, 장비는 절하며 받는다.

장비는 위연과 뇌동에게,

"각기 일지군을 거느리고 좌·우익이 되되, 군중에서 붉은 기가 오르거든 내달아 진격하시오."

하고 자신은 술을 장하에 늘어놓게 한 뒤에 기를 크게 늘어세우고 북을 치게 하며 술을 마신다.

첩자가 즉시 산 위로 올라가서 이 사실을 보고하니, 장합은 친히 산 꼭대기에 나와 굽어본다. 보니 장비는 장하에서 술을 마시는데, 졸개 두 놈이 그 앞에서 씨름을 한다.

장합은 화가 나서,

"장비란 놈이 나를 업신여겨도 분수가 있지! 어디 두고 보아라."

하고 명령을 내린다.

"오늘 밤에 산을 내려가서 장비의 영채를 습격할 테니, 몽두채와 탕석채 군사들도 다 나와서 좌우에서 도우라고 일러라."

그날 밤 장합은 희미한 달빛을 따라 군사를 거느리고 산 옆으로 내려가서 영채 가까이 이르러 바라보니, 장비가 등불과 촛불을 크게 밝히고 장중에서 술을 마시고 있다.

장합이 선두를 달려 들어가며 크게 소리를 지르니, 산기슭에서는 북소리가 요란스레 일어나며 기세를 돋는다. 장합은 군사를 거느리고 중군으로 마구 쳐들어갔으나, 장비는 단정히 앉아 있을 뿐 꼼짝도 않는다. 장합이 곧장 말을 달려 들어가서 단번에 창으로 찔러 꺼꾸러뜨리고 보니, 그것은 장비가 아니라 짚으로 만든 사람이었다.

장합이 깜짝 놀라 급히 말을 돌렸을 때, 장막 뒤에서 연주포連株砲 소리가 연달아 일어나며, 한 장수가 내달아와 앞을 딱 가로막는데, 그 고리눈과 우레 같은 목소리의 주인공은 바로 장비였다. 장비가 창을 잡고 말을 달려 바로 장합과 서로 불을 튀기며 근 50여 합을 싸운다.

장합은 몽두채와 탕석채의 군사들이 도우러 오기만 기다리나, 뉘 알았으리요. 몽두채와 탕석채의 군사들은 이미 위연과 뇌동 두 장수에게 격퇴당했을 뿐만 아니라 몽두채, 탕석채마저도 몽땅 빼앗기고 말았다.

장합은 구원군이 오지 않아서 어쩔 줄을 모르는데 산 위에서 불길이 치솟는다. 그제야 장합은 장비의 후군에게 자기 영채가 몽땅 빼앗긴 것을 알았다. 장합은 천연 요새인 세 영채를 다 뺏기고 와구관瓦口關을 향하여 달아났다.

장비는 대승을 거두고 성도에 승리를 보고했다. 유현덕은 크게 기뻐하며, 그제야 장비의 계책이 장합을 산에서 끌어내리는 데 있었다는 것을 알았다.

한편, 장합은 대패하고 물러가서 와구관을 지키며 살펴보니 군사 3만 명 중에서 이미 2만 명을 잃었다. 장합은 사람을 조홍에게 보내어 구원군을 보내라 청했다.

조홍이 울분을 토한다.

"장합이 내 말을 듣지 않고 군사를 거느리고 가더니, 요충지까지 잃고 도리어 구원을 청해!"

조홍은 끝내 군사를 보내지 않고 사람을 보내어 장합에게 속히 싸우라고 독촉했다. 명령을 받은 장합은 어쩔 줄 모르다가, 겨우 계책을 정하여 군사들에게 분부한다.

"두 대로 나뉘어 앞산 으슥한 곳에 가서 매복하고 있거라. 내가 싸우다가 패한 체하고 달아나면, 장비가 반드시 뒤쫓아올 테니, 너희들은 그 돌아갈 길을 끊어라."

그날 장합은 군사를 거느리고 나아가다가, 바로 뇌동을 만나 싸운 지 몇 합 만에 달아난다. 뇌동이 얼마쯤 뒤쫓아가니, 매복하고 있던 군사들이 일제히 나와서 돌아갈 길을 끊는다. 그제야 달아나던 장합은 되돌아와서 단번에 뇌동을 찔러 말 아래로 꺼꾸러뜨렸다.

패잔병들이 도망쳐가서 장비에게 사실대로 고했다. 이에 장비는 가서 장합에게 싸움을 걸었다. 싸우다 말고 장합이 또 달아나는데, 장비는 뒤쫓지 않았다. 달아나던 장합이 다시 돌아와서 싸우다 말고 또 달아난다. 장비는 그 계책을 알아차리고, 군사를 거두어 영채로 돌아와서 위연과 상의한다.

"장합이 매복계埋伏計로 뇌동을 죽이고, 또 나에게까지 속임수를 쓰려 하니, 내 그자의 계책을 거꾸로 이용해서 무찌르리라."

위연이 묻는다.

"적의 계책을 역이용하겠다니, 무슨 계책을 쓰시려오?"

"내, 내일 군사를 거느리고 앞서갈 테니, 그대는 날쌘 군사를 거느리고 뒤에 따라오다가, 매복한 적군이 나오거든 군사를 나누어 무찌르되, 마른풀을 실은 수레 10여 채로 조그만 길을 막아버리고 불을 지르라. 그러면 내 이기는 김에 장합을 사로잡아 뇌동의 원수를 갚으리라."

위연은 계책을 듣고 머리를 끄덕였다.

이튿날, 장비가 군사를 거느리고 나아가니, 장합이 와서 싸운 지 10합에 또 패한 체하고 달아난다. 장비가 군사를 거느리고 바짝 뒤쫓아가니, 장합은 싸우며 달아나며 산골짜기 쪽으로 끌어들인다.

장비가 산골짜기로 들어갔을 때, 달아나던 장합은 돌아서서 후군을 전군으로 삼아 진세陣勢를 이루고 장비를 맞이하여 싸우면서, 산기슭에 숨어 있는 군사들이 쏟아져 나와 장비를 포위하기만 기다린다.

그러나 뉘 알았으리요. 위연의 씩씩한 군사들이 산골짜기 입구에 이르러, 수레로 좁은 산길을 틀어막고 불을 질러 수레를 태우니, 산골짜기의 풀과 나무에 온통 불이 붙어 연기가 자욱이 퍼져서, 매복하고 있던

와구관에서 장합과 싸우는 장비

적군은 나올래야 나오지를 못한다.

　이에 장비가 군사를 거느리고 좌충우돌하니, 장합은 대패하여 겨우 혈로를 열고 와구관으로 달아나 패잔병을 거두어 굳게 지킬 뿐 나오지 않았다.

　장비는 위연과 함께 연일 공격하나, 와구관을 함락하지 못했다. 장비는 이래선 안 되겠다 생각하고, 군사를 거느리고 20리 밖으로 일단 후퇴한 뒤, 위연과 함께 기병 수십 명만 데리고 양쪽 좁은 길을 정탐해가던 참이었다. 문득 보니 남녀들이 각기 괴나리봇짐을 걸머지고 궁벽한 산에서 등나무를 잡고 칡덩굴을 붙들며 올라간다.

　장비가 말 위에서 채찍을 들어 가리키며 위연에게,

　"와구관을 탈취할 계기가 저 백성들에게 있도다."

하고 군사들에게 분부한다.

"저들을 놀라게 하지 말고 좋은 말로 타일러 몇 사람만 이리로 데려오너라."

군사들이 가서 그들을 불러오자, 장비는 부드러운 말로 안심시키고 묻는다.

"너희들은 어디서 오느냐?"

백성이 고한다.

"저희들은 다 한중 백성으로 이제 고향으로 돌아가려 하는데, 많은 군사들이 쳐들어와서 파서로 가는 관도官道가 막혔다기에, 이제 창계蒼溪를 지나 자동산梓潼山 회근천檜憖川을 경유하여 한중으로 들어가서 집으로 가려는 중입니다."

"이 길로 가면 와구관까지의 거리가 얼마나 되느냐?"

"자동산 좁은 길로 가면 바로 와구관 뒤로 나섭니다."

장비는 회심의 미소를 지으며, 백성들을 데리고 영채로 돌아와서 술과 음식을 주고 위연에게 분부한다.

"그대는 군사를 거느리고 가서 와구관을 정면으로 공격하라. 나는 기병을 거느리고 자동산 좁은 길로 빠져 나가 와구관을 뒤에서 공격하리라."

장비는 백성들에게 길을 안내하게 하고 기병 5백 명만 거느리고 좁은 산길을 나아간다.

한편, 장합은 구원군이 오지 않아서 한참 고민하는데, 수하 사람이 고한다.

"위연이 바로 관 아래까지 와서 공격을 합니다."

장합이 곧 무장하고 말을 타고 막 산을 내려가려 하는데,

"관 뒤의 네댓 곳에서 불이 오릅니다. 어느 쪽 군사가 오는지 모르겠습니다."

장합은 군사를 거느리고 와구관 후방으로 가다가, 그리로 달려오는 기병들의 기가 젖혀지는 곳에 나타나는 장비를 보자, 그만 기겁 초풍하여 좁은 길로 급히 달아나는데, 어느덧 말은 지치고 장비는 뒤에서 급히 추격해온다.

장합은 말을 버리고 산 위로 기어올라가서 겨우 길을 찾아 도망쳐 위기를 면하니, 따르는 자라곤 겨우 10여 명이었다. 걸어서 남정南鄭으로 돌아간 장합은 조홍에게 갔다.

조홍은 장합이 겨우 10여 명 군사를 거느리고 돌아온 것을 보자 격노한다.

"내 가지 말랬더니, 너는 다짐장까지 써놓고 기어이 가서, 그래 그 많은 군사를 다 잃고 그러고도 자결하지 않고 돌아왔느냐!"

하고, 좌우 군사들에게 추상같이 호령한다.

"이놈을 당장 끌어내어 참하여라."

행군사마行軍司馬 곽회郭淮가 간한다.

"삼군을 얻기는 쉽지만, 한 장수를 구하기는 용이한 일이 아니오. 장합이 비록 죄는 있으나 평소 위왕(조조)께서 깊이 사랑하시는 바라, 죽일 수는 없소. 그러니 다시 군사 5천 명을 주어 바로 가맹관을 치게 하여, 각 방면의 적군을 견제하면 한중이 스스로 안정할 것이오. 그것마저 성공 못하거든 두 가지 죄목을 겹쳐서 처단하시오."

조홍은 그러기로 하고, 장합에게 다시 군사 5천 명을 주며 가맹관을 쳐서 함락하라 했다. 장합은 다시 떠나갔다.

한편, 가맹관을 지키는 장수 맹달과 곽준은 장합이 군사를 거느리고 온다는 보고를 받았다. 곽준은 관을 굳게 지키자고 하는데, 맹달은 듣지 않고 군사를 거느리고 산밑으로 내려가서 장합을 맞이하여 크게 싸우다 대패하여 돌아왔다.

곽준은 이 사실을 써서 급히 성도로 알렸다. 유현덕은 곽준의 장계狀啓를 읽자 공명을 청하여 상의한다.

공명이 모든 장수들을 당상으로 모으고 말한다.

"이제 가맹관이 위기에 놓였으니, 파서의 장비를 그리로 보내야만 비로소 장합을 물리칠 수 있소."

법정이 의견을 말한다.

"지금 장비는 와구관을 빼앗아 지키고 있으며, 파서 땅도 또한 요긴한 곳입니다. 그러니 장비에게 가맹관으로 가라고 할 수는 없습니다. 차라리 장중의 장수들 중에서 한 장수를 뽑아 장합을 쳐부수게 하십시오."

공명이 웃는다.

"장합은 조조 수하의 유명한 장수라 함부로 다룰 인물이 아니오. 장비 이외에는 아무도 그를 대적할 사람이 없소."

한 사람이 소리를 버럭 지르며 나온다.

"군사는 우리를 어찌 이리도 무시하시오. 내 비록 재주는 없으나 원컨대 가서 장합의 머리를 베어 휘하에 바치리다."

사람들이 보니 그는 바로 늙은 장수 황충이었다.

공명이 대답한다.

"황장군은 비록 용맹하나 어찌하리요. 너무 늙었으니 장합의 상대가 안 되오."

황충은 이 말을 듣자 백발이 치솟고 분연히 외친다.

"내 비록 늙었으나, 두 팔은 아직도 3석石의 활을 잡아당기고, 온몸은 천 근 무게를 들어올릴 수 있으니, 장합 따위 필부를 어찌 대적 못한다 하시오."

공명이 말한다.

"장군은 나이가 일흔에 가까운데 어찌 늙지 않았다 하시오."

황충은 당상에서 뛰어내려가 시렁 위에 걸린 큰 칼을 내려 날듯이 춤을 추고 벽 위의 강한 활을 내려 연달아 잡아당겨 두 개를 분질러버린다.

공명이 묻는다.

"장군이 꼭 가겠다면 누구를 부장으로 삼겠소?"

"나와 같은 늙은 장수 엄안과 함께 가고 싶소이다. 가서 실수하면 이 흰머리를 바치겠소."

유현덕은 흐뭇해하고, 즉시 황충에게 엄안과 함께 가서 장합과 싸우라 하는데, 조운이 간한다.

"장합이 가맹관을 공격하는 이 판국에 군사는 농담하지 마시오. 가맹관을 한 번 잃는 날이면 바로 이곳 성도까지 위험한데, 어찌 노인 장수 두 분을 보내어 큰 적을 무찌르라 합니까?"

공명이 대답한다.

"그대는 두 장군이 늙어서 성공 못할 줄로 아는가? 내가 보기에는 늙은 두 장수의 손에 의해서 한중을 얻으리라."

조자룡과 모든 장수들은 각기 어처구니없다는 듯이 웃고 물러나갔다.

이리하여 황충과 엄안이 떠나가 가맹관에 이르니, 맹달과 곽준도 늙은 두 장수가 온 것을 보고 마음속으로,

'공명도 실수를 하는구나. 이런 판국에 어쩌자고 늙은 장수 둘을 보냈는가.'

하고 웃었다.

황충이 엄안에게 말한다.

"그대는 모든 사람들의 태도를 눈치챘는가? 그들이 우리 두 사람을 늙었다고 비웃으니, 이번에 기이한 공로를 세워 복종하게 할 것이네."

엄안이 청한다.

"장군은 명령만 내리시오. 내가 적극 힘쓰겠소."

두 노인이 의논을 마치자, 황충은 군사를 거느리고 관 아래로 내려가서 장합과 대진했다.

장합이 말을 타고 나와서 황충을 바라보더니 껄껄 웃는다.

"네 늙은 주제에 부끄러운 줄도 모르고 오히려 싸우러 왔느냐?"

황충은 노하여,

"어린것이 나를 늙었다고 업신여기나, 나의 보검은 늙지 않았다."

하고 말을 달려 나가 장합과 어우러져 싸운 지 20여 합에 이르렀을 때, 홀연 장합의 뒤에서 함성이 일어난다. 원래 엄안이 좁은 사잇길로 돌아나가 장합의 군사 뒤를 찌른 것이다.

이리하여 황충과 엄안이 앞뒤에서 협공하니, 장합은 크게 패하여 쫓겨 달아나 근 90리 밖으로 후퇴했다. 그제야 황충과 엄안은 군사를 거두고 영채로 들어가서 각기 태산처럼 꿈적도 하지 않았다.

한편, 조홍은 또다시 장합이 패했다는 보고를 받고, 또 벌을 내리려 하는데, 곽회가 말한다.

"장합이 처벌당할 줄 눈치채면 반드시 항복하고 서촉 유현덕에게 가버릴 테니, 그러지 말고 곧 장수를 보내어 돕는 동시에 그를 감시하여 딴 뜻을 품지 못하게 하시오."

조홍은 머리를 끄덕이고 즉시 하후돈의 조카 하후상夏侯尙과 지난날 항복해온 장수 한현韓玄의 동생 한호韓浩 두 사람에게 군사 5천 명을 주어 장합을 돕도록 보냈다.

하후상과 한호 두 장수가 장합의 영채에 이르러 사태를 물으니, 장합이 대답한다.

"늙은 장수 황충이 매우 영리하고 용맹하며, 더구나 엄안이 돕고 있으니, 적을 결코 가벼이 봐서는 안 되오."

한호가 말한다.

"나는 장사에 있던 지난날에 늙은 도둑 황충의 솜씨를 알고 있소. 그때 늙은 도둑은 위연과 짜고서 성을 송두리째 적군에게 바치고 나의 형을 죽인 놈이오(제53회 참조). 이제 그 늙은 놈을 만나게 됐으니, 내 반드시 형의 원수를 갚겠소."

마침내 한호는 하후상과 함께 새로이 데리고 온 군사를 거느리고 영채를 떠나 전진한다.

한편, 황충은 날마다 정탐꾼을 내보내어 그 일대의 지리를 소상히 알고 있는데, 엄안이 말한다.

"이리로 가면 천탕산天蕩山이란 산이 있으니, 그 산속은 조조가 군량과 마초를 쌓아둔 곳이오. 그곳을 무찔러 차지하면, 한중 땅을 다 얻을 것이오."

"장군의 말이 바로 내 뜻과 같으니, 그럼 우리는 이러이러히 합시다."
하고 황충은 귓속말로 지시한다.

엄안은 지시를 받고 스스로 군사를 거느리고 떠나갔다.

황충은 하후상과 한호가 온다는 보고를 받고 곧 군사를 거느리고 영채를 나와 적군을 맞이했다.

한호가 진 앞으로 나오더니,

"의리 없는 늙은 도둑놈 황충아!"
하고 큰소리로 욕질하며 창을 들고 말을 달려와 황충에게 달려드니, 하후상도 달려와서 협공한다. 황충은 두 장수를 상대로 각기 10여 합씩 싸우다가 패하여 달아나자, 두 장수는 20여 리를 뒤쫓아가서 황충의 영채를 빼앗았다.

달아나던 황충은 군사를 거두고 또 하나의 영채를 새로 세웠다.

이튿날, 하후상과 한호가 뒤쫓아가니 황충은 나와서 또 수합을 싸우다가 패하여 달아난다. 두 장수는 또 20여 리를 뒤쫓아가서 황충의 영채를 빼앗고, 사람을 보내어 장합에게 전날 그들이 뺏은 후채를 지키도록 지시했다.

그런데 장합이 와서 간한다.

"황충이 연 이틀을 후퇴한 것은 반드시 속임수가 있는 것이니 속지 않도록 주의하시오."

하후상이 장합을 꾸짖는다.

"네가 이렇듯 겁이 많으니, 싸울 때마다 지는 것도 무리는 아니다. 이후론 잔말 말고 우리 두 사람이 세우는 공이나 구경하라."

장합은 얼굴을 붉히고 물러갔다.

이튿날, 두 장수가 가서 또 싸우니, 황충은 또 패하여 20리 가량 달아나고, 두 장수는 또 뒤쫓아가다가 해가 저물어 머물렀다. 그 이튿날, 두 장수가 가자 황충은 싸우기는커녕 바라만 보고도 미리 달아나, 연속 패하여 바로 가맹관으로 돌아갔다.

두 장수는 가맹관 아래까지 쫓아가서 영채를 세우고 공격하나, 황충은 굳게 지키기만 하고 나오지 않았다. 이꼴을 보다못해 맹달은 몰래 '황충이 계속 패하여 이제 가맹관에 물러와 있다'는 사실을 써서 유현덕에게 보냈다.

유현덕은 이 보고를 읽고 당황하여 공명에게 의논한다.

공명이 대답한다.

"이는 늙은 장수가 적군을 교만하게 하는 계책입니다."

그러나 조자룡 등은 공명의 말을 믿지 않았다. 유현덕은 황충을 돕도록 유봉을 가맹관으로 보냈다.

황충은 유봉이 온 것을 보고 묻는다.

"그대가 나를 도우러 온 것은 무슨 뜻이오?"

"부친(유현덕)께서 장군이 누차 패한 것을 아시고, 저를 보냈습니다."

황충이 껄껄 웃는다.

"이는 늙은 장수가 적군을 교만하게 하는 계책이다. 오늘 밤에 한 번 싸워 잃었던 모든 영채를 한꺼번에 도로 찾고 그들의 양식과 말을 뺏을 것이니 구경이나 하시오. 나는 그 동안에 여러 영채를 적군에게 빌려주고 그들의 치중輜重(군수품)을 쌓게 한 것이오. 오늘 밤에 곽준은 관을 지키고, 맹달 장군은 나와 함께 양식과 마초를 운반하고 적군의 말을 뺏을 것이니, 소장군少將軍(유봉)은 구경이나 하시오."

그날 밤 3경, 황충은 군사 5천 명을 거느리고 가맹관 관문을 열고 산 아래로 내려갔다.

한편, 하후상과 한호 두 장수는 가맹관에서 싸우러 내려오지 않는 적군을 날마다 기다리다 못해 모두 지쳐 늘어져 자다가, 그날 밤에 황충이 영채를 뚫고 쳐들어오는 바람에 어찌나 놀랐는지 갑옷을 입지도 못하고 말에 안장을 올려놓을 틈도 없이 각기 달아나니, 그 나머지 군사들과 말들은 먼저 달아나려고 서로 짓밟아 수많은 사람들이 죽었다.

날이 샐 무렵에 황충은 잃었던 영채 셋을 연달아 탈환하고, 그간 적군이 영채마다 쌓아뒀던 무수한 무기와 안장과 말을 고스란히 노획하였다. 황충은 맹달을 시켜 모두 가맹관으로 운반하고, 다른 한편으로 군사를 독촉하여 적군의 뒤를 추격하려는데, 유봉이 말린다.

"군사들이 피곤한 듯하니, 노장군은 잠시 쉬십시오."

"호랑이 굴에 들어가지 않고서 어찌 호랑이 새끼를 얻는단 말이오."

하고 황충은 말에 채찍질하여 선두에 나아가 달려가니 모든 군사들도 힘써 뒤따른다.

장합의 군사들은 황충이 급히 추격해오는 것을 보자 그만 기겁을 하고, 저희들끼리 혼란에 빠져 뒤도 돌아보지 않고 다시 달아나, 수많은 채책을 다 버리고 겨우 한수漢水 가에 이르렀다.

이에 장합은 하후상과 한호를 찾아서 만나 의논한다.

"천탕산은 곡식과 마초를 쌓아둔 곳이며 미창산米倉山도 또한 곡식을 쌓아둔 곳이니, 이는 모든 한중 군사들의 생명과 관련되는 근본 요충지요. 만일 그 두 곳을 잃는 날이면, 바로 한중 땅 전체를 잃는 것이니 마땅히 보전할 계책을 생각하시오."

하후상이 말한다.

"미창산에는 나의 아저씨 하후연이 군사를 나누어 지키고 있으며, 바로 정군산定軍山과 잇닿아 있으니 굳이 걱정할 것 없소. 그 대신 천탕산은 나의 형님 하후덕夏侯德이 지키고 있으니 우리는 그리로 가서 보호합시다."

이에 장합은 두 장수와 함께 밤낮을 가리지 않고 천탕산으로 가서 하후덕을 만나보고, 그간의 경과를 말했다.

하후덕이 말한다.

"이곳엔 군사 10만 명이 주둔하고 있으니, 너는 군사를 거느리고 가서 빼앗긴 영채나 도로 찾도록 하라."

"지금은 굳게 지킬 때이지, 함부로 군사를 움직일 때가 아니오."

하고, 장합이 대답하는데, 홀연 산 앞에서 징소리와 북소리가 크게 진동한다.

군사 한 명이 달려와서 고한다.

"큰일났습니다. 황충의 군사가 쳐들어옵니다."

하후덕이 크게 껄껄 웃는다.

"늙은 도둑놈이 병법은 모르고 용기만 믿고서 왔구나."

장합이 주의를 준다.

"황충은 꾀가 대단하오. 용맹만이 아니오."

하후덕이 비웃는다.

"서천 군사들이 멀리 와서 연일 피곤한데다가 우리 지경에까지 깊숙이 들어왔으니, 이를 두고 무모한 짓이라 하느니라."

장합이 거듭 주장한다.

"결코 적을 가벼이 봐서는 안 되오. 굳게 지키는 것이 마땅하오."

한호가 나선다.

"바라건대 씩씩한 군사 3천 명만 빌려주시오. 내가 거느리고 가서 치면 격파하지 못할 리 있겠소."

하후덕은 군사를 한호에게 나누어주고 산 아래로 내려보냈다.

황충은 군사를 정돈하고 한호를 맞이하여 한바탕 싸우려 하는데, 유봉이 또 간한다.

"해는 이미 서쪽으로 기울고, 군사들은 멀리 와서 다 피곤하니, 노장군은 좀 쉬도록 하십시오."

황충이 웃는다.

"그렇지 않소. 이는 하늘이 나에게 기이한 공을 세우라고 주신 기회니, 이런 때에 빼앗지 않으면 이는 하늘을 거역하는 것이오."

촉군은 요란하게 북을 올리며 크게 나아가는데, 한호가 군사를 거느리고 싸우러 온다. 황충이 큰 칼을 휘두르며 맞이하여 싸운 지 단 1합에 한호를 베어 말 아래로 거꾸러뜨리자, 촉군은 크게 함성을 지르며 적군을 마구 죽이며 산 위로 쳐 올라간다. 장합과 하후상은 급히 군사를 거느리고 나와서 촉군을 막으려 하는데, 이때 문득 산 뒤에서 크게 함성이 진동하며 불길이 하늘을 찌를 듯 치솟더니 삽시간에 산 위와 산밑이 붉게 물들었다.

하후덕은 군사를 거느리고 불을 끄려 달려가는데, 앞에서 늙은 장수 엄안이 나타난다. 엄안의 칼이 단 한 번 번쩍하자, 보라! 하후덕은 이미

조조군을 무찌르고 천탕산을 빼앗는 황충과 엄안

두 동강이가 나서 말 아래로 굴러 떨어진다.

　원래 황충은 미리 엄안에게 군사를 주어 이곳 산속 궁벽한 곳에 와서 매복하게 하고, 자기가 갈 때까지 기다리라 했던 것이다. 그래서 군사를 거느리고 미리 와서 매복하고 있던 엄안은 황충의 군사가 온 것을 보고 즉시 불을 질렀던 것이다. 타오르는 불꽃이 한 점 시초柴草 더미 위에 떨어져 번지자, 즉각 맹렬한 화염이 날아올라 온 산과 골짜기는 불바다로 변했다.

　엄안이 이미 하후덕을 단숨에 참하고 산 뒤로부터 쳐들어오자, 장합과 하후상은 앞뒤를 능히 돌보지 못하고 천탕산을 버리고 정군산을 바라보며 하후연에게로 달아났다.

　황충과 엄안은 천탕산을 점령하고, 이긴 경과를 성도에 보고했다. 유현덕은 기쁜 보고를 받고 모든 장수들을 모아놓고 축하하는데, 법정이 고한다.

"조조가 장노를 무찌르고 한중을 차지했을 때, 바로 우리가 있는 파촉까지 밀어붙이지 않고서 하후연과 장합에게 한중 땅을 지키도록 맡기고, 자신은 대군을 거느리고서 북쪽으로 돌아간 것이 조조로서는 큰 실수였습니다. 그러나 이젠 장합이 패하고 우리가 천탕산을 점령했으니, 주공은 이 참에 대군을 일으켜 친히 거느리고 쳐들어가면 한중 땅 전체를 차지할 수 있습니다. 한중을 차지한 후에는 군사를 조련하고 곡식을 쌓고 기회를 보아 나아가면 역적을 칠 수 있고, 물러서면 스스로를 지킬 수 있으니, 이는 하늘이 주심이라. 이 기회를 놓치지 마십시오."

유현덕과 공명은 그 말에 깊이 공감하고, 드디어 명령을 내려 조자룡과 장비를 선봉으로 삼고, 유현덕과 공명은 친히 군사 10만 명을 거느리고 한중을 칠 날을 택일하고, 각 곳에 격문을 보내어 우선 방위부터 튼튼히 하라 하니, 때는 건안 23년 가을 7월 좋은 날이었다. 유현덕의 대군은 가맹관을 나가서 영채를 세우고 황충과 엄안을 불러왔다.

유현덕은 두 노장군에게 많은 상을 주고 말한다.

"사람들은 다 장군을 늙었다고 얕보았으나 군사만이 장군의 능력을 알아주더니, 이번에 과연 기이한 공을 세웠도다. 그러나 지금 한중의 정군산은 바로 남정 땅을 지켜주는 요충지며, 더구나 곡식과 마초를 가득히 쌓아둔 곳이오. 만일 우리가 정군산만 점령하면 양평陽平으로 나가는 길에는 아무 걱정이 없을 것이니, 장군은 감히 정군산을 취할 수 있겠소?"

황충은 분연히 응낙하며 곧 군사를 거느리고 떠나려 하는데, 공명이 급히 말한다.

"노장군이 비록 영용하나, 하후연은 장합 따위와는 다른 장수요. 하후연은 육도 삼략六韜三略(병서)에 능통하고, 싸움 마당에서의 임기응변을 잘 알기 때문에, 옛날에 조조가 서량 일대를 방비하는 중한 일을 그에게 맡겼소. 그래서 하후연은 장안 땅에 주둔하면서 마초에게 항거했고, 지난번에 조조가 한중을 맡기는 데도 다른 사람을 쓰지 않고 오직 그에게 맡긴 것은 그만큼 출중한 장수이기 때문이오. 장군이 비록 장합을 이겼으나 하후연을 이기리라고는 장담할 수 없으니, 내 생각으로는 사람을 형주로 보내어 관운장을 불러다가 이 일을 맡겨야 할 것 같소."

황충이 흥분하여 대답한다.

"옛날에 염파廉頗(전국 시대 때 조나라 장수)는 나이 80이로되 오히려 한 자리에서 한 말 쌀밥을 먹고 고기 열 근을 먹어치웠으니, 모든 나라 제후들은 염파의 용기가 무서워서 감히 조나라 경계를 침범하지 못했다 하오. 더구나 오늘날 이 황충은 나이가 아직 70도 안 됐소. 군사는 나를 늙었다고 하지만, 나는 부장도 필요 없소. 다만 나의 소속 군사 3천 명만 거느리고 가서 단번에 하후연의 목을 끊어 휘하에 바치리다."

공명은 거듭 허락하지 않건만, 황충은 굳이 가겠다며 우긴다.

공명이 난처한 체한다.

"장군이 정 가고 싶다면 내가 한 장수를 딸려 보낼 테니 데리고 가는 것이 어떠하오?"

장수를 보내되 먼저 장수를 격동시키는 법을 썼으니
젊은 사람보다는 뭐래도 노인이 든든하다.
請將須行激將法
少年不若老年人

공명은 누구를 딸려 보낼 것인가.

【7권에서 계속】

三國志

演義 부록

6

감영甘寧 자는 흥패興霸. 손권의 맹장. 원래 황조의 수하에 있다가 손권을 섬겼다. 유수구에서 조조군을 백 명의 기병으로 무찔러 이름을 떨쳤으나, 후일 남만왕 사마가의 화살에 맞아 죽는다.

경기耿紀 | ?-218 | 자는 계행季行. 한의 충신. 조조가 위왕이 되어 황제를 기만하는 데 격분하여, 위황·김의 등과 봉기하였으나 실패하여 죽음을 당한다.

고옹顧雍 | 168-243 | 자는 원탄元嘆. 오의 중신. 채옹의 제자로 몸가짐이 바르고, 말수가 적으며, 매사에 공명 정대하였다. 손권을 도와 많은 공을 세운다.

곽회郭淮 | ?-255 | 자는 백제伯濟. 위의 장수. 조진·사마의를 따라 촉군을 막았으나 번번이 제갈양에게 패한다. 뒤에 사마소가 강유에게 포위되어 위급한 상황에 처하자, 강유를 크게 격파하여 물리쳤으나, 이때 강유가 쏜 화살에 맞아 죽는다.

관노管輅 | 209-256 | 자는 공명公明. 어려서부터 기이한 재주가 있어 신동이란 말을 들었는데, 특히 주역에 통달하여 점을 잘 쳤다. 조조와 조상 등이 다 그에게 운세를 물은 적이 있는데, 모두 들어맞았다.

관우關羽 | ?-219 | 자는 운장雲長. 촉의 명장. 도원결의 이후 한의 중흥을 위해 평생 전력을 다하였다. 일찍이 동탁의 맹장 화웅과 원소의 맹장 안양·문추를 참했다. 그러나 형주를 맡아 천하를 도모하다가 오장 여몽의 계략으로 세상을 마친다.

관평關平 | ?-219 | 촉의 장수. 관우의 양자. 관정의 둘째 아들이었으나 관우의 양자가 되었다. 평생 관우를 따라다니며 많은 공을 세웠으며, 형주에서 관우와 함께 오군에게 사로잡혀 죽는다.

냉포冷苞 유장의 장수. 유비가 사수관을 빼앗고 낙성을 칠 때 항거하다가 위연에게 사로잡혀 항복하였으나, 풀려 나오자 곧 유장에게 구원병을 청하여 다시 유비를 치다가 위연에게 잡혀 죽는다.

마초馬超 | **176-222** | 자는 맹기孟起. 촉의 명장. 오호대장. 부친 마등의 원수를 갚고자 조조를 쳤으나 그때마다 실패하였다. 한때 한중의 장노에게 의탁해 있다가 유비를 만나 그 휘하에 들어갔다. 유비의 뜻을 받들어 힘써 그를 돕는다.

맹달孟達 | **?-228** | 자는 자경子慶. 촉의 장수. 원래 유장의 수하에 있었으나, 장송·법정 등과 함께 유비를 도와 촉을 차지하도록 힘쓴다. 후일 관우를 돕지 않아 문책을 받자 위에 항복하였다. 제갈양이 위를 칠 때 다시 촉에 귀순하려 했으나 사마의에게 패하여 죽는다.

목순穆順 복황후를 섬기던 환관. 복황후의 친서를 받아 복완(복황후의 부친) 사이를 왕래하다가 일이 탄로나 복완 일족과 함께 죽음을 당한다.

미방糜芳 유비의 처남이자 미축의 아우. 관우를 도와 형주를 지키다 손권에게 항복한다. 그 후 유비가 오를 칠 때, 마충의 목을 베어 다시 촉에 돌아왔으나, 관우를 구하지 않은 죄로 죽는다.

반장潘璋 | **?-234** | 자는 문규文珪. 손권의 장수. 손권을 도와 많은 공을 세운다. 특히 관우가 형주를 잃고 쫓길 때 그를 사로잡는 데 한몫을 한다. 그러나 뒷날 관흥의 손에 죽는다.

방덕龐德 | **?-219** | 자는 영명令明. 조조의 장수. 원래 마초의 부장이었으나, 마초가 유비를 섬기자, 그를 떠나 조조에게 항복한다. 무예가 뛰어나고 강직하여 조조가 총애하였다. 형주에서 관우와 싸우다가 사로잡혀 죽는다.

방통龐統 | **?-200** | 자는 사원士元. 유비의 군사. 일찍이 사마휘가 말한 복룡(제갈양)과 봉추(방통) 중 한 사람이다. 유비가 형주를 차지한 뒤에 찾아가 제갈양과 함께 군사가 된다. 촉을 칠 때 유비와 함께 출전했으나 낙봉파에서 화살에 맞아 36세로 죽는다.

법정法正 | **176-220** | 자는 효직孝直. 촉군 태수. 유장의 수하였으나 장송, 맹달 등과 함께 유비를 끌어들여 그를 섬겼다. 유비가 촉에서 기반을 닦을 때 많은 공을 세웠으며, 제갈양도 그의 의견을 존중하였다.

복황후伏皇后 | **?-214** | 헌제의 황후로 아버지 복완과 함께 조조를 제거하려다 오히려 조조에게 타살된다.

사마의司馬懿 | **179-251** | 자는 중달仲達. 위의 권신. 지략이 뛰어난 장수로 제갈양의 최대 적수였다. 군권을 장악한 이

후 위를 침입한 제갈양을 여러 차례 잘 막아낸다. 이후 조상을 몰아내고 위의 권력을 장악하여 진나라 건국의 기초를 닦는다.

손권孫權 | 182-252 | 자는 중모仲謀. 오의 초대 황제. 시호는 대황제. 일찍이 영웅의 기상이 있어 부형의 대업을 이어받아 강동에 웅거한다. 촉과 우호를 맺으면서 위의 침입에 전력하였다. 수하의 뛰어난 문무 신하들이 보좌하여 위·촉에 이어 황제로 즉위한다.

손부인孫夫人 손권의 누이이자 유비의 부인. 유비가 형주를 차지하자 주유가 그녀를 미끼로 유비를 없애려 하였다. 그러나 이를 간파한 제갈양이 그 계교를 역이용하여 유비로 하여금 손부인을 아내로 맞아들이게 한다.

순욱荀彧 | 163-212 | 자는 문약文若. 조조의 모사. 순유와는 숙질간이다. 조조가 황건적을 칠 때 그의 수하에 들어간다. 조조의 중원 도모에 끼친 공로가 많았으나, 훗날 조조가 위공이 되는 것을 반대하다가 노여움을 사서 자결한다.

양백楊栢 장노의 대장. 양송의 아우로 장노가 항복해온 마초를 기용하려 하자 이를 반대하여 마초의 원한을 산다. 결국 마초가 목을 베어 유비에게 바친다.

양송楊松 장노의 모사. 위인이 교활하고 재물욕이 심하였다. 마초가 유비에게, 방덕이 조조에게 가게 된 원인도 그가 재물을 탐하여 그들을 모함하였기 때문이다. 후일 한중을 정벌한 조조의 손에 주륙을 당한다.

양수楊修 | 175-219 | 자는 덕조德祖. 조조의 모사. 명문 출신으로 공융이 추천하여 조조를 섬기게 되었다. 박학 다재하여 천하에 이름을 떨쳤으나, 조조 섬기는 것을 늘 부끄럽게 여기고 그를 경멸하였다. 조조 또한 자기보다 월등한 그를 시기하다가, 한중에서 유비와 싸울 때 죄를 씌워 죽인다.

여몽呂蒙 | 178-219 | 자는 자명子明. 오의 대장. 주유, 노숙의 뒤를 이어 병권을 위임받는다. 형주를 계교로 격파하여 점령하고 이어 패주하는 관우 부자를 사로잡아 처형한다. 그러나 잔치 자리에서 관우의 영혼이 그의 몸에 붙어 온몸에서 피를 토하고 죽는다.

엄안嚴顏 촉의 장수. 원래 유장 수하의 명장. 촉 평정전에서 고전하던 유비를 돕기 위해 장비가 촉으로 들어갈 때 교분을 맺어 유비를 섬기게 된다.

유비劉備 | 161-223 | 자는 현덕玄德. 촉의 황제. 한 황실의 종친으로 원래부터 큰 뜻을 품은 영웅이었다. 황건의 난 때 관

우·장비와 도원결의하고 거병한 이래 제갈양을 얻음으로써 비로소 천하를 삼분, 촉에 근거하였다. 그러나 관우의 원수를 갚고자 오를 치다가 패하여 백제성에서 죽는다.

유파劉巴 | ?-222 | 자는 자초子初. 유장의 장수. 유장이 유비를 촉으로 끌어들이는 것을 극력 반대하였다. 후일 유비가 몸소 찾아가 예의로써 권하자 감복하여 유비를 섬긴다.

육손陸遜 | 183-245 | 자는 백언伯言. 오의 대장. 오의 큰 인재로서, 오가 촉의 침입을 받아 위기에 처했을 때 여몽의 뒤를 이어 전권을 위임받아 촉군을 격파한다. 위의 조비도 그가 있는 한 감히 오를 치지 못했다.

이엄李嚴 | ?-234 | 자는 정방正方. 촉의 장수. 유비를 도와 많은 공을 세운다. 후일 제갈양이 위를 칠 때 군량을 조달하다가 여의치 않자 제갈양을 모함한다. 이 때문에 벼슬이 깎여 서인이 되었는데, 훗날 제갈양이 죽자 비통해하다가 죽는다.

장비張飛 | ?-221 | 자는 익덕翼德. 촉의 장수. 유비·관우와 의형제를 맺어 평생을 함께할 것을 결의한다. 두 형과 더불어 한의 중흥을 위해 혼신을 다하였으나, 뜻을 이루지 못하고 중도에 수하 장수 범강·장달에게 살해된다.

장송張松 | ?-212 | 자는 영년永年. 유장의 문신. 모습이 괴이하고 추하였으나, 언변이 뛰어나고 글을 잘하였다. 어리석고 나약한 유장 대신 촉을 다스릴 인물을 찾던 중 유비와 뜻이 맞았다. 그러나 형 장숙의 밀고로 온 가족이 함께 주륙을 당한다.

장임張任 | ?-214 | 유장의 장수. 서촉의 명장으로 낙성에서 방통을 죽인다. 제갈양의 계책으로 사로잡혀 항복을 권고받았으나, 절개를 굽히지 않고 죽는다.

제갈양諸葛亮 | 181-234 | 자는 공명孔明. 촉의 승상. 유비의 삼고초려 이후 세상에 나와 유비와 유선을 받들어 죽는 날까지 한의 중흥에 혼신을 다한다. 당대의 기재로서 천문, 지리, 병법 등에 능통하다.

조식曹植 | 192-232 | 자는 자건子建. 조조의 셋째 아들. 특히 문장에 뛰어났다. 조비가 조조의 뒤를 이을 때, 여러 사람이 그를 죽이라 하였으나 조비는 그의 재주를 아껴 살려준다.

조창曹彰 | ?-223 | 자는 자문子文. 조조의 둘째 아들. 아들 중에 그만이 어려서부터 무예를 익혀 장수가 된다. 싸움에 임해서는 늘 앞장섰으며, 여러 전장에서 많은 공을 세운다.

좌자左慈 자는 원방元放. 도호는 오각선

생烏角先生. 애꾸눈이며 절름발이로 모습이 괴이하였다. 조조가 위왕이 되자 홀연히 나타나 기이한 재주와 도술로 조조를 조롱한 뒤에 학을 타고 사라진다.

진밀秦宓 | ?-226 | 자는 자칙子勅. 촉의 문신. 외교에 뛰어났으며, 특히 오와 우호를 맺는 데 공헌한다.

최염崔琰 | ?-216 | 자는 계규季珪. 조조의 문신. 원래 하북의 명사로 원소의 수하에 있었으나 원소가 죽은 후 조조를 섬겼다. 벼슬이 상서에 이르렀는데, 조조가 위왕이 되는 것을 반대하다가 죽음을 당한다.

팽양彭羕 자는 영언永言. 서촉의 호걸로 유비가 서촉을 칠 때 도운 일이 있어 그의 수하에 들어간다. 그러나 뒷날 위에 항복하려다 발각되어 죽음을 당한다.

하후연夏侯淵 | ?-219 | 자는 묘재妙才. 조조의 맹장. 일찍부터 조조를 도와 큰 공을 세웠다. 후일 한중을 지키다가 황충에게 허무하게 죽는다.

황권黃權 자는 공형公衡. 촉의 장수. 본래 유장 밑에 있었으나, 유비가 촉을 차지한 후 예를 갖춰 찾아가자 감복하여 그를 섬긴다. 후일 유비를 따라 오를 치다가 패하자 돌아갈 길이 끊겨 위에 항복한다.

황충黃忠 | ?-220 | 자는 한승漢升. 촉의 장수. 오호대장. 백전노장으로 유비를 도와 큰 공을 세웠다. 한중을 칠 때 위의 맹장 하후연을 참하여 위용을 드날린다. 오를 칠 때 적의 화살을 맞고 진중에서 죽는다.

허정許靖 | ?-222 | 자는 문휴文休. 촉의 문신. 법정과 더불어 유비를 잘 보좌한다.

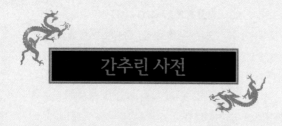
간추린 사전

◉ ― 교토유장삼굴狡兎猶藏三窟

법정이 유비에게 익주를 차지하도록 간언하자, 유비는 이 고사를 빗대어 자신의 처지를 한탄하고 익주 점령의 뜻을 우회적으로 표현했다.(60회)

출전은 『전국책戰國策』「제책齊策」이다. "교활한 토끼라도 굴 세 개를 두어야 겨우 죽음을 면할 수 있을 뿐이다." 이 말은 교활한 토끼라도 세 개의 굴을 두고 몸을 숨겨야 비로소 재화災禍를 면할 수 있다는 뜻이다.

◉ ― 군평君平과 중경仲景

양수가 촉 땅의 인물에 대해 묻자, 장송은 천문에 밝은 군평과 의술에 뛰어난 중경을 들었다.(60회)

군평은 전한前漢의 명사 엄준嚴遵을 말한다. 그는 천문학에 조예가 깊은 유명한 성상학자星相學者이다. 일찍이 성도成都에서 점을 쳤다고 한다.
중경은 후한의 유명한 의학자 장기張機를 말한다. 그가 지은 의서는 후세 사람들의 정리를 거쳐 『상한론傷寒論』과 『금궤요략金櫃要略』으로 완성되었으며, 중의학의 최고 경전이 되었다.

◉ ― 산태을수算太乙數

제갈양은 이 태을수를 추산하여, 서천을 치러 간 유비와 방통에게 불길한 징조가

있으니 조심하라는 서신을 보냈다.(63회)

태을수太乙數를 추산한다는 의미. 태을수는 대일수大一數라고도 하며 고대 점술 유파 가운데 하나이다. 이 방법은 『주역』「건착도乾鑿度」의 '태을행구궁법太乙行九宮法'과 비슷한데 견강부회하여 길흉을 점친다.

◉ ― 고조약법삼장高祖約法三章

익주를 차지한 후 제갈양이 법을 가혹하게 시행하자, 법정이 이 고사를 인용하여 그 부당함을 간하였다.(65회)

유방劉邦이 진秦나라 도읍 함양咸陽을 공격하여 함락한 뒤, 진나라의 번잡하고 가혹한 법을 없애고 진의 백성들과 약정을 맺어 세 가지 법률을 시행하였다. 즉 "살인자는 죽이고, 사람을 상하게 한 자 및 도적은 그에 상응하는 벌을 받는다"는 것이다. 후에, 간단한 계약을 정하여 사람들로 하여금 다 함께 준수하게 하는 것을 일러 '약법삼장約法三章'이라 했다.

◉ ― 서자西子

공명이 보낸 이회는 마초를 만나 유비에게 투항할 것을 설득하기 위해 서시를 인용, 세상 이치의 자명함을 설명했다.(65회)

서시西施를 가리킨다. 집이 저라苧蘿 완사촌浣紗村 서쪽에 있어 그런 이름을 얻었다. 춘추 시대 말기 월나라의 유명한 미인으로 오왕吳王에게 바쳐져 총애를 받았다. 그 이후에 절세가인의 대명사로 통한다.

◉ ― 민지회澠池會

관우가 동오의 신하들을 농락한 것에 대해, 나관중은 민지회의 일을 인용하여 관우의 행동은 인상여보다 훨씬 뛰어나다고 평가했다.(66회)

전국 시대 진秦 소왕昭王은 조趙 혜왕惠王과 함께 민지澠池(지금의 하남성河南省) 남쪽에서 대면하기로 약속하였다. 진왕秦王은 자신의 강한 세력만 믿고 조왕趙王에게 거문고를 타게 하여 그를 모욕하고자 했다. 조나라의 대신 인상여藺相如는 지혜롭고 용감하였는데, 진왕을 협박하여 질그릇을 두드리게 함으로써 조왕이 모욕당하지 않게 하였다.

◉ ─ 면십이류冕十二旒

조조는 위왕의 자리에 오른 후 자신의 지위에 걸맞게 12류의 면관을 썼다. (68회)

황제의 예관禮冠. 면冕은 가장 존귀한 예관으로 고대의 제왕, 제후, 경대부 등이 썼으나 후에는 제왕만 사용하게 되었다. 윗부분은 장방향의 판으로 되어 있는데, 이를 연延이라 한다. 그리고 아래 부분은 머리에 쓴다. 유旒란 면관冕冠 앞뒤로 늘어뜨린 옥구슬 꿰미인데, 오색 실로 꿰어져 있다. 천자의 면관에는 12류旒, 제후는 7류, 경대부의 것에는 5류의 옥구슬 꿰미가 달려 있다.

◉ ─ 염파년팔십廉頗年八十 + 상식두미尙食斗米

제갈양이 황충을 늙은 장수라며 격동시키자, 황충이 염파의 예를 들어 제갈양의 말에 반박했다. (70회)

염파廉頗는 전국 시대 조趙나라의 대장으로 용맹하고 싸움을 잘하기로 제후들 사이에 이름이 나 있었다. 만년에 조왕이 사자를 보내 그가 싸움터에 나갈 수 있는지를 알아보게 하였다. 사자는 그가 한 말의 쌀밥과 열 근의 고기를 먹어치운 후 갑옷을 입고 말을 타는 것을 보았는데, 그 위풍이 젊었을 때보다 조금도 못하지 않았다.

전투 형세도

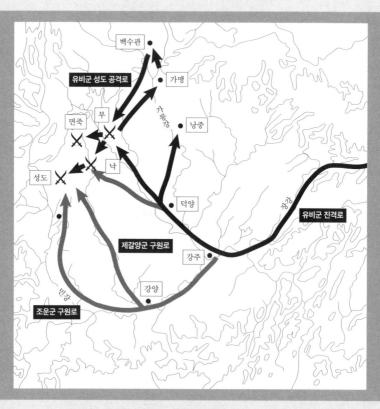

백수관

가맹

유비군 성도 공격로

부

면죽

가릉강

낭중

낙

성도

덕양

강강

유비군 진격로

제갈양군 구원로

강주

강양

민강

조운군 구원로

【 유비의 촉 평정전 】

유 비는 유장의 원군 요청에 응하여 한중漢中에 근거하고 있는 장노를 토벌하기 위해 가맹葭萌까지 군사를 진격시키고는 더 이상 움직이지 않았다. 그 사이에 유비의 군사 증원 요청에 대해 유장이 무성의하게 대하자, 건안 18년(213) 유비는 촉 공략을 개시했다. 그러나 예상외로 유장 측의 저항이 강하여 부涪, 낙洛 등의 지역에서 격전이 벌어졌다. 유비가 고전하고 있다는 보고에, 형주에 있던 제갈양, 장비, 조운 등이 원군을 이끌고 가담하였다. 부 공격은 1년 정도 계속되었고, 그 사이에 군사軍師 방통을 잃은 유비군의 손실 또한 적지 않았으나, 성도成都로 진격했다. 한편 세 방면으로부터 온 원군도 성도에 이르러, 성도는 완전히 포위되었다. 이 군세를 두려워한 유장은 항복하였고, 이에 익주益州는 유비의 수중에 떨어졌다.(65회)

주요 참전 인물

유비군 ── 유비, 방통, 제갈양, 장비, 조운, 마초.

유장군 ── 유순, 이엄, 양회, 엄안, 등현, 냉포, 장임.

三國志演義 ⑥

구판 1쇄 발행 2000년 7월 20일
개정신판 1쇄 발행 2003년 7월 8일
개정신판 7쇄 발행 2024년 2월 29일

지 은 이 | 나관중
옮 긴 이 | 김구용
펴 낸 이 | 임양묵
펴 낸 곳 | 솔출판사
책임편집 | 임우기

주   소 | 서울시 마포구 와우산로29가길 80(서교동)
전   화 | 02-332-1526
팩   스 | 02-332-1529
블 로 그 | blog.naver.com/sol_book
이 메 일 | solbook@solbook.co.kr
출판등록 | 1990년 9월 15일 제10-420호

ⓒ 김구용, 2003

ISBN 978-89-8133-653-0 04820
ISBN 979-11-6020-016-4 (세트)